RISING SPARKS

NICO ABRELL

RISING
SPARKS

Deutsche Erstausgabe

Umschlaggestaltung: YourCoverDesign.com
*Unter der Verwendung von Motiven der Seiten Fo-
tolia© und Pexels©*

Korrektorat & Lektorat: Kay Wolfinger und
Martin Ingenfeld

Impressum:
www.yourcoverdesign.com

Herstellung und Verlag:
BoD - Books on Demand, Norderstedt
ISBN 978-3-7448-1012-8

Nico Abrell wurde 1999 geboren und lebt seither mit seiner Familie in Bayern. Seine Freizeit verbringt er mit dem Schreiben von Büchern oder dem Spielen seiner Gitarre. »Rising Sparks« bildet den Auftakt der »Skye & Kiran«-Dilogie.

Für weitere Informationen:
nico.abrell.autor@web.de
www.nico-abrell.com
facbeook.com/nicoabrell

PROLOG
DAMALS

ES PLATZT AUS mir heraus – gefolgt von unnachgiebiger Wärme, die mir ins Gesicht steigt, als seine Augen auf die meinen treffen.

»Wetten, du holst mich nicht ein?«

Es ist ein Spiel. Jedes Mal, wenn Mom und Dad nicht zuhause sind. Seine blauen Augen, die mich mustern. Mit diesen animalischen Zügen. Gleich wird er aufspringen, nach mir greifen. Und ich werde rennen. Das Lachen, das ich nicht zurückhalten kann, wird mich zwar daran hindern, Geschwindigkeit aufzubauen – aber ich werde rennen. Quer durch das gesamte Haus.

Seine blauen Augen.

Die hat er von Mom. Unfair. Einfach nur unfair. Wie oft ich mir gewünscht habe, seine Augen zu haben. Wie oft ich vor dem Plasma-Fernseher gesessen bin und gehofft habe, zu hören, dass das System endlich eine Methode entwickelt hat, um Augenfarben zu ändern.

Vergeblich.

Seine blauen Augen.

Meine hingegen sind schlicht und braun. Kein Verlauf, keine Ornamente. Braun in braun.

Und dann geht Emilian in Angriffsstellung. Das Lächeln eines Jägers auf seinem Gesicht. Dann dieses Funkeln in seinen Augen.

»Und ob ich das tue!«, höre ich ihn sagen und kehre ihm den Rücken, noch ehe er sich bewegt.

Setze einen Fuß vor den anderen und werde immer schneller.

»Na warte!«, ruft er mir hinterher. Er ist ganz nah. Ich kann es spüren.

Und dann das Lachen aus meinem Hals. Ich krümme mich, schüttle den Kopf und renne weiter. Weiter und weiter. Vor mir die Wendeltreppe ins untere Stockwerk.

»Schneller, Emilian«, krächze ich, wage einen Blick über die Schulter. Er ist nur ein oder vielleicht zwei Einheiten hinter mir.

Verdammt.

Dann greife ich nach der Säule, die die Treppen zusammenhält und lasse mich förmlich nach unten gleiten. Tippe die Stufen sachte mit den Zehenspitzen an und schwebe hinab.

Ein schnelles Streifen an meinem Bein.

Etwas seltsam Hohes dringt aus meinem Mund. Ich zucke zusammen. Lache. Werde schneller.

Will auf der letzten Stufe der Treppe aufkommen.

Und dann knicke ich plötzlich um. Taumle. Und falle rittlings mit dem Gesicht voraus. Ich halte meine Hände schützend vor das Gesicht und durchbreche die Glasfront der Gartentür, noch bevor ich weiß, wo ich bin.

Es geht alles ganz schnell.

Ein Klirren.

Ein Ziehen.

Messerscharf wie Rasierklingen.

Dann der harte Boden.

Meine Hände suchen Halt. Glasscherben durchbohren meinen Körper. Ich fletsche die Zähne wie ein wildgewordenes Tier und stoße durch verkrampfte Lippen hindurch Luft aus.

Blut. Überall klebt Blut. *Mein* Blut.

Panik durchzuckt mich, umschlingt mich und drückt zu. Ein Stöhnen. Und dann ein Wimmern, als Feuer durch meine Adern fließt.

Es brennt so sehr. Ich will aufstehen. Die Glasscherben schneiden sich in mein Bein und hindern mich daran.

Ich höre Emilian meinen Namen schreien. Spüre seine Hände auf meiner Schulter. Seine Augen suchen die meinen. Eine Frage, auf die er die Antwort schon längst weiß: »Geht es dir gut?«

Er umrundet mich, betrachtet die Rückseite meines Körpers. »Das wird eine Narbe«, sagt er.

Mein Bein.

Dann tritt er vor mich, geht in die Knie. Emilian verzieht sein Gesicht zu einem traurigen Grinsen und berührt mit Daumen und Zeigefinger meinen Arm, der ausgestreckt im getrimmten Gras des Gartens liegt. »Ich gehe und hole Verbandszeug!«

Ich nicke. Nehme die unscharfen Umrisse seines Körpers wahr, als er weggeht.

Ich stöhne, kaue auf meiner bereits blutigen Unterlippe herum und versuche das stetige Pochen und Ziehen meiner unteren Gliedmaßen zu ignorieren. Die Schnitte in meinen Handflächen. Das Blut, das meine Arme entlangfließt.

Suche einen Punkt in der Ferne und versuche mich abzulenken. Studiere die einzelnen Konturen der Hochhäuser, konzentriere mich auf das Zischen und Fahren der *Hoover-Bahnen*, die zwischen den Hochhäusern und sechs bis sieben Einheiten über dem Boden entlangschweben. Ich blicke den fliegenden Maschinen weit über meinem Kopf entgegen und folge den Routen, die sie entlanggleiten.

Dann höre ich Schritte. Unterdrücke den Schwall von Tränen.

Gleich wird es besser.

Gleich wird es besser.

»Ich bin hier«, sagt Emilian. »Ich bin hier.«

Ich weiß, dass er hier ist.

Er wird immer hier sein.

Emilian.

Dann greift er nach dem Verbandszeug und einer Pinzette und verschwindet aus meinem Blickfeld.

Als er beginnt, pocht mein Herz gegen die Rippen. Ich atme zitternd ein und spüre, wie das Blut in meinen Adern gefriert. Heiß zu kalt. Feuer zu Eis. Seine Worte in meinen Gedanken.

Das wird eine Narbe.

Eine Erinnerung daran, wie schnell aus Spaß Ernst werden kann.

TEIL 1

SHATTERED WORLD

KAPITEL 1

EIN SCHUSS.

Ich zucke zusammen und schließe instinktiv die Augen. Etwas in meinem Magen zieht sich zusammen.

Mein Körper schreit: »Geh in Deckung Skye!«

Und noch bevor ich realisiere, dass das ohrenbetäubende und zerstörerische Geräusch aus dem Plasma-Fernseher im unteren Stockwerk stammt, höre ich Dad lachen. Laut und inbrünstig.

Ich atme auf. Die Luft entweicht meinem Mund und nimmt die Angst mit sich. Ich fasse mir an den Kopf und kann nicht anders als über meine eigene

Dummheit zu schmunzeln. »Mein Gott, Skye«, flüstere ich, »Reiß' dich zusammen!«

Ich durchforste mit den Augen mein Zimmer, ohne mich an irgendeinem Gegenstand allzu lange festzuhalten. Vermutlich, um mir selbst einzureden, dass alles in Ordnung ist. Dass sich kein kaltblütiger Killer in meinem Kleiderschrank versteckt und wartet, bis ich für ihn leichte Beute bin.

Das wäre ich so gut wie immer.

Ich konzentriere mich wieder auf das Buch in meinen Händen. Versuche, mich in die Kissen unter mir und die Decke über mir einzukuscheln. Vergeblich.

Auch wenn ich weiß, dass der Schuss lediglich aus irgendeinem doofen Film aus Dads Sammlung stammt, hallt er noch immer in meinen Ohren nach. Dieser stechende und tiefe Laut einer abfeuernden Waffe. In Momenten wie diesen wird mir immer wieder klar, wie schnell das Leben vorbei sein kann. Einfach so. Einmal den Abzug betätigen und ein kostbares Leben wird ausgelöscht.

Seltsam. Oder vielleicht doch bemerkenswert?

Fast schon eine Art Ironie des Schicksals.

Uns wird immer wieder beigebracht, was für ein Privileg es sei, der Spezies »Mensch« anzugehören.

Ein *Privileg*, das durch ein so kleines Ding wie eine Pistole einfach so vernichtet werden kann.

Ein *Mensch*, der durch ein so kleines Ding wie eine Pistole einfach so vernichtet werden kann.

Vielleicht nicht einmal mit Absicht. Vielleicht einfach nur zur falschen Zeit am falschen Ort.

So wie mein Bruder.

Einfach so und ohne Vorwarnung.

Die Outlaws haben uns aus unserer damaligen Siedlung verdrängt und ihr Gebiet erweitert. Mit ihren schweren Geschützen, ihrer leichten Rüstung. Schnell und beweglich. Zu schnell für Emilian.

Sie wollten uns aus unserer Wohnung drängen. Mom, Dad, Emilian und mich. »Keine schnellen Bewegungen!«, haben sie uns entgegengebrüllt. Bewaffnet und in der Überzahl. Was hätten schon ein Lehrer, eine Zählerin und zwei Schüler gegen bewaffnete, durchtrainierte Männer unternehmen sollen?

»Hände über den Kopf!« war der Befehl.

Wir gehorchten. Emilian nicht.

Emilian wollte Grandmas Kette aus seinem Zimmer retten, bevor er hinausgeführt wurde.

»Keine schnellen Bewegungen!«, brüllten sie. Emilian hörte nicht. Dad schrie ihm nach, er solle stehen bleiben. Genauso wie Mom. Ich konnte mich nicht rühren. Hielt die Luft an.

Ein Kloß bildet sich in meinem Hals, wenn ich daran denke. Meine Lippen beginnen zu beben.

Emilian rannte weiter, wich dem ersten Schuss aus. Er war fast oben. Und dann ...

Der nächste Schuss traf ihn am Bein. Ich zuckte zusammen, hielt mir die Hände vor mein Gesicht und unterdrückte einen Schmerzensschrei. Emilian taumelte, fiel den Weg hinunter, den er zurückgelegt hatte.

Dann der nächste Schuss.

Ein tiefes Loch zwischen seinen Augen.

Überall sein Blut. An den Wänden, auf dem Boden.

Überall dieses verdammte Blut.

Mein armer Emilian.

Grandmas Halskette wurde unter den Trümmern verschüttet – genauso wie Emilians Körper.

Das war vor sieben Jahren. Ich war gerade einmal zehn. Viel zu jung, um seinen Bruder zu verlieren. Ist man überhaupt jemals alt genug, ein Mitglied seiner Familie gehen zu lassen?

Wenn ich bei meiner besten Freundin Cassie bin, höre ich sie immerzu jammern. Wie gut ich es doch hätte, ein Einzelkind zu sein. Wie gut ich es doch hätte, mich nicht ständig mit Geschwistern streiten zu müssen.

Ich weiß, dass sie das nicht mit Absicht macht. Immer in der tiefen Wunde herumbohren, meine ich. Meistens gebe ich keine Antwort. Meistens starre ich ihr entgegen und entgegne stillschweigend Kommentare, wie beispielsweise »Wie kannst du so etwas nur sagen?« oder »Sei froh, dass es jemanden gibt, der genauso ist wie du ... zumindest ansatzweise.«

»Blut ist dicker als Wasser« hatte Emilian damals gesagt, als er ein Mädchen mit nach Hause gebracht hatte und ich sie auf den Tod nicht ausstehen konnte. Einen Tag später war sie weg. »Du bist mir wichtiger als jedes Mädchen auf dieser Welt!«, war seine Antwort, als ich ihn fragte, wo seine *schlechtere Hälfte* sei.

Das alles war vor sieben Jahren. Jetzt ist alles ganz anders: Seit dem wiederholten Angriff der Outlaws hat die Regierung die Gesetze verschärft und die Ausgangszeiten um einiges reduziert. Rund um die Stadt wurden Grenzen errichtet und Patrouillen positioniert. Niemand verlässt *Sektor One* – der Sektor, in dem ich wohne – ohne die Genehmigung der Regierung. Umgekehrt betritt keiner die Stadt, ohne sich ausweisen zu können. Freundschaften oder Kontakte zu den Outlaws sind strengstens untersagt und werden mit dem Tod bestraft. Aber wer will schon mit solchen Mördern befreundet sein? Selbst diejenigen, die von einer solchen Straftat wissen, werden auf dem *Großen Platz* hingerichtet. Und das in aller Öffentlichkeit. Wir werden gezwungen dieses Exempel der Ungehorsamkeit mitanzusehen, um daran erinnert zu werden, was passiert, wenn wir den Gesetzen nicht Gehorsamkeit entgegenbringen. Und selbst wenn man aus gesundheitlichen Gründen nicht auf dem Großen Platz antreten kann, gibt es immer noch die Live-Übertragungen, die dafür sorgen, dass sämtliche Fernseher in ganz Sektor One eingeschaltet werden und das Exempel wiedergeben.

Glücklicherweise lag ich beim letzten und meinem ersten Exempel im Krankenhaus, weil ich mir den Kopf ziemlich übel in der Schule gestoßen hatte.

Zwar flackerten die Bildschirme in den Krankenzimmern erst auf und zeigten dann den Großen Platz, aber man konnte mich nicht dazu zwingen, die Augen zu öffnen. In meinem Zimmer befand sich zu dem Zeitpunkt keine Krankenschwester, die mir die Augenlider hätte zurückstreifen können oder irgendetwas anderes hätte unternehmen können, um mich dazu zu zwingen, dieses ... Blutbad mit anzusehen.

Klingt alles ziemlich grausam, oder? Ist es auch.

Aber im Grunde herrscht ein einfacher Grundsatz: Halte dich an die Gesetze und dir wird nichts passieren. Niemand zwingt einen dazu, gegen aufgestellte Regeln zu verstoßen.

Und das alles nur wegen diesen Outlaws. Wegen jenen, die sich dem *Gesetz* widersetzen und ihre mörderischen Pläne außerhalb der Sektoren schmieden, um uns zu stürzen. Um weitere Unschuldige zu töten. Um ein Zeichen zu setzen, dass sie die Besten sind. Diejenigen, die es geschafft haben, das Gesetz zu umgehen.

Das Gesetz ist ziemlich ungerecht, das stimmt.

Aber ohne das Gesetz würden wir uns wie die Generation vor uns die Köpfe einschlagen.

Wir nennen unsere Vorgänger *Generation Z*.

»Z«, weil es die letzte Generation der Menschheit war, die sich sinnlos und ohne Nachsicht bekriegt und nicht daran gedacht hat, was vielleicht morgen auf einen wartet, wenn sämtliche Menschen dem Erdboden gleichgemacht wurden und nur noch Verwüstung und Krieg herrschen.

»Z«, weil es der letzte Buchstabe im Alphabet ist und man danach nur von vorne anfangen kann.

Weil es keinen Buchstaben gibt, der nach Z kommt.

Weil man gezwungen ist, wieder bei A anzufangen.

Weil *wir* gezwungen sind, die Fehler unserer Vorgänger wieder auszubügeln.

Und das geht nur, wenn alle an einem Strang ziehen und dem Gesetz Folge leisten.

Damit aus A nie wieder Z wird.

Damit die Outlaws nie wieder jemanden töten.

Damit Emilian nicht umsonst gestorben ist.

KAPITEL 2
DAMALS

EMILIAN

GRANDMA STARB, ALS ich acht war. Da lag sie, in einem der Betten im Krankenhaus und tat ihre letzten Atemzüge.

Dad, Skye auf Moms Arm und ich standen am Bett. Dieses Gefühl erdrückender Stille hatte sich bereits über uns gelegt und hielt uns fest im Griff. Umklammerte unsere Hälse, sodass keiner es wagte auch nur einen Ton von sich zu geben. Was, wenn es nur verschwendete Zeit war eine sinnlose Frage zu stellen? Was, wenn sich Grandma in ihren letzten

Minuten zu viele Gedanken machte und nicht friedlich von uns gehen konnte?

Ich blickte hinüber zu Skye. Sie verstand noch nicht, was es heißt zu sterben. Sie dachte, Grandma sei schlichtweg krank und würde schon bald wieder in ihrem eigenen Bett schlafen.

Skyes und meine Blicke kreuzten sich. Ihre dunklen Knopfaugen durchbrachen die Barriere, die ich sorgsam um mich herum aufgezogen hatte. Ich brach den Blickkontakt ab und trat näher an das Bett heran.

»Grandma«, fing ich an und umklammerte ihre Hand. Sie war eiskalt.

Und noch bevor ich irgendetwas antworten konnte, zerrte sie mit ihrer anderen, freien Hand an einer der Schubladen neben dem Bett und holte eine silberne Kette hervor, deren Anhänger ein glänzender, silberner Blütenkopf mit weinroter Mitte war.

Ich war nie sonderlich gut in Pflanzenkunde gewesen, aber diese dazugehörige Blume hatte ich noch nie gesehen.

»Das ist eine Blume aus der Zeit vor uns. Ich will, dass du sie bekommst, Emilian.« Ihre Stimme brach bei jedem Wort, das ihr zitternd über die Lippen kroch.

Ein Kloß in meinem Hals hinderte mich letztlich schon wieder daran, irgendetwas von mir zu geben. Ein »Danke« wäre mehr als angebracht gewesen. Stattdessen zog ich scharf Luft ein und ließ die Kette in meine Hand taumeln. Sie war schwerer, als sie aussah.

»Sie gehörte deinem Grandpa«, flüsterte sie. Ein unsagbar zartes Lächeln umschmeichelte ihren Mund. Ein Lächeln, das sie für einen Moment wieder die vergangenen Tage durchleben ließ. Bittersüß und hoffnungsvoll.

Ein »Danke« durchbrach den Kloß in meinem Hals. »Danke Grandma.«

Wenige Minuten später starb sie im Alter von 75 Jahren.

Alles, was von ihr übrig bleiben würde, wäre die Todesakte, die fünf Jahre in den Basen des Militärs aufbewahrt wird, um eventuelle Schlüsse der Outlaws daraus hervorzuziehen.

Mom weinte bitterlich.

Dad versuche sie zu trösten und hielt sie fest im Arm.

Ich betrachtete die Kette den gesamten, verbleibenden Tag über. Den gesamten Abend. Und trug sie die Nacht über um meinen Hals.

Für Außenstehende war es vielleicht *nur* eine silberne Kette. Aber für mich war es viel mehr als das.

Sie würde mich immer daran erinnern, dass Grandma das Leben geliebt hat.

Dass das Leben wie eine Blume ist:

Ist sie verwelkt, geht die Blume ein.

Eine neue Blume entsteht und lebt ein neues Leben.

Grandma war eine der schönsten Blumen, die ich kannte.

KAPITEL 3

MORGEN VOR SIEBZEHN Jahren musste Mom die schlimmsten Schmerzen erfahren, die eine Frau vermutlich jemals erleben wird.

Morgen vor siebzehn Jahren wurde ich geboren.

Geburtstag.

Wünsch dir etwas. Blas die Kerzen aus. Schließe dabei die Augen und verrate niemandem, was du dir gewünscht hast. Sonst wird es nicht in Erfüllung gehen.

Als Kind durfte ich fünf bis maximal acht Kinder zu mir nach Hause einladen, um meine Geburtstage zu feiern. Dumm nur, dass es immer nur mich und Cassie gab. Cassie und mich. Natürlich war da noch Amar aus dem Geschichtskurs – aber Amar war immer mehr eine Notlösung, falls Cassie krank war und nicht in die Schule kommen konnte. Aber solche *Freunde* haben wir doch alle, oder?

Aber hätte ich nun einen Kuchen vor mir – sagen wir einen Vorgeburtstags-Kuchen, extra für mich … dann würde ich diesen vor mir auf den Boden stellen, mich davor in den Schneidersitz begeben und meine Augen schließen.

Was ich mir wünschen würde?

Ich würde mir wünschen, dass der morgige Tag niemals auch nur daran denken würde, Wirklichkeit zu werden. Ich würde mir wünschen, dass das nächste Jahr aus dem Buch meines Lebens und meiner Familie ausradiert werden würde, als hätte dieses Jahr nie existiert. Ich würde mir wünschen, niemals siebzehn zu werden.

Andererseits.

Dad ist Lehrer geworden. Mom ist Zählerin. Beides Berufe, die weit über dem Durchschnitt liegen.

Ein kleiner, kaum spürbarer Funke keimt in mir auf. Ein minimalistischer Funke der Hoffnung.

Und doch erlischt er, als ich daran denke, was morgen auf mich zukommt.

Die Schule umfasst zehn Jahre brav auf einem Stuhl sitzen und dem motivierten Lehrer vorne am *SmartBoard* zuhören und das Gehörte brav, digital auf einem Tablet aufschreiben. Macht man, was die Lehrer sagen und unternimmt nichts, was den Frieden innerhalb des Schulgebäudes stört, bekommt man einen Abschluss ... der einem im Endeffekt vielleicht sowieso nichts nützt.

Alle Schüler – wie ich – schließen die Schule im Alter von sechzehn Jahren ab. Danach durchleben wir eine Phase, die die Regierung *Grey Zone* getauft hat. Wir warten bis wir siebzehn werden. Bei dem einen geht es schneller, bei dem anderen dauert es länger. In meinem Fall waren es drei Monate.

Und dann *das große Grauen* (der Name stammt von mir).

Mit siebzehn Jahren passiert das, was man den Anfang vom Ende nennen kann. Für den einen ist es vielleicht eine Erlösung, für den anderen kann es den reinsten Horror bedeuten. Am Tag des siebzehnten Geburtstags wird deine Zukunft bestimmt. All das, was du in zehn Jahren Schule gelernt hast, kannst du endlich in Geld umwandeln und den Beruf ausüben, der deinen Träumen entspricht. Zumindest habe ich gelesen, dass das früher einmal so war.

Abgeordnete der Regierung statten dir zuhause einen Besuch ab. Was dann passiert ist streng vertraulich und darf unter keinen Umständen an die Öffentlichkeit geraten. Deshalb bin ich so enorm nervös. Deshalb, und weil morgen der Tag ist, an dem die Regierung den angeblich geeigneten Beruf für mich bestimmt – egal, ob er mir zusagt oder nicht. Ich muss ihn ausüben. Bis ich grau und alt bin.

Uns wurde gesagt, dass das der Sicherheit und der Ordnung dieser Sache dient. Dieses Systems. Dass die Regierung nur das Beste für uns wolle und uns dort einsetze, wo unsere Stärken liegen.

Und da kommt das große Fragezeichen: Habe ich überhaupt irgendwelche Stärken vorzuweisen?

Ab morgen könnte ich alles sein. Zugegeben, ein netter Gedanke. Aber nicht, wenn es nicht dein eigener ist. Ab morgen könnte ich Zähler oder Lehrer sein; in der Lebensmittelherstellung arbeiten; der Regierung selbst dienen; als Grenzer die Grenzen bewachen und dem Militär dienen; als Forschungs- objekt in der Medizin eingesetzt werden und mich dann hocharbeiten, oder einen von weiteren, unzäh- lig vielen Berufen ausüben.

Ich weiß nicht, ob ich es schon erwähnt habe, aber ich weiß nicht, wohin mit meiner Angst. Ich versu- che mir einzureden, dass es nicht so schlimm werden wird. Dass ich einen ebenso tollen Beruf wie Dad zugeteilt bekomme. Aber dieser schwarze Schatten namens Angst wird immer und immer mehr von der

Ungewissheit und der Planlosigkeit des morgigen Tages genährt.

Meine Hände zittern, seitdem ich das Buch aus meiner Hand gelegt und zurück in das Regal gestellt habe. Ich kann keinen klaren Gedanken mehr fassen und keinen Plan mehr aufstellen, ohne mir zu denken »*Ab morgen wird das Denken für mich ohnehin übernommen, weshalb also einen Plan machen?*« Manchmal bilde ich mir ein, an meiner Angst vor dem Unbekannten zu ersticken. Dann denke ich daran, dass wir – das System – zusammenhalten müssen, da wird mir doch keine Arbeit zugeteilt, die total abwegig zu sein scheint ... oder?

Schlafen.

Schlafen und niemals wieder aufwachen.

Wäre mein Boden so nachgiebig wie Sand, wären die Bahnen, die ich in meinem Zimmer zurücklege, eine Art in den Boden eingelassenes, dreidimensionales O. Langsam wird mir schwindelig von der sich immer wieder wiederholenden Bahn, also ändere ich die Richtung. Ich kann nicht klar denken, das Laufen lenkt mich ab.

Das hat es schon immer.

Schon in der Schule bin ich um mein Leben gelaufen, wenn die Welt über mir wie ein Kartenhaus zusammengefallen ist. Als ich dann die lange Bahn

vor mir gesehen und den rauen Belag unter mir gespürt habe, wusste ich, dass ich frei bin. Zumindest
für ein paar Sekunden und im übertragenen Sinne.

Frei – *wirklich* frei – war ich seit dem Zeitpunkt
schon nicht mehr, als ich erfahren habe, dass meine
Zukunft in der Hand des Systems liegt.

Der Mann vor mir. Fast eineinhalb Mal so groß wie
ich. In der einen Hand hält er ein Skalpell, in der
anderen eines der Sol-Tablets.

Er kommt immer näher und näher. Bis ich beinahe dieselbe Luft wie er einatme.

»Es wird überhaupt nicht wehtun.« Seine Stimme
ist so unangenehm wie das grelle Quietschen verros-
teter Bremsen. Ich schaue weg. Will nicht sehen,
wie das scharfe Metall mein Fleisch durchbohrt und
mein Leben für immer verändert.

Und dann schreie ich. Zumindest glaube ich, dass
ich schreie. Mein Mund – so weit aufgerissen, dass
man darin einen Schneeball hätte versenken können.
Und dennoch höre ich mich nicht. Ich höre gar
nichts. Nur die Stimme des Mannes.

»Es tut mir leid, aber ... Sie sind nicht brauchbar
für das System.«

Die Waffe in seiner Hand. So grau und glänzend
wie seine Augen.

»Es geht ganz schnell. Versprochen.«

Glänzendes Metall.

Ein erstickender Schrei aus meinem Hals.

Ich reiße die Augen auf.

Atmen.

Atmen.

Atmen!

Ich fasse mir an die Stirn und verweile auf der triefenden Schweißschicht, die sich auf meinem Gesicht gebildet hat. »Nur ein Traum«, stottere ich, um mich selbst zu beruhigen.

Aber es klappt nicht.

Mein Körper zittert. Plötzlich ist mir kalt.

Und dann warm.

Mein Herz schlägt so schnell, dass ich das stetige Pochen in meinem Hals spüren kann.

Als ich aufstehen will, dreht sich alles. Ich brauche ein paar Sekunden – Minuten –, um meinen Orientierungssinn zurückzugewinnen.

Mein Fenster ist schneller geöffnet, als ich blinzeln kann. Die kalte Luft des Morgens schlägt mir ins Gesicht. Und obwohl ich jeden Tag, wenn ich aus dem Fenster starre, dieselbe graue Wand des nächsten Gebäudes sehe und mir jeden Morgen dieselbe Frage stelle, weshalb wir nicht schon längst in einem Privathaus am Rande der Zone wohnen, fühle ich mich einen Moment lang frei.

Freier, als draußen auf den Straßen.

Freier, als auf der Laufbahn.

Freier, als in einem der jährlichen Urlaube, die uns zustehen. Jeder Familie in New Ainé.

Das System gestattet einmal im Jahr für zehn Tage den Sektor zu verlassen und andere Orte und Länder der Welt zu entdecken.

Super, nicht wahr?

Wäre da nicht die unerbittliche Einschränkung durch die Auswahl des Orts, die das System höchstpersönlich trifft.

Man reicht einen Antrag auf Urlaub ein.

Den Rest der Planung übernimmt das System für die Familie. Damit man sich nicht in die Quere kommt. Damit die Strände der Meere nicht überfüllt werden. Damit alles so bleibt, wie es ist. Damit das System jeden einzelnen Einwohner New Ainés im Auge behalten kann.

Ich selbst war noch nie am Meer.

Bisher hatte ich nur die Gelegenheit zwei Städte zu besichtigen, deren Namen ich allerdings schon wieder vergessen habe. Das andere Mal sind wir samt Schulklasse in einem *Smart Set* zu einer der Ruinen der Generation Z geflogen. Seattle hieß die Stadt, soweit ich weiß.

Eine sanfte Brise.

So muss sich Freiheit anfühlen. Aber was weiß ich schon. Vermutlich aufgrund der kalten Luft, die den

Schweißfluss stoppt und mich für einen Moment entspannen lässt. Und als es mir zu kalt wird, schließe ich das Fenster.

Beim Umdrehen fällt mein Blick auf die digitale Uhrzeit auf meinem Sol-Wecker. Es ist 06:27 Uhr.

Und dann trifft es mich wie ein Faustschlag in die Magengrube. Es ist der nächste Tag. Der Tag der Tage.

»Happy Birthday, Skye!«, höre ich mich selbst sagen.

»Was ist, wenn sie keinen Beruf für mich finden?«, frage ich, als ich den Löffel zitternd meinem Mund entgegenführe.

»Spätzchen, es gab noch keine einzige Person in New Ainé, die keinen Platz im System gefunden hat.«

Dads Lippen bewegen sich, während sein Blick auf das Sol-Tablet in seinen Händen gerichtet ist. Für Dad ist der heutige Tag kein großes Ding. Geschenke und Geburtstage passen nicht zusammen. Damals vielleicht – heute nicht mehr. Heute werden diejenigen beschenkt, die Großes verrichtet haben. Ein neues Gesetz eingeführt haben; etwas beigetragen haben, was dem System guttut; eine tolle *Leistung* in den jeweiligen Bereichen vollbracht haben.

Ich hingegen bin lediglich gealtert. Anders als die Senioren in *Sektor Nine*, die Prämien dafür erhalten, so lange durchgehalten und nicht schon zuvor den Löffel abgegeben zu haben.

Zusammengefasst: Für Dad bedeutet der heutige Tag, dass sein *Spätzchen* endlich alt genug ist, um einigermaßen auf eigenen Beinen zu stehen.

Ich öffne und schließe meinen Mund, weil ich nicht weiß, was ich sagen soll. Ich will ihm so vieles sagen. So vieles, was in genau diesem Moment in mir vorgeht. Dinge, vor denen ich Angst habe. Dinge oder besser gesagt *Wege*, die ich nicht für mich selbst bestimmen kann, aber gerne würde. Und plötzlich frage ich mich, ob jedes Mädchen und jeder Junge an seinem siebzehnten Geburtstag von denselben Gedanken und damit verbundenen Ängsten verfolgt wird.

Und als Dad auf einmal aufschaut, scheine ich letztlich doch so etwas Ähnliches wie Aufregung – oder vielleicht Angst? – in seinen blauen, beinahe grauen, Augen zu erkennen. Allgemein sieht Dad in letzter Zeit mehr schlecht als recht aus. Seine Augen liegen in tiefen Höhlen und der Dreitagebart, der sich um sein Kinn und seine Wangen gesponnen hat, lässt ihn viel älter wirken. Dann denke ich daran zurück, wann Dad und ich das letzte Mal miteinander geredet haben. *Richtig* geredet haben. Kein »Morgen Dad«-»Morgen Spätzchen« oder »Wie war dein Tag?«-»Ganz gut, und deiner?«

Und als ich länger darüber nachdenke, fällt mir auf einmal auf, dass das letzte Gespräch zwischen Vater und Tochter schon eine Ewigkeit her zu sein scheint.

Seine Mundwinkel richten sich zu einer fürsorglichen Geste auf. Und dann sehe ich ihn – diesen mitfühlenden Eltern-Blick, der sagt: »Egal, wie beschissen das eigene Leben vielleicht in diesem Moment ist, du bist mir wichtiger als alles andere auf diesem Planeten«

»Spätzchen, es geht ganz schnell. Vertrau mir!«

Es geht ganz schnell. Ein zaghafter Stich in meiner Brust und dann das Bild des vergangenen Traums vor meinem inneren Auge.

Ich will etwas erwidern, zumindest etwas von mir geben. Aber ich bin so damit beschäftigt, ruhig zu bleiben und alles daran zu setzen, die letzte Nacht zu verdrängen, dass ich mehr als ein Nicken nicht aufbringen kann.

Dads Lächeln holt mich zaghaft in das Hier und Jetzt zurück. »Iss dein Frühstück, Skye.« Dann steht er auf und fährt im Vorbeigehen über meinen Kopf. »Wir wollen ja nicht, dass du später vom Stuhl kippst.«

»Stimmt«, presse ich hervor – zusammen mit einem aufgesetzten Lächeln. *»Oder vor Angst davon laufe«*, schiebe ich in meinem Kopf hinterher.

Dann schließt sich die Tür hinter Dad. Ich bin allein.

Ob ich Angst habe?

Ich würde lügen, wenn ich versuchen würde, mich selbst vom Gegenteil zu überzeugen.

Wie Cassie jetzt sagen würde: Ich habe verdammt noch mal eine riesengroße Scheiß-Angst!

KAPITEL 4

ICH STARRE IN den Spiegel, als es an der Tür klopft.

Mein Herz.

Ich weiß nicht, was schlimmer ist: das Gefühl, ab sofort auf eine Schiene gesetzt zu werden, die man möglicherweise gar nicht fahren möchte. Oder aber das Gefühl, das genau in diesem Moment meine Brust zusammenschnürt und mir die Luft zum Atmen verwehrt.

Ich denke an den Funken. An den Funken Hoffnung in mir, der wie ein einzelner Sonnenstrahl, der die dunkle Wolkendecke zerreißt, versucht in mir aufzukeimen.

Es gibt Hoffnung. Die gab es schon immer. Aber was bringt Hoffnung, wenn der Verstand siegt?

Ich mustere mich im Spiegel meines Zimmers und nicke meinem Spiegelbild zu. Ein Nicken, das sagt: »Du schaffst das! Du schaffst alles, was du dir vorstellst!«

Wenn *ich* schon nicht daran glaube, dann soll wenigstens mein Spiegelbild davon überzeugt sein. Verwirrende Logik, ich weiß.

Das tiefgehende und gleichzeitig oberflächliche Jucken, das mein rechtes Bein durchzuckt, lenkt meine gesamte Aufmerksamkeit auf sich. Die dünne Linie brennt unter meiner Haut.

Und als ich darüberfahre, bilde ich mir ein, das Springen und Klirren von Glas wahrzunehmen.

Ich schüttle den Kopf – dann eile ich in großen Schritten zur Haustür und lasse sie aufgleiten. Ich laufe über glühend heiße Kohlen, als ich den beiden Männern in Schwarz entgegenblicke. Gott, wie sehr ich zittere!

»Guten Tag, Ms. Ignis«, ertönt es, passend zu den Lippenbewegungen des rechten Mannes. Seine markanten Gesichtszüge verstärken sich, als sich sein Kiefer bewegt. Zweifellos – das, was ich gerade empfinde, ist nichts anderes als konzentrierte und pure Angst.

»Hallo.« Ich weiß nicht einmal, ob man den kratzigen und hohen Laut aus meinem Mund gehört oder lediglich gesehen hat, wie sich meine Lippen scheinbar lautlos bewegen.

Und als mich – uns – die peinliche Stille zu überrollen droht, bitte ich die beiden am Tisch im Wohnzimmer Platz zu nehmen. Dad ist nicht da. Er meinte, er möchte mich das alleine machen lassen und ist sich in der Zwischenzeit die Beine vertreten gegangen. Das erste Mal in keine Ahnung wie vielen Jahren.

»Keine Sorge, das geht ganz schnell«, gibt der Unbekannte von sich, der bisher lautlos neben dem anderen Mann hergegangen ist. »Wir haben nur ein paar Fragen.« Er stellt einen großen, pechschwarzen Koffer auf dem Mobiliar ab und drückt ein paar Knöpfe auf der länglichen Seite.

Schnell ist gut. Fragen? Eher schlecht.

Ich versuche mir nicht das Wort *Angst* von meiner Stirn ablesen zu lassen und setze mich zu den breitgebauten Männern an den Tisch. Unbemerkt verschränke ich meine zittrigen Hände unter dem Tisch miteinander und klemme sie zwischen meinen Beinen ein.

Einer der Männer kramt in der Zwischenzeit im Koffer herum und zieht ein Sol-Tablet hervor. Er tippt drei oder vier Mal darauf herum und reicht es mir dann.

Gegen meinen Willen löse ich meine Hände voneinander und nehme das Tablet mit plötzlich schwitzenden Händen entgegen.

Das letzte Wort hallt mit Nachdruck in meinem Kopf nach.

»Das ist ein verbindlicher Vertrag, der bestätigt, dass alles, was zwischen uns am heutigen Tag passiert, nicht weitererzählt wird. Niemandem.«

Ich schlucke. Deshalb durften mir Mom und Dad nicht erzählen, wie deren siebzehnter Geburtstag abgelaufen ist.

»In Ordnung.«, presse ich hervor und schreibe ein zittriges und krakeliges *S. Ignis* in das vorgesehene Feld. Und noch ehe ich mich versehe, wird mir das Sol-Tablet wieder entrissen und im Koffer verstaut.

Als hätte ich eine Wahl …

Wie machtvoll und bindend ein paar Buchstaben in Form deines Namens in einem grau schraffierten Feld sein können, wurde mir noch nie so sehr vor Augen geführt wie in diesem Augenblick.

Der andere Mann zieht ein zylinderförmiges und röhrenartiges Objekt aus dem Koffer, an dem er eine metallene Spitze befestigt.

»Gleich können wir beginnen.«

Im selben Atemzug betätigt er leicht einen Knopf an der Unterseite des Zylinders, sodass ein grüner, fast schon schimmernder Tropfen aus der Spitze des Zylinders schießt.

Eine Spritze.

Alles verengt sich vor meinen Augen wie in einem Tunnel. Vor mir die stählerne, scharfe Spitze, die nach mir lechzt.

Atmen.

Atmen.

»Es geht ganz schnell«, höre ich den Mann mit der Spritze sagen, als könnte er meine Gedanken lesen. Vielleicht kann er das ja sogar.

Er kommt um den Tisch herum und bleibt vor mir stehen. Ich zucke zusammen, als ich seinen Umriss aus dem Augenwinkel erkenne. Ich will nicht hinsehen. Ich will nicht. Aber ich muss. Muss wissen, was passiert. Also schaue ich hin.

Wie er meinen Arm zurechtrückt, auf der Lehne des Stuhls ablegt.

Wie er meinen Pullover hochkrempelt und meinen Unterarm freilegt.

Wie er ansetzt. Nur wenige Zentimeter von meiner Hand entfernt.

Dann dieser Schmerz.

Ich beiße mir auf die Unterlippe. Starre meinem Arm entgegen.

Das grüne Zeug vermengt sich mit dem lila Rot meines Blutes und verschwindet ungefähr auf Höhe der Armbeuge.

Etwas pulsiert in meinen Adern.

Dann das befreiende Gefühl, als die Nadel meinen Körper verlässt.

»Na bitte«, sagt er. Ich muss nicht hinsehen, um das Lächeln zu sehen, das seine Lippen umschmeichelt. Das diabolische Lächeln des Schmerzes. »Hat doch überhaupt nicht wehgetan.«

Ich antworte nicht. Ich ignoriere ihn.

Ihm hat das sicherlich nicht wehgetan.

Stattdessen streife ich den Pullover über meinen Unterarm und reibe über die Stelle, in der er eingestochen hat. Sie scheint ein wenig dick zu werden. Pulsiert.

Vermutlich muss das so sein.

»Wir stellen Ihnen nur ein paar Fragen, Ms. Ignis«, fährt der andere Mann fort, als sich der Schrank mit der Spritze in der Hand neben ihm niedergelassen hat. »Wir bitten Sie, ehrlich zu antworten.«

»Ist gut«, gebe ich von mir, darauf konzentriert, mich nicht in eine Vibrationsplatte zu verwandeln.

Der Mann betätigt einen Knopf in seinem Koffer. Und dann dieser stechende Schmerz, der meinen Unterarm entlang schleicht. Ich greife danach, kaue auf meiner Unterlippe herum. Lasse mir nichts anmerken.

Ein Schweißtropfen auf meiner Stirn. Mein Körper riecht nach Angst und Panik.

»Lieblingsfarbe?«

»Blau.«, antworte ich, darauf bedacht, den Schmerz im Zaum zu halten.

Die nächste Frage: »Was ist das Letzte, worüber du intensiv nachgedacht hast?« Oh Gott. Ich zögere. Der Schmerz überwältigt mich für einen Moment. Und als ich mich wieder gefangen habe, antworte ich: »Über Emilian.«

»Über wen?«

»Über meinen Bruder.«

»Ach«, erwidert einer der beiden, verschränkt die Arme vor seinem muskulösen Oberkörper. »Was war der Anlass?«

Ich zögere. Bin dazu geneigt, zu lügen. Aber dann denke ich darüber nach, was das bewirken würde. Vermutlich das komplette Gegenteil von dem, was gut für mich – meine Zukunft – ist.

Emilian ist tot. Wegen der Outlaws. Nicht wegen des Systems.

»Er wurde ermordet.«, antworte ich so gleichgültig wie möglich. Vermutlich vergeblich.

»Von wem?« Die nächste Frage. Wie aus der Pistole geschossen. Ein Kloß in meinem Hals, je länger ich darüber nachdenke. Ich atme ein, beim Ausatmen gebe ich heiser »Outlaws« von mir.

Stille.

Dann ein Räuspern.

»Wie fühlst du dich gerade?«

Um ehrlich zu sein: verängstigt, schmerzerfüllt, traurig, wütend, unsicher. Und das alles in einer hochexplosiven Mischung.

»Ich weiß es nicht.«

»Wirklich nicht?« *Ist das eine Fangfrage?* »Das ist aber schade.«

Was, wenn ich es versaut habe? War's das? Gehen sie jetzt? Lebe ich von jetzt an auf der Straße? Nein.

»Wütend, eingeschüchtert, ängstlich ... aber auch – hoffnungsvoll.«

»Hoffnungsvoll? Weswegen?«

Ich denke an Dads Worte von heute Morgen. »Vielleicht wird meine Zukunft gar nicht so übel, wie ich denke.«

Der Mann hinter dem Koffer grinst. Aber ich kann das Grinsen nicht deuten – jedenfalls ist es kein *nettes* Grinsen. Eher ein Du-hast-ja-keine-Ahnung-was-auf-dich-zukommt-Grinsen.

»Wie würdest du dich selbst beschreiben?«, fährt einer der beiden unbeirrt fort.

Eine Frage, auf die ich noch nie eine Antwort hatte. Also, Skye ... wer bist du? Wer bin ich?

»Ich ... ich weiß es nicht. Vielleicht bin ich präzise?« Und plötzlich fühle ich mich dumm. Und verwundbar. Erstaunlich, wie nah diese zwei Eigenschaften beieinanderliegen.

»Präzise?«, fragt einer der Männer. »Was meinst du damit?«

Ich atme ein. Massiere die pulsierende Stelle und rede mir ein, dass das taube und pulsierende Gefühl nachlässt. »Ich weiß, was ich will.«

»Und was wäre das?«

Dass ihr endlich geht!

Und dass ich selbst bestimmen kann, was ich will und wann ich es will!

»Gerechtigkeit und Frieden«, antworte ich. »Dass ich wieder wann und so oft ich will auf die Straße gehen und Freunde besuchen kann.«

»So?«, fragt der Mann neben dem Koffer.

»Ja, ich möchte selbst bestimmen, wann es zu gefährlich ist, um nachts draußen zu sein. Ich möchte mein Leben selbst in der Hand haben.«

Vielleicht bin ich zu weit gegangen. Schwer zu sagen, bei diesem Pokerface, das beide aufgesetzt haben. Ein Räuspern ist alles, was ich bekomme.

Und dann: »Eine letzte Frage, Ms. Ignis«

Ich zittere. Nicke aufgeregt. Dieses Gefühl, die Ziellinie hell erleuchtet und blinkend in naher Entfernung zu sehen und zu wissen, dass man es gleich geschafft hat ... dass es jede Sekunde so weit sein kann, durchflutet mich wie ein Laubfeuer und befeuert meinen Körper.

»Ich stelle Ihnen nun eine Frage und das Erste, was Ihnen in den Sinn kommt, müssen Sie laut aussprechen, einverstanden?«

Zuerst zögere ich. Dann denke ich daran, dass ich danach meine Ruhe haben werde.

Also nicke ich. Stille.

»Was halten Sie von den Outlaws?«

»Abschaum.« Ich hatte keine Zeit zum Nachdenken. Ich muss gestehen, ich bin ein wenig schockiert über mich selbst. Ich durchdenke grundsätzlich jegliche Art meines Handelns – und dann *das*.

»Das wäre dann alles, Ms. Ignis.« Der Mann am Koffer. »Sie werden morgen alles Weitere erfahren.«

Der Mann neben dem Koffer. Und letztlich wieder der Mann vor dem Koffer: »Vielen Dank für Ihre Zeit.«

Ich nicke.

Zu mehr bin ich nicht mehr fähig.

Das Laubfeuer in mir erlischt.

KAPITEL 5

ALS ICH MIT der Bürste durch mein Haar gehe, zittert meine Hand. Ich blicke meinem Spiegelbild in die Augen und erkenne nichts als dumpfe Leere, gefangen im Braun meiner Iris. Einzelne, braune Haarsträhnen fallen in das Waschbecken vor mir, während ich meine Haare zitternd und unsicher nach und nach kämme. Immer wieder. Mit einem leeren Blick ins Nichts gerichtet.

Ich würde gerne behaupten, zu wissen, was als nächstes passiert. Wie auch sonst immer. Ich habe immer einen Plan – zumindest bin ich nie planlos.

Aber heute ist alles anders: Ich kann nicht klar denken. Meine Gedanken schweifen immer wieder zurück zum heutigen Vormittag. Mein Körper bewegt sich so zaghaft und stotternd wie eine Maschine.

»Wie fühlst du dich gerade?«

Die tiefe Stimme des breiten Schrankes ebbt noch immer in mir ab und durchzuckt mich wie ein Stromstoß.

Ich lege die Bürste beiseite und stütze mich links und rechts am Beckenrand ab. Meine Finger krallen sich so fest in das Porzellan des Waschbeckens, dass die Fingerknöchel weiß hervortreten.

»Was halten Sie von den Outlaws?«

Ich habe mir noch nie so sehr wie in diesem Moment gewünscht, die Gedanken anderer Menschen lesen zu können. Hätte ich gewusst, was in den Köpfen der beiden System-Abgeordneten vor sich geht ... vielleicht hätte ich ganz anders geantwortet. Andererseits basiert mein Beruf auf den ehrlichen Aussagen, die ich während der Befragung von mir gebe.

Vielleicht habe ich also alles richtig gemacht. Vielleicht auch nicht. Wer weiß das schon? Vielleicht werde ich doch noch Lehrer wie Dad, oder Zählerin wie Mom.

»Das wäre dann alles, Ms. Ignis.«

Habe ich schon erwähnt, wie sehr ich mich vor morgen fürchte? Ab morgen wird alles anders sein. Vielleicht muss ich von zuhause ausziehen. Vielleicht werde ich ans andere Ende von New Ainé geschickt. Oder aber morgen wird der tollste Tag meines Lebens und mir wird ein Arbeitsplatz zugewiesen, der sich gleich um die Ecke befindet.

Diese Ungewissheit ... nicht zu wissen, was auf mich zukommt, brennt sich in meinen Körper und lässt mein Herz schneller schlagen.

»Vielen Dank für Ihre Zeit.«

Das Klingeln und Vibrieren meines Sol-Tablets reißt mich aus meinen Gedanken.

Ich bilde mir ein, mein Herz schlagen zu hören. Erstarre.

Meine Augen brennen vor Trockenheit und ich schließe und öffne sie, bis ich wieder normal sehen kann. Dann löse ich mich vom Waschbecken und drehe meinen Kopf wie eingerostet in die Richtung der Kommode, auf der das Tablet liegt.

Ganz

Langsam.

Mein Herz setzt einen Schlag lang aus.

Für einen Moment scheint es so, als würde ich den Boden unter meinen Füßen verlieren und in ein schwarzes Loch fallen. Tiefer und tiefer.

In ein schwarzes Loch voller Ungewissheit.

Sie sagten doch, ich würde *morgen* alles Weitere erfahren. Ich – ich bin noch nicht bereit. Ich habe noch einen Tag Zeit. Zeit, um meine Gedanken zu sortieren und um mich auf morgen vorzubereiten.

Aber wenn ich ehrlich bin, werde ich morgen mindestens genauso aufgeregt und unausstehlich sein wie heute. Vermutlich wird morgen sogar noch schlimmer sein als heute. Vermutlich sogar *viel* schlimmer

Ich warte einen Moment ab. Und noch einen.

Höre auf meinen rasenden Herzschlag. War gefühlt noch nie so unsicher wie in diesem Augenblick.

Und plötzlich treibt mich etwas in meinem Inneren voran. Lässt mich einen Fuß vor den anderen setzen.

Schritt für Schritt.

Herzschlag für Herzschlag.

Bis ich unmittelbar vor der Kommode stehe und mir nichts anderes übrig bleibt, als meine Hand auszustrecken, das Sol-Tablet entgegen zu nehmen und die Nachricht zu lesen.

Aber ich kann nicht.

Noch nicht.

Vermutlich niemals.

Besser gesagt: Ich will nicht.

Morgen, haben sie gesagt.

Keine einzige Sekunde früher.

Ich presse meine Zunge der Munddecke entgegen und spüre ein zaghaftes Jucken in meinen Handflächen. Trotz all der Angst, die mich allgegenwärtig umgibt, siegt für einen kurzen Moment die Neugier über die Vernunft. Und dann passiert es: Langsam – ganz langsam – bewegen sich meine Finger dem Sol-Tablet entgegen. Kurz davor erinnere ich mich daran, was die Nachricht bedeuten könnte und halte inne.

Meine Zukunft.

Egal, ob gut oder schlecht.

Will ich wirklich jetzt schon wissen, was ich für den Rest meines Lebens sein werde? Ich stocke.

Fragen über Fragen. Keine Antworten.

Dann atme ich tief ein und wieder aus. Beim Ausatmen greife ich nach vorne und halte das Sol-Tablet in meinen Händen. Ich zittere so sehr, dass ich Angst habe, das Tablet fallen zu lassen.

Ich schließe einen kurzen Augenblick die Augen und entsperre blind das Gerät in meinen Händen.

»Es geht ganz schnell.«

Zu schnell!

Ich öffne die Augen und beginne zu lesen:

// Hey Süße, wie geht es dir?

Heute wurden die Kerzen ausgebla-
sen, was? Morgen bei mir?
Hab dich lieb!
C. //

Es war nur Cassie. *Nur* Cassie. Keine Nachricht des Systems. Keine Entscheidung! Ein verzweifeltes Lachen entfährt mir.

Das Adrenalin, das durch meinen Körper gezogen ist, verwandelt sich in etwas Undefinierbares. Etwas Undefinierbares, Wundervolles, das mich für einen Moment vergessen lässt, was eine Nachricht von einem anderen Absender für mich bedeutet hätte.

Sanfte Gänsehaut wandert meine Wirbelsäule entlang, als ich daran denke.

Ein Laut dringt aus meinem Mund, der definitiv nicht menschlich sein kann. Eine Mischung aus Erleichterung, Freude und Glück.

Der Schock sitzt noch immer tief in meinen Knochen. Ich zittere. So stark, dass es mir schwerfällt, das offene Fenster der Nachricht zu schließen. Ich nehme mir vor, Cassie später zu antworten.

Cassie und ich haben uns angewöhnt, nie direkt zu schreiben, was wir denken. Statt von »Heute wurden die Kerzen ausgeblasen, was?« hätte sie auch ganz einfach »Heute war der Tag der Berufung, oder? Wie ist es gelaufen?« schreiben können. Wäre da nicht das System.

Das System überwacht jedes einzelne Sol-Tablet in New Ainé, um *auffällige* Nachrichten aus dem Weg zu räumen. Um zu verhindern, dass sich Lücken in seinem durchdachten Ordnungs-Netz einschleichen. Und um zu verhindern, dass die Outlaws Kontakt zu den Bürgern in den einzelnen Sektoren herstellen.

Woher ich das weiß? Das war die erste Lektion, die uns in der Schule übermittelt wurde, als die Sol-Tablets ausgeteilt worden sind.

Also schreiben wir so, dass es vielleicht harmlos klingt, wir beide jedoch genau wissen, was gemeint ist.

Heute wurden die Kerzen meines imaginären Geburtstagskuchens ausgeblasen.

Morgen ist mein letzter, freier Tag.

Dann wird alles anders sein.

Wenn ich schon untergehe, möchte ich wenigstens Cassie an meiner Seite wissen.

Mom arbeitet in Schichten. Manchmal auch samstags. So wie heute. Sie ist Zählerin. Das ist so spannend und abwechslungsreich, wie der Beruf klingt. So spannend wie Löcher in den Himmel starren.

Mom zählt.

Menschen, Lagerbestände, Nahrungsmittel, Roh-stoffe, Materialien, und noch vieles mehr. Und von diesem *und noch vieles mehr* gibt es noch weitere Unterkategorien, die wöchentlich gezählt und ver-glichen werden. Allen voran deshalb, um ungewöhnliche Kurven in Diagrammen zu vermei-den. Ungewöhnliche Kurven könnten darauf hindeuten, dass Waren unbeachtet über die Grenzen geschmuggelt werden. Und wer ist daran beteiligt? Richtig: Die Outlaws.

Mom kontrolliert also, ob eine Verbindung zwi-schen den Menschen innerhalb von New Ainé und den Outlaws besteht.

Samstags findet immer das große Zählen der La-gerbestände statt. Am Wochenende sind alle Geschäfte geschlossen. Alle beruflichen Tätigkeiten werden eingestellt. Nicht, weil Menschen in New Ainé so unglaublich faul und träge wären, sondern weil der siebzehnte Geburtstag vielleicht bedeutet, dass man in einen anderen Sektor verwiesen wird – vielleicht sogar ans andere Ende der Stadt. Am Wo-chenende haben dann die Familien die Gelegenheit, zusammenzufinden und die Zeit gemeinsam zu ver-bringen. Vorausgesetzt man verfügt über die finanziellen Mittel, um sich diesen *Luxus* leisten zu können.

Dad tritt gegen Nachmittag durch die Wohnungstür. Er fragt mich, wie es mir geht. Er fragt mich, ob ich darüber reden will – wobei wir beide ganz genau wissen, dass das unmöglich ist. Niemand darf den Ablauf des siebzehnten Geburtstags erfahren. Niemand.

Mom steht in der Küche und bereitet mein Lieblingsessen zu, als ich den Raum betrete. Makkaroni mit Käse. Ziemlich simpel, ich weiß. Aber nur, weil etwas leicht oder simpel ist, heißt das ja nicht, dass es nicht mindestens genauso umwerfend ist wie die weniger einfachen Dinge, oder?

Wir sitzen am Tisch, als das Essen zubereitet ist. Nur wir drei. Heute Abend gibt es keine Neuigkeiten aus dem Senat, keine Ergebnisse aus Moms Arbeit und niemand redet über morgen.

Es gibt nur uns. Mom, Dad und mich.

Man könnte die Sätze an einer Hand abzählen, die gewechselt werden und manche würden die vorliegende Szene vielleicht als traurig und armselig beschreiben. Als eine Familie, die sich nichts zu sagen hat.

Aber insgeheim genießen wir den Moment. Still und heimlich. Wir lächeln hier und da, halten den Blickkontakt aufrecht. Manchmal spüre ich den Fuß von Mom oder Dad zärtlich gegen mein Schienbein drücken. Und ab und zu fallen Sätze wie »Ich bin so froh, dass ihr da seid« oder »Ich hab' euch so lieb.«

Doch auch wenn ich den Moment so unglaublich genieße und er den perfekten Kontrast zum heutigen Tag darstellt, kann ich nicht aufhören auf den leeren Platz mir gegenüber zu starren.

Auf den Stuhl, auf dem eigentlich Emilian sitzen sollte.

Als ich in mein Zimmer zurückgekehrt bin, schaue ich aus dem Fenster. Ich lehne mich hinaus und strecke eine meiner Handflächen dem sanften Wind entgegen, der durch die Gassen des Sektors fegt. Der Wind kitzelt an meinen Fingerspitzen und vertreibt die Hitze ein wenig, die durch meinen Körper zieht.

Ich habe Glück. Glück, dass Dad als Lehrer arbeitet und ihm somit ein komfortableres Haus zugeteilt wurde, als manch anderen. Zwar nicht unnötig anmaßend, aber dennoch schön.

Ich habe Glück, dass ich über die anderen Häuser hinweg den Sonnenuntergang beobachten kann. Einzelne letzte Sonnenstrahlen zeichnen die Silhouetten und Umrandungen der Häuser auf den Boden. So sanft und unscheinbar und dennoch kantig, schwarz und grau.

Das rote, wärmende Licht rieselt auf meine Haut. Ein sanftes Lächeln umschmeichelt meine Lippen und für einen Moment vergesse ich all die Sorgen, die mich umgeben wie Monde einen Planeten.

Ich erinnere mich an *History of New Ainé* und die Vorgeschichte, die wir in der Schule besprochen haben. Ich erinnere mich daran, wie die Menschen damals mit ihren Kameras Sonnenuntergänge im Zeitraffer abgefilmt und sich eines Tages an dieser Erinnerung erfreut haben. Teilweise die Materialien ins sogenannte *Netz* gestellt haben, um deren Freude mit anderen Menschen in vielleicht fernen Ländern zu teilen.

Heutzutage gibt es 3D-Hologramme, die die Sonne eins zu eins in kleinerer Ausgabe widerspiegeln. Nicht für den privaten Gebrauch, sondern für die Forschung und die Wissenschaft.

Die letzten Strahlen. Vielleicht noch zwanzig Sekunden, bis die Nacht vollends die Überhand gewinnt. Ein Seufzen entfährt mir. Leise und dennoch aufbrausend. Wie ein erstickender Laut im Mund eines Löwen.

»*Skye.*« Wispernd und leise. Vom Wind davongetragen.

Ich fahre herum. Lasse meinen Blick durch das Zimmer schweifen. Habe ich mir das nur eingebildet? Meinen Namen? Verwirrt und zugegebenermaßen ein wenig ängstlich kehre ich meinem Zimmer den Rücken zu und lehne mich erneut aus dem Fenster.

»*Skye, bitte.*«

Ich drehe mich ein zweites Mal um. Mustere mein Zimmer. Niemand ist zu sehen. Ich schüttle den Kopf, schließe einen Moment lang die Augen und wende mich wieder dem Fenster zu.

Vielleicht noch sieben Sekunden bis zum Sonnenuntergang. Ich sauge förmlich die letzten Sonnenstrahlen auf, fühle jedes einzelne Härchen auf meiner Haut, das sich dem Wind entgegenneigt.

Stille.

Und plötzlich höre ich Schritte im unteren Stockwerk. Viele Schritte. Vielleicht drei Personen oder mehr.

Noch fünf Sekunden.

Sie nähern sich. Mein Herz setzt einen Schlag lang aus.

Noch vier Sekunden.

Immer und immer lauter. Ich höre meine Ohren rauschen.

Noch drei Sekunden.

Es müssen Patrouillen des Systems sein.

Noch zwei Sekunden.

Ich kralle mich in das Fensterbrett, weigere mich, mich umzudrehen.

Noch eine Sekunde.

Atmen, Skye! Atmen!

Und plötzlich ist der Himmel dunkelblau, die Sonne macht dem Mond Platz.

Ein lautes Geräusch, meine Tür springt auf.

Ich fahre herum. Tausend Fragen verfangen sich in meinem Kopf.

Warum?

Wieso?

Habe ich zu viel gesagt?

Ist mir zu viel beim Essen herausgerutscht?

Habe ich irgendwelche Details verraten?

»Nicht bewegen!«

Die Gewehre in ihren Händen brüllen mir schier entgegen. Wie kläffende Hunde.

Sie kommen immer näher.

Ich presse mich gegen die Fensterbank. Bis es schmerzt.

Ich öffne meinen Mund, schier unfähig auch nur einen Ton aus mir heraus zu kitzeln. Und dann ...

»Ich ... was–«

Ein lauter Knall. Ein Schuss.

Auf einmal spüre ich nichts mehr.

Gleißende Stille umgibt mich. Wäre da nicht das stetige Vibrieren des Tablets, das die Ruhe zerstört. Ich bilde mir ein, leise Stimmen wahrzunehmen. Ein Wimmern? Oder doch Schreie?

Etwas rüttelt an meinen Schultern. Erst ganz dumpf und sachte, dann immer stärker. Ich höre jemanden meinen Namen sagen. Mein Name war doch *Skye*, oder?

»Wach auf, Skye!«

Ich öffne meine Augen und atme tief ein, als mir auffällt, dass ich vergessen habe zu atmen.

Moms Gesicht ist meinem ganz nah. Von Besorgnis überschattet und mit weit aufgerissenen Augen sitzt sie auf der Bettkante meines Bettes.

Sie streichelt meine Wange.

»Es war nur ein Traum«, höre ich sie sagen. »Es war nur ein Traum, Skye.«

KAPITEL 6
DAMALS

EMILIAN

ICH SPÜRE DAS durchdringende Sonnenlicht auf meiner Haut. So warm und sanft. Eindringlich und zurückhaltend. Statt der eigentlichen Schwärze, die mich umgibt, wenn ich meine Augen schließe, schillert alles in roten und gelben Farben.

Ich lege meinen Kopf in den Nacken und lausche dem Wind. Er rüttelt an meinen Klamotten und zerzaust mein Haar.

»Warum weint Mommy?«

Ich öffne die Augen und kneife sie inständig wieder zusammen, als das grelle Licht mein Blickfeld in

Beschlag nimmt und alles in ein sattes Gelb und Weiß taucht.

Skye sitzt neben mir auf einer Schaukel. Hinter uns ein großer, grüner Baum in unserem Garten.

Ich folge ihrem Blick durch die großen Glasfenster hindurch in unser Wohnzimmer. Mom sitzt auf der Couch, hält sich die Hand vor ihren Mund. Ihre Schultern beben ungleichmäßig und schier unkontrollierbar. Die sanften, nassen Bahnen auf ihren Wangen glänzen im Sonnenlicht. Hinter ihr steht Dad und reibt über ihren Rücken. Versucht sie zu beruhigen.

Ich schlucke. Spüre, wie sich meine Hände ganz automatisch zur Faust ballen und die Stränge der Schaukel, auf der ich sitze, stärker umfassen.

»Ich weiß es nicht, Skye.«, antworte ich.

»Vielleicht weint sie wegen Grandma.«

Mein Blick wandert über Skyes Gesicht. Über die zarten Sommersprossen auf ihrer Nase, das traurige Lächeln, die großen, satten, braunen Augen. Eine Haarsträhne wird vom Wind in ihr sanftes Gesicht geweht und verdeckt einen Teil ihrer rosigen Wangen.

Gott, Skye.

»Wegen Grandma?«, frage ich.

Sie nickt. Schließt die Augen und öffnet sie wieder. »Heute ist doch ihr Geburtstag. Der erste, den sie...«

»Den sie nicht mehr feiern kann, ich weiß«, vervollständige ich den Satz. Ich greife mir an den Hals, taste nach der Kette. Spüre das von der Sonne aufgewärmte Silber, das sich in die Grube zwischen meinen Schlüsselbeinen schmiegt und mir Kraft gibt. Jeden Tag überprüfe ich, ob die Kette noch dort ist, wo sie hingehört. Es gibt Tage, da spüre ich sie gar nicht mehr. Denke, ich habe sie verloren. Und dann nehme ich jedes Mal das glänzende Silber wahr, das einst Grandma gehört hat und fühle mich sicher. Zumindest sicherer.

Seltsam, ich weiß.

Seltsam, wie sehr einem eine einfache Kette das Gefühl von Geborgenheit vermitteln kann.

»Ja, das wird es wohl sein«, antworte ich.

Skye nickt. Blickt zu Boden.

Ich folge ihrem Blick und sehe ihr dabei zu, wie sie mit ihren Füßen in der trockenen Erde herumschert.

»Arme Mommy«, erwidert sie leise. Es ist mehr ein Flüstern. Vom Wind davongetragen.

»Arme Mom«, antworte ich zustimmend und leise.

Dann halte ich inne. Mein Herz schlägt schneller, als ich zum Wohnzimmer blicke und Mom mir durch das große Fenster hindurch in die Augen sieht. Selbst aus so geraumer Entfernung erkenne ich die Angst und die Leere in ihren Augen.

Grandma hat heute Geburtstag.

Aber das ist nicht der Grund, weshalb Mom so aufgelöst ist. Ich weiß es besser: Seit Wochen erscheinen immer wieder *ihre* Gesichter in den Nachrichten.

Seit Wochen gibt es kein anderes Thema mehr. Seitdem die Gesetze so extrem verschärft worden sind. Seitdem die Straßen mit »Alle Macht der Generation A«-Plakaten zugeklebt sind. Seitdem die ersten Sektoren bekannt gegeben wurden. Seitdem die Outlaws die ersten Angriffe gewagt haben.

Arme Mommy.

Mom hat Angst.

Mom hat Angst, dass uns irgendetwas zustoßen könnte.

KAPITEL 7

SCHON ALS KLEINES Kind fiel es mir schwer, Träume von der Realität zu unterscheiden.

Zu wissen, wann es der Wirklichkeit entsprach, mit einem überdimensional großen Teddy-Bären zu reden, und wann nicht. Ich wusste nicht, ob ich damals wirklich über die Hochhäuser geflogen war, nachdem ich in der Schule über *Peter Pan*, den Kinderheld der Z-Generation, gelesen hatte. Ich wusste nicht, ob Emilian und ich wirklich in einem schwebenden Baumhaus in unserem Garten übernachtet und die leuchtenden Sterne beobachtet hatten, nachdem ich am nächsten Tag in meinem Bett aufwachte und fest davon überzeugt war, dass mich Emilian noch spät in der Nacht ins Bett gebracht hatte.

Erst, als ich allmählich *erwachsen* wurde und die Träume immer realer zu werden schienen, wurde mir klar, dass ich lediglich träumte.

Mir wurde klar, dass die schöneren Erlebnisse und Momente der Traumwelt angehören. Dass es niemals mehr Flüge über die nächtliche Skyline oder Übernachtungen in einem fliegenden Baumhaus mit Emilian geben würde.

Und mir wurde klar, dass ich der Realität nicht durch einen guten Traum entfliehen konnte.

Die Traumwelt ist der einzige Ort, zu dem das System keinen Zugang hat.

Die Realität hingegen ist das, was dich am Ende des Tages auf den Boden der Tatsachen fallen lässt und dir noch einmal in den Magen tritt, wenn du gekrümmt in einer Ecke liegst und dir wünschst, endlich einschlafen zu können.

Manchen Dingen kann man einfach nicht entfliehen. Vielleicht konnte man das als Kind. Aber jetzt nicht mehr.

Wobei ich alles – wirklich alles – dafür geben würde, jeden Augenblick aufzuwachen und zu realisieren, dass alles, was sich in den vergangenen

Tagen abgespielt hat, nichts weiter als ein Traum war.

Einer der aufregendsten und nervenaufreibendsten Träume, die ich je hatte, aber lediglich ein Traum. Nicht mehr und nicht weniger.

Ein Hirngespinst meiner Fantasie.

Aber es war kein Traum. Es wird nie einer gewesen sein. Und genau das wird mir in dem Moment klar, als ich bemerke, dass heute der Tag ist, an dem mein Leben aufhört, sich seinen eigenen Weg zu bahnen.

Ich will endlich wieder einschlafen.

Ich bürste meine Haare. Putze meine Zähne. Spritze mir etwas Wasser ins Gesicht. Reibe meine Augen. Einen Teufel werde ich tun, die dunklen Augenringe abzudecken. Hieve mich zurück in mein Zimmer. Höre Mom unten in der Küche. Öffne per Knopfdruck die aufgleitende Tür in mein Zimmer. Kälte empfängt mich. Der Grund dafür ist das offene Fenster. Es regnet. Was für ein Zufall. Mein Sol-Tablet blinkt. Eine neue Nachricht. *Von wem nur?* Mein linker Arm juckt. Pulsiert. Besser gesagt die Stelle der Injektion. Ich versuche nicht zu kratzen. Als ich hinschaue, leuchtet die grüne Flüssigkeit in meinem Unterarm kurz auf. Seltsam. Ich denke mir nichts dabei. Ich blicke zum Sol-Tablet hinüber. Ich will nicht. Ich will nicht. Ich *will* nicht. Wende meinen Blick ab. Werfe mich aufs Bett, anstatt die Nachricht zu öffnen. Ich will es nicht wissen. Ich will nicht. Ich atme ein. Und wieder aus. Ein und wieder aus. Ich lasse das Sol-Tablet nicht aus den Augen. Es blinkt. Vibriert plötzlich. Und dann ...

Ein Schrei dringt aus meinem Hals. Ich halte mir die Hand vor den Mund, um ihn zu unterdrücken. Mein Arm verkrampft. Ich balle die Hand zur Faust. Die grüne Flüssigkeit leuchtet heller als sonst. Wie eine Schlange schlängelt sie sich durch meinen Unterarm. Taucht auf, geht unter. Mein Blick schweift durch das Zimmer. Das blinkende Licht des Sol-Tablets leuchtet im selben Grün-Ton.

Es pulsiert erneut.

Schmerz.

Ich kann nicht anders.

Ich stehe auf. Halte mir den Unterarm. Entsperre das Tablet und klicke ohne mit der Wimper zu zucken auf das Symbol von New Ainé.

Das Tablet leuchtet blau auf. Doch anstelle einer Nachricht, schießt aus der Frontkamera ein heller Lichtstrahl empor, der das gesamte Sol-Tablet in Beschlag nimmt. Eine dreidimensionale Kugel, bestehend aus Linien und Gittern, schwebt über dem Tablet und dreht sich um ihre eigene Achse.

Für einen Moment vergesse ich zu atmen. Trotz der aufwühlenden Schmerzen in meinem Unterarm, verliere ich kurzzeitig die Fassung.

So etwas habe ich noch nie gesehen!

Inmitten der Kugel flackert die Silhouette einer Figur auf, die sich im Dunkeln verborgen wie ein Phantombild abhebt. Eine sanfte, weibliche Stimme ertönt. Währenddessen zeichnen sich am unteren Rand der Kugel Audiowellen ab und geben das Gesagte der virtuellen Person in Wellenform wieder.

// Sehr geehrte Ms. Ignis,
Sie werden heute von jeglicher Betriebsamkeit
befreit, die durch die Regierung verordnet
wurde. Im Laufe des Tages erhalten Sie genauere Informationen, die ihren morgigen
Tag betreffen.
- N.A. //

Ich weiß ehrlich gesagt nicht, was ich fühlen, denken oder machen soll. Ich starre lediglich auf die Hologramm Aufzeichnung und weiß nicht, ob ich fasziniert, aufgewühlt oder verängstigt bin.

Mein Körper fährt Achterbahn. Hoch und wieder runter. Hoch und runter.

Sämtliche Gefühle vermengen sich zu einem gigantischen Feuerwerk in hochexplosiver Mischung.

Das Tablet schaltet sich von alleine aus.

Im Laufe des Tages erhalten Sie genauere Informationen.

Super! Noch mehr Nachrichten. Ich weiß nicht, was schlimmer ist: Die Tatsache, dass ich morgen in einem vollkommen anderen Leben aufwachen werde; oder aber, dass ich nichts – absolut und rein gar nichts – dagegen unternehmen kann. Vielleicht habe ich ja Glück …

Aber je länger sich die finale Entscheidung in die Länge zieht, desto schwächer wird der Funke in mir. Die Sonnenstrahlen, die die Gewitterwolken vertreiben.

Es ist bereits 14:00 Uhr. Das heißt, dass ich nun die Erlaubnis habe, vier Stunden lang das Haus zu verlassen. Ich schreibe Cassie, dass ich auf dem Weg zu ihr bin, verstaue das Tablet in meiner genormten Umhängetasche und lege meinen Finger an der Haustür in die dafür vorgesehene Einkerbung. Ein grünes Licht umrundet meinen Finger, fährt auf und ab, bis das klickende Geräusch ertönt und die Tür von selbst zur Seite geschoben wird.

Ich will einen Fuß vor den anderen setzen.

»Hast du alles?«, höre ich Moms Stimme durch den Gang schallen.

Ich weiß, dass sie am Ende des Ganges in einem der Türrahmen lehnt und mich von oben bis unten neugierig und gleichermaßen skeptisch mit ihren Blicken durchlöchert.

Mit »Hast du alles?« meint sie lediglich »Hast du dein Sol-Tablet?«. Sie kennt die Konsequenzen. Weiß, was passiert, wenn ich ohne Tablet aus dem Haus gehe.

Das System hat vor circa einem Jahr bekannt gegeben, dass an allen Tagen der Woche eine Tablet-Pflicht herrscht und man jenes immer bei sich zu tragen hat. Egal was passiert. Sollte man sich der aufgestellten Regel widersetzen, wären die Konsequenzen unerträglich hoch.

Langsam werfe ich einen Blick über meine Schulter und nicke. »Ja.« Es ist weder ein genervtes, noch ein freundliches *Ja*. Lediglich eine sachliche Bestätigung.

Dann trete ich durch die Haustür.

Ich blicke dem Himmel entgegen. Blinzle ein paar Mal, bis ich mich an das grelle, fast schon störende Sonnenlicht gewöhnt habe. Die Wolken ziehen sich immer mehr zusammen. Ich glaube, dass es heute noch regnen wird.

Dann mustere ich mein Sol-Tablet – besser gesagt die digitale Uhr, die gegen mich arbeitet.

Der Timer läuft.

Vier Stunden.

Blinkend und rennend brennen sich die digitalen Zahlen in meine Netzhaut.

Als ich die Luft außerhalb unseres Hauses einatme, kommt es mir so vor, als wäre es mein erster Atemzug.

Ich mache mich auf den Weg zur nächsten Haltestelle. Glücklicherweise laufe ich nur drei Minuten. Das spart eine Menge Zeit. Andere Menschen in meinem Sektor, müssen weitaus länger zur Haltestelle laufen, da es pro Sektor jeweils nur eine Haltestelle gibt, damit die *Hoover-Bahn* nicht alle paar Minuten anhalten und Bürger einsammeln muss und um Zeit zu sparen.

Jede Minute fährt eine *Hoover-Bahn* ein, um die wenigen, verbleibenden Stunden möglichst effektiv zu nutzen.

Als ich die Haltestelle erreiche, warten bereits vier andere Personen auf die Bahn. Ich bilde mir ein, ihre Blicke in meinem Nacken zu spüren. So brennend heiß wie Laserstrahlen. Als ob sie wüssten, dass ich morgen ein anderer Mensch sein werde. Als ob sie noch einmal die Skye von heute betrachten wollen, bevor die Skye von morgen von einem neuen Leben in Beschlag genommen wird.

Ich bewege mich so mechanisch wie ein Roboter. Recke meinen Hals der Luft entgegen. Drehe und wende mich, bis ich es nicht mehr aushalte.

Doch als ich mich zaghaft umdrehe, blicke ich in die Gesichter beschäftigter oder gelangweilter Menschen.

Niemand beobachtet oder mustert mich.

Ich schüttle den Kopf. Staune seltsam grinsend über meine eigene Dummheit. Rede mir ein, mich auf mich selbst zu konzentrieren und nicht drauf zu achten, was andere in mir sehen oder über mich denken *könnten*.

Ich bin Skye.

Ein ganz normaler Mensch, wie jeder andere auch.

Das luftige Geräusch beinahe lautloser Bremsen durchfährt meine Gedanken.

Die Bahn fährt ein. Gehalten von einem einzigen Gewinde oberhalb des abgerundeten Oberteils kommt die *Hoover-Bahn* schwebend zum Stehen.

Ich steige ein und zähle die Minuten, die ich benötige, bis ich bei Cassie angekommen bin.

Die Bahn ist komplett voll. Dass ich nicht gegen das robuste Glas gepresst werde, grenzt schier an ein Wunder.

Ich öffne den Verschluss meiner Umhängetasche und ziehe das Sol-Tablet heraus. Im selben Moment vibriert das Gerät in meinen Händen und kündigt eine weitere Nachricht des Systems an.

Mein Herz schlägt schneller.

Ich kann unmöglich hier in der Bahn eine weitere Nachricht öffnen. Ich denke an heute Mittag und an das Hologramm, das aus dem Tablet geschossen kam.

Aber wenn ich es nicht tue …

Dieses Brennen in meinem Unterarm.

Ich beiße mir auf die Unterlippe, bis es schmerzt. Mein Blick gleitet langsam nach links und nach rechts. Niemand scheint mir Beachtung zu schenken oder mich eines Blickes zu würdigen. Allesamt drücken sie auf ihren Sol-Tablets herum, betätigen Knöpfe an den *Speakern* an ihren Ohren oder starren auf den Boden.

Mein Finger gleitet zittrig dem Wappen von New Ainé entgegen. Ich schließe kurz die Augen, um den missbilligenden Blicken der anderen auszuweichen.

Stille.

Nur der unterdrückte Geräuschpegel der Bahn.

Ich öffne langsam die Augen, erwarte erneut eine dreidimensionale Kugel in meinen Händen und eine Stimme, die mir sagt, dass ich morgen in meinem eigenen Bett aufwachen darf.

Man darf ja noch träumen …

Stattdessen nimmt eine Textnachricht in Schwarz auf Weiß den Bildschirm ein und leuchtet mir entgegen. Ich scrolle durch die Seiten von Text und spüre dieses flaue Gefühl in meinem Magen aufkeimen, als ich die Überschrift der Nachricht lese.

Dein neues Leben erwartet dich!

Ich seufze. Etwas in meinem Magen zieht sich zusammen. Vermutlich mein Frühstück.

Mir bleiben immerhin noch fünf Minuten, bis die Bahn in Cassies Sektor Halt macht. Also beschließe ich, die Textnachricht zu lesen. Die meisten Absätze handeln vom richtigen Verhalten in den jeweiligen *Lebenszweigen*. Dass man sich an die Anweisungen des Oberbefehlshabers zu halten hat und nichts Unüberlegtes unternehmen sollte, falls einem etwas an seinem Dasein liegt.

Der nächste Absatz drückt aus, dass man den morgigen Tag als den Beginn einer großen Ehre betrachten soll, die einem zuteil wird, im Sinne von New Ainé zu handeln und zu agieren.

Und dann lese ich den letzten Abschnitt, noch ehe die *Hoover-Bahn* zum Stillstand kommt.

Bei Verweigerung und Abbruch des zugeteilten Berufs:

Ich schlucke. Meine Hände werden schwitzig und mein Griff um das Sol-Tablet verstärkt sich.

Bei Stillstand oder Abbruch der Aufgaben, die innerhalb des Lebenszweiges zugeteilt werden, gilt dies als Verweigerung gegenüber der Gesellschaft und Missachtung der neuen Gesetze. Dies wiederum wird aufgrund einer Reservierung eines freien Platzes des Postens mit der sofortigen Exekution bestraft. Dank der neuen Technologie erfolgt dies ohne Umschweife mithilfe der Injektion aller Mitmenschen im Alter von siebzehn Jahren.

Für einen Moment wird mir schwarz vor Augen. Alles dreht sich. Mein Magen. Ich zittere. Mir ist heiß und kalt zugleich. Wie paralysiert.

Ich lasse das Tablet in meine Tasche fallen. Greife instinktiv an meinen Arm. Fühle nach der Injektion.

Ich bilde mir ein, dass es sich bewegt.

Dass sich irgendetwas unter meiner Haut bewegt. Wie ein Tier.

Mein Todesurteil.

Ich fühle mich so hilflos. Ausgeliefert.

Die Bahn kommt zum Stehen. Die Türen öffnen sich.

Ab morgen bin ich nicht nur einer von ihnen.

Wenn ich versage bedeutet das meinen Tod.

Wenn ich nicht das mache, was sie sagen, sterbe ich.

Als ich die Luft außerhalb der Bahn einatme, kommt es mir so vor, als wäre es mein letzter Atemzug.

Stille.

Totenstille.

Momente vergehen. Und weitere. Und weitere.

Ein Fuß vor den anderen.

Mein Daumen streift ununterbrochen über den linken Unterarm. Immer und immer wieder.

Ich bilde mir ein, etwas unter meiner Haut zu spüren. Münzengroß. Vielleicht ein Chip. Ein Mikrofon. Etwas, das mit meinem Körper verbunden ist. Ich weiß es nicht.

Wenn ich nicht das mache, was sie von mir verlangen, sterbe ich. Und ich kann nichts dagegen unternehmen.

Tausend Fragen in meinem Kopf.

Keine einzige Antwort.

Sterben Mom und Dad auch, wenn sie ihre Arbeit nicht erledigen?

Stirbt jeder einzelne Mensch in New Ainé?

Und wenn ja, warum wusste ich davon nichts?

Der Vertrag.

Niemand darf darüber reden.

Ich atme ein und wieder aus. Versuche mich zu beruhigen. Konzentriere mich auf meine Füße. Schritt für Schritt. Bis ich bei Cassie bin.

Ich zittere. Dieses seltsame Gefühl des Schwindels überkommt mich.

Warum? Warum? Warum?

»Skye?« Ein Donnerschlag überdeckt den Geräuschpegel.

Mein Daumen streift erneut über meinen Unterarm. Wo ist dieses Ding? Wo ist dieses Ding, das mich tötet, wenn ich meinen Beruf nicht ordnungsgemäß ausübe, so wie es von mir verlangt wird?

»Skye?«

Plötzlich bleibe ich stehen. Blicke um mich. Drehe mich im Kreis. Als ich mich umdrehe, sehe ich Cassie mitten auf dem Gehweg stehen.

Ihre blonden, glatten Haare und ihr magerer Körper, der stärker ist, als es den Anschein hat.

»Was machst du da?«, höre ich sie sagen.

Ich blicke ihr verwirrt entgegen und mache einen Schritt in ihre Richtung. Ihr Finger schnellt empor und deutet auf das Haus hinter ihr. »Gibt es noch eine andere Cassie, zu der du wolltest? Oder hast du vergessen, wo ich wohne?« Ein Lachen dringt aus ihrem Mund.

Ich folge ihrem Finger, werfe einen Blick über meine Schulter. Ich bin viel zu weit gelaufen. War viel zu sehr in meinen Gedanken vertieft. Dann öffne und schließe ich meinen Mund wie ein Fisch, weil ich keine Ahnung habe, was ich antworten soll.

Cassie rennt mir entgegen, fällt mir um den Hals. »Hallo? Erde an Syke, kannst du mich hören?«

Und dann ist es passiert. Ein Lachen dringt aus meinem Hals. Zuerst ganz leise, und dann immer lauter. »Klar und deutlich, Roger!«

»Na geht doch.«

Cassie tritt einen Schritt zurück, mustert mein Gesicht. Und erst jetzt bemerke ich den verspannten Ausdruck, der auf meinem Gesicht haften muss.

Ich versuche *normal* zu wirken. Mir nichts anmerken zu lassen. Wir dürfen nicht darüber reden. Zumindest nicht hier.

Bisher hatte ich es ganz gut im Griff. Nicht darüber zu reden, was gestern passiert ist, meine ich. Mit absolut niemandem. Aber die Tatsache, dass ich von *mir selbst* getötet werde, sobald ich nicht das mache, was von mir verlangt wird, ist wie ein Kanonenkugel-Einschlag in die Mauer meiner persönlichen Festung.

Ich muss mich beherrschen die Seifenblase nicht zum Platzen zu bringen. Wer weiß, was passiert, wenn ich mit Cassie darüber rede? Vielleicht sterbe ich an Ort und Stelle.

Und im nächsten Moment überkommt mich pures Mitleid. Cassie hat das alles noch vor sich. Sie wird erst nächsten Monat siebzehn.

Ich drücke sie fest an mich und atme den vertrauten Geruch meiner besten Freundin ein.

»Ich bin so froh, dass es geklappt hat.«, sage ich.

»Das bin ich auch, Skye«, antwortet Cassie.

Ein paar Momente vergehen und wir verweilen an Ort und Stelle. Bis sich Cassie aus meiner Umarmung löst und mit einem Nicken in Richtung ihres Hauses deutet. »Wollen wir reingehen, oder soll ich die Getränke und den SmartScreen nach draußen bringen?«

Ich lächle. Verdrehe die Augen.

Cassie geht voran und ich folge ihr auf Schritt und Tritt. Ich blicke unbemerkt noch einmal zurück und fasse mir an den Unterarm.

Du schaffst das, Skye.

Du schaffst das!

KAPITEL 8

CASSIES ZIMMER HAT sich seit dem letzten Besuch kein Stück verändert.

An der Wand hängen immer noch Bilder ihrer Familie und ein paar vereinzelte von uns beiden. Ihre Bücherregale sind vollgestopft mit Büchern aus der Zeit vor uns über die damaligen Rechtsformen und Gesetze. Und jedes Mal, wenn ich vor das Bücherregal trete, schießen mir zwei Gedanken durch den Kopf.

Erstens: Ich glaube Cassie ist einer der absolut wenigsten Menschen in ganz New Ainé, die noch über

Bücher mit echten und gedruckten Seiten verfügen und es bevorzugen, ein Buch in die Hand zu nehmen statt ein Sol-Tablet. Vermutlich ist das einer der Gründe, weshalb ich Cassie niemals missen möchte.

Zweitens: Ich weiß bis heute nicht, weshalb sich Cassie so sehr für Gesetze und Rechtsformen interessiert. Ganz besonders für die Gesetze von damals. Damals, als die Welt kurz vor dem Untergang stand.

Ich setze mich auf Cassies Bett und sehe ihr dabei zu, wie sie mit ihrem Sol-Tablet zwei Flaschen Wasser aus der Küche unten ordert. Dann setzt sie sich zu mir auf das Bett und verschränkt ihre Beine zu einem Schneidersitz.

»Also, wie ...«, fängt sie an und beißt sich sofort auf die Unterlippe, als ihr auffällt, dass ... dass wir nicht *darüber* reden dürfen.

Damals, nach dem staatlichen Wandel wurden in ganz New Ainé Kameras und Mikrofone verbaut und versteckt aufgehängt. Vor allem, um mögliche Verbindungen zu Outlaws zu unterbinden. Dass man somit auch überprüfen konnte, ob Bürger untereinander über den siebzehnten Geburtstag redeten, war nur ein nützlicher Nebeneffekt.

Wenn ich so darüber nachdenke, kommt es mir seltsam vor, dass das System in jener Hinsicht so offen und transparent mit uns umgeht.

Ich nicke anstatt zu antworten. Ein Seufzen dringt aus meinem Hals, gefolgt von Gänsehaut, die sich auf meine Ober- und Unterarme legt. Wie ein kalter Mantel bei Schneesturm.

»Mir geht es gut«, antworte ich auf ihre unausgesprochene Frage.

Das ist eine Lüge. Aber ich will Cassie nicht mit Problemen belasten, über die ich nicht einmal mit ihr reden darf. Deren Ausmaß ich bis jetzt noch nicht begreife.

Cassie nickt. Ihre Mundwinkel wandern ein Stück weit nach oben, bevor sie ihren Blick auf die Bettdecke, auf der wir sitzen, richtet.

»Und dir?«, frage ich, denke an die Auseinandersetzung zwischen ihrer Mom und ihrer Vorgesetzten. Jetzt, da ich weiß, was es bedeutet, wenn man seinen Beruf nicht ordnungsgemäß ausführt …

Cassies Mom arbeitet als staatliche Richterin. Erst vor zwei Wochen hat sie einen Angeklagten mit einer zu milden Strafe davonkommen lassen. Zumindest ist das System der Meinung, dass die Strafe zu mild war.

Alles, was ich von Cassie weiß, ist, dass ihre Mom einen ganzen Nachmittag und Abend lang mit ihrer

Vorgesetzten über den Vorfall im Gericht gesprochen hat. Ob es zu einer Einigung gekommen ist, weiß ich nicht. Aber was, wenn nicht?

Cassie blickt mir tief in die Augen. Auf der Oberfläche ihrer plötzlich glasigen, saphirblauen Augen spiegelt sich mein Gesicht wider.

Für einen Moment ist sie still. Dann öffnet sich ihr Mund.

»Meine Mom −«

Grelles Licht und ein lautes Signal dringt von irgendwo her. Ich fahre zusammen und halte mir vor Schreck die Ohren zu.

Wir sehen uns verwundert an. Drehen unsere Köpfe im Kreis. Plötzlich ändert sich die Farbe von Cassies *SmartWatch* am anderen Ende ihres Zimmers von Schwarz zu Weiß. Das Wappen von New Ainé hebt sich vom großen Bildschirm hervor und dreht sich im Kreis.

Mein Herz schlägt schneller und schneller.

Ich erinnere mich an das letzte Mal ... an das letzte Mal, als das Wappen sich vor einem weißen Hintergrund im Kreis gedreht hat.

Als ich im Krankenhaus lag.

Als − die Szene ändert sich. Zu sehen ist der Große Platz. Noch leer. Doch später ... mindestens eine Hinrichtung.

Dann eine Stimme: »*Wir bitten alle Bürger aus Sektor One und Sektor Three ohne Sondergenehmigung sich unverzüglich auf den Weg zum Großen Platz zu machen.*«

Meine Augen weiten sich.

Ich zittere.

Ich suche Cassies Blick. Meine Angst spiegelt sich in ihrem Gesicht wider.

Sie werden heute von jeglicher Betriebsamkeit befreit.

»Du musst gehen«, flüstere ich, so leise, dass ich bereits daran zweifle, dass mich Cassie verstanden hat. Ihr fragender Blick und die unausgesprochene Frage drängt sich wie ein Keil zwischen uns. Warum muss ich nicht auch zum Großen Platz? Sollte ich es ihr sagen? Bricht das die aufgestellten Regeln?

Der Kloß in meinem Hals ist viel zu groß, als dass ich einen vernünftigen Satz aus mir herausbekommen würde.

Sie nickt. »Ich weiß.« Mein Herz bricht, als ich daran denke, was Cassie bevorsteht. »*Mach die Augen zu!*«, sage ich in Gedanken.

Wir stehen zeitgleich auf. Wie Maschinen. Getrieben vom Befehl des Systems.

Doch noch ehe sie einen Schritt in Richtung Ausgang macht, schließe ich sie in eine Umarmung und ziehe sie an mich.

Cassie zittert mindestens genauso stark wie ich.

»Ich komme dich besuchen!«, verspreche ich ihr, als ich realisiere, dass das auf unbestimmte Zeit unser letztes Treffen war. Zumindest so lange, bis ich weiß, woran ich bin und was auf mich zukommt.

»Okay.«, antwortet sie monoton. Mit den Gedanken ganz woanders.

Dann öffnet sie die Tür.

Dreht sich noch einmal zu mir um.

Ein Ausdruck in ihrer Miene, den ich nicht deuten kann.

Ich nicke. Sie nickt. Dann ist sie weg.

Und ich bin davongekommen. Schon wieder.

Als ich mit der *Hoover-Bahn* in meinem Sektor ankomme, öffne ich auf meinem Sol-Tablet den Timer, um zu sehen, wie viel Zeit mir noch bleibt.

Noch eine Stunde und dreizehn Minuten.

Erst überlege ich, sofort nach Hause zu gehen und die Zeit mit einem Buch zu verbringen oder mich unter einer Decke zu verkriechen. Aber dann spüre ich auf einmal den aufziehenden Wind in meinen Haaren und blicke dem Himmel entgegen. Die Wolken ziehen sich immer und immer dichter zusammen, verlagern sich übereinander und verdrängen das Sonnenlicht.

Ich laufe in die entgegengesetzte Richtung, in die ich normalerweise gehen würde, wenn ich nach Hause wollen würde und beschleunige meine Schritte.

Heute ist der letzte Tag, den ich frei und einigermaßen nach meinen Vorstellungen gestalten kann. Und genau das habe ich vor.

Also laufe ich und laufe ich.

Bis ich das alte Schulgebäude erreicht habe, in dem ich die ersten fünf Jahre zur Schule gegangen bin. Die Einrichtung hier ist mit Abstand eines der ältesten Gebäude in ganz New Ainé. Mindestens schon sechzig Jahre alt, aber immer noch in Verwendung.

Ich umrunde das Gebäude, bis ich den Außenplatz erreiche. Einen tiefen Atemzug später, lasse ich meine Tasche in eine Ecke fallen und recke und strecke mich. Fühle mich augenblicklich ein Stück leichter.

Ich stelle mich aufrecht und breitbeinig hin, spüre durch meine Schuhe hindurch den rauen Belag. Vor mir die schier endlos lange Laufbahn.

Meine Schultern heben und senken sich, als ich einen tiefen Atemzug zu mir nehme.

Ein Donnergrollen füllt die fast schon friedvolle Stille aus. Der Wind rüttelt an meinen Klamotten und treibt mich schier voran.

Und dann setze ich einen Fuß vor den anderen. Werde immer schneller.

Schneller.

Und schneller.

Und schneller.

Schließe meine Augen und fühle mit meinen Fingerspitzen nach dem Wind, der mich umgibt wie eine liebende Mutter.

Am Ende der Bahn komme ich langsam zum Stehen, laufe aus und stütze meine Hände auf den Knien ab. Ich starre dem Boden entgegen, atme hastig und schnell, ringe nach Luft. Und obwohl ich fast am Ende bin und meine Lungen beinahe implodieren, weil ich schon so lange nicht mehr gelaufen bin, fühle ich mich so glücklich und erfüllt wie schon lange nicht mehr.

Auf dem Boden zeichnen sich die ersten Regentropfen ab. Zuerst so rund wie Farbkleckse und dann verzweigend, als würden aus den dunklen Klecksen Bäume sprießen.

Ich strecke und dehne mich, hole tief Luft und drücke meine Brust durch. Wie ein Krieger, der dem Unwetter trotzt.

Der nächste Donnerschlag. Ein Blitz. Und dann Regen. Zuerst ein paar Tropfen. Und dann immer und immer mehr. Bis das Regenwasser langsam aber sicher die obersten Schichten meiner Klamotten durchnässt und ich die Nässe bereits auf meiner Haut spüre.

Ich hole noch ein letztes Mal tief Luft und renne los. Spreize meine Finger und spüre, wie sich der Wind einen Weg an mir vorbeibahnt. Die Regentropfen treffen hart auf meinem Gesicht auf.

Aber es ist mir egal.

Ich renne weiter und weiter. Bis mein Kopf vollkommen leergefegt zu sein scheint und ich an nichts Anderes denke als an meine immer schneller werdenden Füße und an das Gewitter, das über mir rumort und mich voll und ganz einnimmt.

Als ich zur Startlinie der Laufbahn zurückkehre, greife ich noch im Rennen nach meinem Rucksack und setze ihn auf.

Ich renne und renne, überspringe die Umzäunung und laufe auf dem Fußgängerweg aus. Alles brennt in meinem Körper.

Aber es ist ein Brennen, das mir sagt, dass ich immer noch lebe. Dass ich noch ein eigenständiger Mensch bin und auch so handeln kann.

Doch dann greife ich an meinen linken Unterarm und spüre den eiskalten Regen auf meiner Haut.

Mein Name ist Skye Ignis.

Und das wird sich morgen, wenn ich aufwache, nicht ändern.

Mein Name ist Skye Ignis.

Und ich bin ein eigenständiger Mensch, ganz egal was morgen passiert.

Ich wiederhole diese Sätze so oft in meinem Kopf, dass es sich schier wie ein Mantra eingebrannt hat.

Das System ist gut. Es beschützt einen und entwickelt sich in jeder Sekunde weiter.

Aber was ist, wenn man sich nicht an die Regeln hält? Wenn man einen Schritt wagt, der einem untersagt ist? Wenn man einen Beruf falsch ausübt?

Ich weiß nicht, was ich denken oder glauben soll. Ich weiß gar nichts. Und das ist das Schlimme daran. Ich weiß nicht, wo ich morgen aufwache. Ich weiß nicht, was auf mich zukommt.

Und plötzlich stehe ich vor unserer Haustür.

Mein Rucksack vibriert. Vermutlich der Timer, der mir sagt, dass meine Zeit abgelaufen ist.

Ein höhnisches Lachen dringt aus meinem Hals.

Was für eine Ironie.

Ich lege meinen durchweichten Finger in die dafür vorgesehene Mulde neben der Haustür.

Das altbekannte Klicken ertönt.

Wärme empfängt mich und schlagartig fühlt sich die Kleidung auf meiner Haut klebriger und kälter an als zuvor.

Mom und Dad sitzen auf dem Sofa, verfolgen irgendetwas auf dem *SmartWatch*.

Ich sage ihnen, dass ich wieder da bin und mache mich auf den Weg nach oben. Suche mir in meinem Zimmer neue, genormte Klamotten für den Abend heraus und mache mich auf den Weg ins Bad.

Das heiße Wasser wäscht den Schmutz und die Angst des Tages von meiner Haut. Ich halte mein Gesicht direkt unter den Strahl und verharre einen Moment, genieße die heimtückische Wärme.

Als ich fertig bin, stelle ich mich unter die dafür vorgesehene Vorrichtung und lasse mir meine Haare föhnen und ziehe mich an.

Dann mache ich mich auf den Rückweg in mein Zimmer. Bleibe zwischen Tür und Angel stehen.

Das Sol-Tablet in meinem Rucksack vibriert so stark, dass sich der Rucksack von selbst bewegt.

Das ist sie.

Die Nachricht. Final und entscheidend.

Ich muss nicht erst das Wappen leuchtend rotieren sehen, um das zu wissen.

Etwas in meinem Magen schnürt sich zusammen. Meine Finger kribbeln vor Aufregung. Alles in mir vibriert, als stünde ich unter Strom.

Die Vibration wird immer stärker. Nimmt nahezu den gesamten Fußboden ein.

Ich wage einen Schritt nach dem anderen. Was ist, wenn ich die Nachricht ignoriere? Kommen sie mich holen? Lassen sie mich in Ruhe?

Ich zögere.

Das Vibrieren wird immer stärker und tiefgründiger. Dunkler. Als wäre es eine Falle.

Etwas in mir treibt mich voran. Vermutlich die verdammte Neugierde in mir. Schritt für Schritt. Bis ich vor dem Rucksack knie und zitternd am Reißverschluss zerre und bete, dass irgendetwas klemmt und ich den Rucksack nicht aufbekomme.

Aber es funktioniert alles reibungslos. Fast schon zu einfach.

Und im nächsten Moment halte ich das Tablet in meinen Händen. Das Blut in meinen Adern gefriert, als das Wappen vor meiner Nase aufleuchtet und mich in seinen Bann zieht.

Mein Herz rast. Adrenalin überschwemmt meinen Körper und zerrt an mir.

Ich stehe auf.

Mein Finger kommt dem Wappen immer näher.

Und dann öffne ich die Nachricht.

Das Licht schießt aus der Frontkamera, nimmt den gesamten Bildschirm in Beschlag.

Ich lege das Sol-Tablet auf den Fußboden und im selben Moment fängt die dreidimensionale Kugel an, sich um ihre eigene Achse zu drehen.

Mein Atem stockt.

Stille.

Nichts als atemlose, angsteinflößende Stille.

Und
dann:

// Sehr geehrte Ms. Ignis,
nach langer Zeit der Abwägung und mehr-
maligem Kontrollieren der Testergebnisse
sind wir zu folgendem Entschluss gekommen

Mit jedem einzelnen Wort schlägt mein Herz
schneller. Meine Knie zittern. Ich kralle mich in die
Kante meines Schreibtisches, um mein Gleichgewicht nicht zu verlieren. Bis es schmerzt.

Ab morgen sind Sie ein Teil des Grenzmilitärs
in Sektor One. Bitte verhalten Sie sich so, wie
es von Ihnen verlangt wird. Andernfalls haben wir Ihnen die Folgen und alle
erforderlichen Informationen bereits zukom-
men lassen. Damit Sie es auch schaffen,
rechtzeitig anzutreten, wurden bereits vorgesehene Maßnahmen eingeleitet. //

Ich – ich kann nicht mehr.
Mein Atem stockt.
Luft. Atmen. Atmen.
Militär?
Grenzmilitär?
Das kann nicht sein. Das bin nicht ich.

Fehler.

Das muss ein Fehler sein.

Morgen.

Morgen bin ich einer von ihnen.

Ich muss Menschen töten.

Ich fasse mir an den Unterarm.

Sonst töten sie mich.

Ich greife mir an die Stirn.

Mir ist heiß und kalt zugleich.

Ich drehe mich im Kreis.

Ein Kloß in meinem Hals.

Den Tränen nahe.

Ich renne nach unten.

Mom und Dad.

»Mom, Dad«, kreische ich.

»Schatz, was ist denn los?«, fragt Mom – beide erheben sich aus ihren Sesseln.

»Ich ... ich« Ich kralle mich in mein Shirt, zerre daran, als wäre es zu eng. Als würde es mir die Luft zum Atmen verwehren.

Ich habe das Gefühl zu ersticken.

»Ich bin – morgen ... ich-«

Dad kommt einen Schritt näher.

Im selben Moment gleitet die Haustür auf.

Schwere Schritte, immer und immer mehr.

Mein Puls rast. Ich zittere.

Vier Männer, in voller Montur und Rüstung.

Und noch ehe einer von ihnen den Mund öffnet, weiß ich, dass sie wegen mir hier sind.

Wegen der neuen Skye.

»Skye Ignis. Ab sofort sind sie ein Teil des Grenzmilitärs von Sektor One und tragen dazu bei, das Eindringen der Outlaws zu verhindern.«

Diese tiefe Stimme. So stechend und qualvoll wie Kopfschmerzen. Nadelstiche.

Ich kann nicht reden.

Mein Blick wandert hilflos zwischen den Männern und meinen Eltern hin und her.

Mom streckt die Hand nach mir aus.

Ich mustere einen der Soldaten.

Noch ehe einer der Männer etwas unternehmen kann, falle ich Mom und Dad um den Hals. Drücke sie so fest an mich wie noch nie zuvor.

»Ich habe solche Angst«, schluchze ich. Präge mir den Geruch meiner Eltern ein. Moschus und Tee. Veilchen und Papier.

Das bin nicht ich.

Das bin *nicht* ich.

»Es wird alles gut.«, flüstert Dad, drückt mich, bis es schmerzt.

Er lügt.

Wir wissen beide, dass er lügt.

»Ich liebe euch«, presse ich hervor. Zu mehr bin ich nicht fähig.

Eine Hand an meiner Schulter. Dann zerrt und zerrt sie. Ich muss gehen. Ich will nicht.

»Ich komme euch besuchen«, sage ich. Meine Eltern nicken. Mom zittert. Ihre Augen glasig.

Ich muss wegsehen.

Sonst breche ich zusammen.

Mein Name ist Skye Ignis.

Und das wird sich morgen, wenn ich aufwache, nicht ändern.

Mein Name ist Skye Ignis.

Und ich bin ein eigenständiger Mensch, ganz egal was morgen passiert.

Eine Augenbinde.

Alles ist plötzlich dunkel.

Zwei starke Hände umklammern hinter meinem Rücken meine Handgelenke.

Dann werde ich hingesetzt. Eine Tür schließt sich.

»In fünfunddreißig Minuten sind wir da, keine Sorge«, ertönt eine Stimme.

Mein Atem geht schnell und unkontrolliert.

Ich werde töten.

Sonst werde ich getötet.

Mein Name ist Skye Ignis.

Und das wird sich morgen, wenn ich aufwache, nicht ändern.

Mein Name ist Skye Ignis.

Und ich bin ein eigenständiger Mensch,

ganz egal was morgen passiert.

TEIL 2
FALLING
STARS

KAPITEL 9
DAMALS

EMILIAN

ALS ICH SIEBEN Jahre alt war, flimmerten die ersten Nachrichten des neuen Systems über die Bildschirme.

Die Zeit, in der Mom und Dad ihre Jugend verbracht hatten, war die sogenannte *graue Zeit*. Zwar hatte das System zu dieser Zeit bereits seine ersten Züge preisgegeben und eine Richtung bestimmt, aber die neuen Gesetze galten erst, als ich sieben Jahre alt war. Sie dachten, sie würden somit nach all den Weltkriegen einen überwachten Frieden herstellen.

Aber die Angriffe der Outlaws häuften sich.

Neue Gesetze mussten bestimmt und verändert werden. Mehr Patrouillen an den Grenzen. Mehr und mehr und mehr.

Ausgangssperren wurden verhängt und die Zeiten, in denen man das Haus verlassen konnte wurden beschränkt.

Zur eigenen Sicherheit – wie das System immer behauptete. Man wolle nicht, dass irgendein Kontakt zu den Outlaws hergestellt werden könne. Verständlich. Aber die Maßnahmen, uns alle deshalb im Zaum zu halten, waren übertrieben und hart. Aber was weiß ich schon …

Zu dieser Zeit hatte das neue System noch keinen Namen. Erst später taufte Präsident Sage das Land und die Stadt des neuen Systems *New Ainé*. Einerseits wollte Präsident Sage sich von der Moral und den Konventionen der *alten Welt* lösen und andererseits wählte er den Stadtnamen nach einer irischen Schutzgöttin, an die die Menschen aus der damaligen Zeit vor uns glaubten.

Zum Schutze der Menschheit.

Zum Schutze der Natur.

Und zur Gewährleistung des Friedens.

Kein schlechter Gedanke. Wäre da nicht der unvorteilhafte Nebeneffekt, dass wir unser Leben in die Hand des Systems legen und uns voll und ganz an die Regeln binden.

Wie Hunde an der Leine.

Zudem die grausamen Strafen. Jeder Sektor verfügt über einen großen Platz. Kontakte zu Outlaws werden mit der Exekution bestraft. Man würde zwar über die Mittel verfügen, den Tod nicht unnötig in die Länge zu ziehen, doch die öffentliche Hinrichtung soll den anderen Bürgern ein Denkzettel sein.

Niemals. Wirklich niemals mit einem Outlaw reden oder verhandeln. Kontakt zu einem Outlaw bedeutet Hochverrat an der Sicherheit New Ainés und wird mit dem Tode bestraft.

Der Tod ist allgegenwärtig in New Ainé. Aber nur so glauben Präsident Sage und das System, die Kontrolle über die neue Welt gewährleisten zu können.

Kontrolle nach ihren eigenen Vorstellungen.

KAPITEL 10

DUNKELHEIT UMGIBT MICH. Überall und allgegenwärtig.

Ich kann nichts sehen.

Dieser kratzige Stoff drückt sich in meine Augen.

Ruhig atmen, Skye! Ruhig atmen!

Ich versuche das Schluchzen, das aus meinem
Mund weicht, zu unterdrücken. Ich darf nicht
schwach wirken. Ich bin jetzt einer von ihnen. Bin
ich schwach, stelle ich eine Bedrohung für die Sicherheit dar.

Ich muss lernen umzudenken.

Ich muss – ich muss – ich muss.

Andernfalls. bin ich tot.

Hoffentlich merken sie mir nichts an. Ich zittere am gesamten Körper, spüre die Härchen, die sich auf meinen Unterarmen aufstellen.

Das Gefährt bewegt sich so ruhig und tonlos voran, dass ich mir einbilde, an Ort und Stelle zu stehen.

Vor unserem Haus. In *Sektor One*.

Ich will aussteigen, Mom und Dad umarmen. Und alles vergessen.

Ich kann nicht für das Militär arbeiten.

Das muss ein Fehler sein. Ich muss mit jemandem darüber sprechen. Das muss einfach ein verdammt nochmal gigantischer Fehler sein.

Ich erschrecke, als ich merke, wie feucht die Augenbinde auf einmal geworden ist. Ich weine. Und mein einziger Gedanke: Hoffentlich bemerken sie es nicht.

Ich spüre die Blicke der anderen auf mir ruhen, obwohl ich die Männer nicht sehen kann. Mein Körper knarzt und gibt bei jeder einzelnen Bewegung Laute von sich.

Mein Herz pocht gegen die Rippen. So laut, dass ich der Überzeugung bin, von allen Anwesenden gehört zu werden. Und ich kann nichts dagegen unternehmen.

Warum bin ich hier?

Die dreidimensionale Kugel flammt vor meinem inneren Auge auf. Dreht sich im Kreis und lacht mich aus. Jedes Auflachen ein weiterer Stich in meiner Brust.

Das muss ein Fehler sein.

Ich kann nicht töten.

Aber kann ich sterben?

Sterben ist leichter als töten.

Es ist wie einschlafen – hoffe ich.

Aber ich will nicht. Gleichzeitig kann ich nicht.

Was ist mit meinen Eltern? Sehe ich sie jemals wieder?

Ein Seufzen dringt aus meinem Hals. Ich halte die Luft an, beiße mir auf die Unterlippe. Zucke zusammen und bete, dass sie es nicht gehört haben. Aber ich weiß ganz genau, dass sie jede einzelne meiner Gesten genau beobachten und mich nicht aus den Augen lassen.

Was geht in ihren Köpfen vor? Was denken sie über mich?

So viele Fragen durchfahren meinen Kopf. Schwärze durchzieht meinen Körper.

Sekunden werden zu Minuten. Minuten zu Stunden.

Ich will meine Hände bewegen. Spüre das kalte Metall an meinen Handgelenken. Mechanisch und so kantig wie eine Maschine schiebe ich meine Hände in die Hosentaschen.

Ich fühle mich nicht wie eine von ihnen.

Ich fühle mich wie eine Gefangene.

Eine Gefangene in einer fremden Welt.

So viele Bilder und Erinnerungen durchziehen meine Gedanken.

Mein siebzehnter Geburtstag.

Die Befragung.

Ich gehe jede einzelne Frage und Antwort durch. Versuche zu verstehen, weshalb ich hier bin und warum nicht woanders. Aber mein Kopf ist wie leergefegt. Ich kann nicht klar denken.

Ich unterdrücke die aufkeimenden Emotionen. Muss stark sein. Sonst bin ich leichte Beute.

Und in diesem Moment wird mir klar, was für eine Wut ich dem System gegenüber empfinde.

Ich bin Skye Ignis. Kein Soldat. Warum bin ich hier? Das ergibt einfach keinen Sinn.

Ich kann nicht töten. Aber ich muss.

Und wenn ich nicht will? Auf einmal beginnt mein linker Unterarm zu pulsieren. Ich will danach greifen. Doch so schnell das brummende Gefühl unter meiner Haut meine Aufmerksamkeit auf sich gelenkt hat, so schnell erlischt es auch wieder. Wie eine Sternschnuppe. Nur rasiermesserscharf und gierig nach meinem Tod. Egal, wie sehr ich mich anstrenge, einen Ausweg zu finden. Alle Gedanken kreisen seit einer gefühlten Ewigkeit wie Geier um dieselben zwei unausweichlichen Möglichkeiten.

Töten oder sterben.

Ich nehme einen Windhauch wahr. Einer der Männer erhebt sich, gefolgt von den anderen. Jemand fasst mir an die Schulter. Drückt behutsam zu, eine andere Hand am kalten Metall um meine Handgelenke.

Ich erhebe mich, versuche ruhig zu wirken. Meine Knie zittern. Ich bündele all meine Kraft und gebe mir Mühe, aufrecht stehen zu bleiben und nicht zusammenzubrechen.

Eine Tür öffnet sich. Einzelne Sonnenstrahlen dringen durch die Augenbinde hindurch. Ich zucke zusammen. Seltsam, wie sehr ich mich an die Dunkelheit gewöhnt habe.

Niemand sagt ein Wort. Das einzige Geräusch, welches die Stille erfüllt, ist das Aufkommen der vielen Schuhe auf dem kalten Grund.

Der Boden unter mir fühlt sich seltsam ebenmäßig an, gleichzeitig aber auch rau und unnachgiebig.

Ich gehe langsam voran. Schritt für Schritt. Gebe mir größte Mühe, nicht zu stolpern.

Der Mann hinter mir drängt mich voran. Die Pranken an meinen Handgelenken lockern sich mit jedem weiteren Schritt.

Etwas in meinem Inneren sagt mir, dass ich angekommen bin. Wo auch immer das ist.

Eine Schleuse öffnet sich.

Ich nehme ein Gewirr aus Stimmen war.

Noch eine Schleuse. Ich gehe weiter.

Ich bilde mir ein, immer weniger am Boden auftretende Schuhe wahrzunehmen. Nur noch die vertrauten, militärischen Schritte hinter mir.

Ein Klirren und Ziehen. Das schwere Metall fällt von meinen Handgelenken ab.

Etwas schubst mich von hinten, ich taumle einen Schritt nach vorne. Das Geräusch einer sich schließenden Schleuse ertönt. Zischend, dann erstickend.

Und plötzlich höre ich gar nichts mehr.

Nur das Rauschen in meinen Ohren. Mein rasendes Herz. Und das unkontrollierte Atmen.

Ich will etwas sagen, aber die Angst nimmt mir jegliches Wort aus dem Mund wie ein Sog.

Ich taumle ein paar Schritte im Nirgendwo umher. Bis eine Stimme aus einem weitentfernten Lautsprecher ertönt.

»Bitte nehmen Sie die Augenbinde ab.«

Ein kurzes Zögern. Die Worte hallen in meinem Kopf nach, während ich die kalten Tränen auf meinen Wangen haften spüre.

Ich gehorche. Was bleibt mir auch anderes übrig? Zitternd öffne ich den Knoten an meinem Hinterkopf. Bin wie gelähmt. Einen kurzen Moment verharre ich, dann lasse ich die Augenbinde fallen. Halte meine Augen geschlossen. Habe Angst vor dem, was mich erwartet.

Ich atme ein und aus. Dann öffne ich die Augen, blinzle ein paar Mal, um mich an die seltsamen Umstände zu gewöhnen.

Ich bin ... ich bin in einem Wald. Künstlich angelegt und klein – aber ein Wald. Die Wände bestehen aus kaltem Metall, aber der Boden wirkt saftig grün und dunkel. Bäume an den Seiten und in der Mitte, eingezäunt von kleinen Steinen und Felsen.

Für einen kurzen Augenblick durchflutet mich ein Gefühl von Glück und Erleichterung.

Aber im nächsten Augenblick öffnet sich eine Schleuse am anderen Ende des Waldes, nimmt jegliche Wärme mit sich und hinterlässt nichts als Kälte in meinen Knochen.

Eine abartige Kreatur ohne Gesicht, grau in grau, stampft breitbeinig durch das Gestrüpp. Vielleicht eine Einheit größer als ich.

Mein Blick gleitet auf und ab.

Etwas Spitzes in seiner Hand.

Ich stolpere ein paar Schritte nach hinten. Vergesse zu atmen.

Und plötzlich wird es mir klar.
Das ist kein Wald.
Das ist eine Arena.

KAPITEL 11

DIE KREATUR KOMMT immer näher auf mich zu. Wir bewegen uns wie zwei sich abstoßende Magnete.

Dieses Monster, fast schon menschlich, nur ohne Gesicht und mit riesigen Klauen, taumelt auf mich zu. Jedoch so schnell, dass ich nicht weiß wohin. Ich blicke gedankenverloren um mich. Suche nach einem Ausweg. Die Arena ist wie ein gigantischer Käfig aus Stahl. Diese schwarzen Punkte in meinem Sichtfeld. Das stechende Pochen hinter meinen Schläfen.

Ich weiß nicht weiter.

Ich weiß, dass ich verloren habe.

Was könnte so ein schwaches Ding wie ich gegen so ein ... Monster ausrichten?

Es kommt immer näher und näher.

Etwas in seiner Hand glänzt im sterilen Licht der Deckenbeleuchtung.

Auf einmal stoße ich an das kalte Metall der Wand und schrecke zurück, als sich die Kälte in meinen Rücken bohrt wie ein Messer.

Ich sitze in der Falle. Wenn ich das nicht schon vorher gewusst hätte, wüsste ich es spätestens jetzt.

Es kommt immer näher. Gibt ein gurgelndes Geräusch von sich, neigt seinen Kopf nach vorne und nach hinten, zur Seite und wieder zurück. Wie ein Raubtier, das seine Beute analysiert.

Ich stoße ein Wimmern aus.

Drücke mich immer dichter an das kalte Metall.

Meine Atemzüge werden immer flacher, leiser.

Es bewegt sich ganz langsam, ist jedoch nur noch wenige Einheiten von mir entfernt.

Ich durchbohre die Arena mit meinen Blicken. Suche nach irgendetwas, mit dem ich mich verteidigen kann.

Es muss doch irgendetwas geben.

IR-GEND-ET-WAS!

Es stößt eine Art Bellen aus. Fletscht seine imaginären Zähne.

Nur noch einen Schritt von mir entfernt.

Das war's dann wohl.

Das kalte Metall ist der einzige Schutz, der mir im Moment geblieben ist. Erbärmlich, ich weiß.

Die Kreatur bleibt vor mir stehen. Ich schließe die Augen, spüre eine heiße Träne meine Wange entlanggleiten, die sich einen Weg in das künstliche Gras sucht.

Ein Wimmern aus meinem Mund.

Es schnuppert an mir. Fährt zurück und kommt wieder näher. Schnuppert weiter. Als wäre ich seine Beute – und er der Jäger. Sein kalter Atem auf meiner Haut, die mit jedem weiteren Hauch zu Gänsehaut mutiert.

Ich öffne meine Augen einen Spalt weit.

Die Kreatur tritt ein oder zwei Schritte zurück.

Ich öffne meine Augen, blinzle die Tränen beiseite, um wieder klar sehen zu können.

Dann das ohrenbetäubende Brüllen. Ich zucke zusammen, taumle, schließe und öffne die Augen.

Das Monster mach einen Satz, voran das Messer.

Ich ducke mich, stütze mich ab und rolle mich zur Seite.

Adrenalin durchströmt meine Adern, scheint das Einzige zu sein, was mir Kraft verleiht.

Ich richte mich auf und renne um mein Leben. Nehme hinter mir ein weiteres Brüllen wahr. Dann die raschen Bewegungen des Monsters.

Eine Pranke an meinem Fuß. Ich stolpere. Falle rittlings ins weiche Gras, stöhne auf.

Komm schon Skye! Komm schon!

Ich rolle zur Seite, blicke der Kreatur ins Gesicht. Sie holt mit dem Messer aus, sticht zu. Ich weiche aus. Das Messer versinkt im Boden. Ein stumpfer Laut, als die Waffe die Erde spaltet.

Ich nehme all meine Kraft zusammen und verpasse dem Monster einen Tritt. Ein Brüllen. Ich rolle erneut zur Seite, stehe auf. Renne um mein Leben.

Plötzlich schreie ich auf. Laut und inbrünstig. Spüre diesen stechenden Schmerz in meiner Schulter, humple weiter. Es vibriert und sticht, treibt mich schier zu Boden.

Ich *muss* hinter einen dieser Bäume. Auf dem freien Feld habe ich nicht den Hauch einer Chance.

Ich muss – ich muss – ich muss.

Hinter einem Baum falle ich auf die Knie. Fasse mir an die Schulter. Stöhne. Das Blut an meinen Fingern schimmert im grellen Licht. Und plötzlich die Erkenntnis wie ein Schlag in die Magengrube, dass mich sein Messer erwischt hat.

Ich blicke über meine Schulter hinweg. Die Kreatur kommt auf mich zu.

Ich taste mich schnell voran, greife nach einem dicken Ast. Stehe auf. Es schmerzt *so* sehr.

Der Baumstamm drückt sich in meinen Rücken. Ich spüre die kleinen, abstehenden Äste in meinem Rückgrat.

Die Schritte des Monsters werden langsamer, ich verstärke den Griff um den dicken Ast. Schließe die Augen, konzentriere mich auf die Geräusche und das Aufkommen seiner nackten Füße auf der Wiese.

Stille.

Dann ...

Das Schnüffeln.

Genau auf der Höhe des Baumes.

Ich atme ein. Beim Ausatmen schreie ich vor Schmerzen in meiner Schulter und presche den Ast nach vorne, genau in Richtung der Brust des Monsters.

Es gibt einen seltsamen Laut von sich, wölbt sich, lässt das Messer fallen.

Mein Herz rast. Alles in mir schreit nach diesem Messer. Etwas in mir treibt mich voran, schubst die Kreatur zur Seite. Ich greife nach dem Messer und fühle mich automatisch sicherer.

Ein Schlag in meine Seite.

Ich taumle, spüre den Boden unter mir.

Ich halte das Messer ganz eng an meinen Körper, richte es auf wie eine Lanze.

Das Monster stellt sich breitbeinig auf und auf einmal verlängern sich seine Pranken zu langen und spitzen Waffen. Allein schon die Vorstellung, davon durchbohrt zu werden, brennt wie Feuer unter meiner Haut.

Es springt ab. Brüllt. Holt aus. Ich schließe die Augen und rechne mit dem Schlimmsten.

Dann: Ein erstickender Schrei ganz nah an meinem Ohr. Ich versuche, mich nicht allzu sehr auf den Schmerz zu konzentrieren. Aber ... ich spüre nichts.

Ich öffne die Augen. Das Monster liegt schwer und regungslos auf mir. Ich will das Messer bewegen, ehe ich realisiere, dass es tief in seine Innereien eingedrungen ist.

Ein letzter Laut aus seinem nicht vorhandenen Mund. Und plötzlich löst sich das Monster auf mir in Staub und Asche auf. Was zurück bleibt, ist der Schmutz auf meinen Klamotten.

Ich lasse das Messer sinken. Fühle mich so schwer und leer wie schon lange nicht mehr.

Ich will schlafen. Bin so erschöpft. Sacke innerlich zusammen. Mein ganzer Körper zittert.

Und noch ehe ich mich sammeln oder fangen kann, öffnet sich eine der Schleusen.

Insgesamt drei Soldaten marschieren im Gleichschritt in meine Richtung.

Links und rechts tragen die Männer ein Gewehr, der in der Mitte hält die Schultern gestrafft und verschränkt die Hände hinter seinem Rücken.

Ich kann mich nicht bewegen, bin viel zu erschöpft und sprachlos und fassungslos und erledigt und alles zugleich. Mein Kopf fühlt sich schwer an. Kreisend und träge.

Alles in mir schreit: »Was. War. Das?«

Die Männer bleiben vor mir stehen, synchron – versteht sich.

»Ms. Ignis?«, gibt der Mann in der Mitte von sich. Es klingt weniger wie eine Frage als eine Aufforderung.

»J-ja?«, gebe ich stotternd von mir, ringe um Atem.

»Sie sind aufgefordert sich unverzüglich beim Kommandanten zu melden.« Diese Stimme. So monoton und ohne jegliche Emotionen. Als stünde vor mir ein Roboter und kein Mensch. Ich glaube, selbst ein Roboter würde mehr Emotionen zeigen als einer dieser drei Soldaten.

Ich nicke. »Ist gut.«

»Sofort.«

Etwas in mir zieht sich zusammen. Ich nicke erneut. Der rechte Soldat reicht mir die Hand. Zuerst bin ich verwundert über die fast schon menschliche Geste. Dann greife ich danach und lasse mich nach oben ziehen, bis ich auf meinen eigenen Füßen stehe. Ich unterdrücke das Stöhnen, beiße die Zähne zusammen. Gebe dem Verlangen, mir an die Schulter zu fassen, nicht nach. Ich darf nicht.

Ich muss stark sein. Ich *muss*.

Meine Gefühle stehen nun an zweiter Stelle. Wenn sie sehen, dass ich weich und schwach bin, war es das.

»Hier entlang, Kadett«, dringt aus dem Mund des mittleren Mannes.

Kadett. Ich weiß nicht, was ich davon halten soll.

Wir verlassen geschlossen die Arena. Ich humple den anderen hinterher, fasse mir in einem unbeobachteten Moment an die Schulter, könnte aufschreien vor Schmerzen.

Eine Träne bahnt sich einen Weg auf meiner Wange entlang. Ich wische sie schnell weg, ehe sie von einem der drei entdeckt wird.

Wir schreiten durch unterschiedlich hohe Gänge, von Deckenlampen beleuchtet. Das grelle Licht blendet mich. Wie in einem Bunker.

Und je länger ich darüber nachdenke und kein einziges Fenster an den Wänden entdecke, desto mehr glaube ich, dass wir uns tatsächlich in einem Bunker befinden.

Der gleiche Schritt der Männer durchdringt meine Ohren und brennt sich in mein Gedächtnis. Im Takt der Schritte flammen Bilder der letzten Stunden, Minuten oder Sekunden vor meinem inneren Auge auf.

Die Augenbinde.

Der Transport.

Die verschluckende Dunkelheit.

Und dann die Arena.

Ich weiß bis jetzt nicht, weshalb ich den Kampf überlebt habe.

Fünf Buchstaben in meinem Kopf. Fünf Buchstaben, die sich auf die Oberfläche meiner Netzhaut brennen: G.L.Ü.C.K.

Ich müsste schon längst tot sein. Das Monster war einen ganzen Kopf größer als ich, viel stärker, als ich es vermutlich jemals sein werde.

Alles Glück.

Alles Zufall.

Hätte ich das Messer nicht so aufrecht gehalten ... ich wäre tot.

Davon abgesehen, dass ich noch nie so etwas Abartiges gesehen habe ... die riesigen Klauen, das menschliche Aussehen ohne Gesicht, das Brüllen und Schnüffeln.

Gänsehaut überkommt mich, als sich sein Körper vor meinem inneren Auge widerspiegelt. Sein Sprung. Ich dachte, das sei mein Ende.

Wir schreiten etliche Treppenstufen nach oben, eine Schleuse öffnet sich.

Instinktiv halte ich mir eine Hand vor das Gesicht. Die Sonnenstrahlen – die *echten* Sonnenstrahlen – blenden so enorm, dass ich mehrmals blinzeln und meine Augen schließen und öffnen muss, ehe ich mich an die normalen Umstände gewöhnt habe.

Ich werfe einen Blick über meine Schulter zurück zum Ausgang. Wir waren tatsächlich in einem Bunker.

Der Boden unter mir ist ebenmäßig und schwarz. Wir überqueren einen Platz voller Soldaten und Kampfobjekten. Ich bilde mir ein, die Blicke sämtlicher Soldaten auf mich zu ziehen. Als wäre ich eine Attraktion. Vermutlich bin ich das auch. Die Neue mit der blutenden Schulter und dem humpelnden Gang.

Mein Kopf richtet sich automatisch auf den Boden. Ich achte auf meine Schritte. Darauf, dass sie möglichst gleichmäßig aussehen und sich so monoton anhören wie die der Soldaten. Als könnte es jeder einzelne Soldat sein, der hinter den Männern läuft und nicht ich.

Nur nicht ich.

Ich muss husten. Ein stechender Schmerz durchzuckt meine Schulter. Feuer. Nichts als Feuer. Lava.

Und da sehe ich sie: Den ersten weiblichen Soldaten, den ich heute zu Gesicht bekomme. Sie lehnt
an einer Wand, spielt mit einem Messer in ihrer
Hand und redet mit einem Soldaten, lacht und kratzt
sich am Hals.

Ich schlucke. Auch, wenn ich sie nicht kenne,
fühle ich mich ein Stück weit weniger allein gelas-
sen.

Eine weitere Schleuse öffnet sich, als wir das andere Ende des Platzes erreicht haben.

Die Schleuse hinter uns schließt sich zischend.

Es ist dunkel.

Viel zu dunkel.

Und dann gehen die Lichter an.

Das grelle Licht.

Etwas in meinem Inneren sagt mir, dass ich mich
wohl oder übel an das seltsame Licht gewöhnen
muss.

Weitere Schritte. Im Einklang.

Ich humple ihnen hinterher. Versuche den stechenden Schmerz in meiner Schulter zu ignorieren.
Aber es klappt nicht. So allgegenwärtig und dominant, dass ich Schwierigkeiten habe, gerade zu
gehen.

Wir biegen ein paar Mal links und rechts ab, ehe
wir vor einer weiteren Schleuse stehen bleiben.

Einer der Soldaten tippt einen Code am Rahmen der runden großen Tür ein und sie springt auf. Gibt ein gleitendes Geräusch von sich.

»Wir sind da«, erklärt der mittlere Soldat. »Bitte treten sie ein, Ms. Ignis.«

KAPITEL 12

KÄLTE EMFPÄNGT MICH, als ich den stählernen Raum betrete.

Links und rechts stehen Soldaten vor Maschinen und Hologrammen, betätigen Knöpfe und sprechen etwas in Mikrofone, an Kopfhörern angeschlossen. Worte, die für mich keinen Sinn ergeben. Und mit jedem weiteren Schritt werde ich unsicherer, kleiner und kleiner. Der Schmerz zieht meinen gesamten Oberarm hinunter. Es brennt, schmerzt, vibriert, kribbelt. Dieser Druck, der sich ausbreitet wie

Feuer, treibt vereinzelte Schweißperlen auf meine Stirn.

Kurzzeitig dreht sich der Raum. Bis ich mich gefangen habe und weitergehe.

Ich muss stark sein.

Schritt für Schritt.

Nicht stolpern.

Geradestehen.

Am Ende des Raumes erblicke ich zwei Männer, die miteinander reden. Der linke Mann ist kleiner als der rechte. Trägt eine dunkelrote Uniform mit schwarzen Elementen darauf.

Als ich die Uniform mustere und einen Blick in Richtung der anderen Soldaten im Raum riskiere, wird mir klar, dass jeder Soldat dieselbe Uniform trägt.

Genormt. Wie alles andere auch.

Der linke Soldat nickt, verbeugt sich vor dem rechten Mann und tritt ab. Als er an mir vorbeischreitet, kreuzen sich unsere Blicke.

Seine Augen sind blau. Undurchdringlich, kalt.

Nur ein einziger Gedanke in meinem Kopf, der mir mehr Angst bereitet als der Schmerz in meiner Schulter: Werde ich genauso werden? Genauso wie alle anderen, wie alles andere hier auch? Kalt? Emotionslos?

»Ms. Ignis?«

Ich lenke meine gesamte Aufmerksamkeit auf den Mann vor mir.

Er ist großgewachsen, wesentlich älter als der Rest und dennoch kräftig und breit. Der Mann trägt ebenfalls eine dunkelrote Uniform, doch die schwarzen Elemente überwiegen. Seine Brust ist mit vier Abzeichen verziert. Glänzend im grellen Licht.

»Ja?«, frage ich und komme näher, bis nur noch wenige Einheiten zwischen mir und dem großgewachsenen Mann liegen.

»Ich bin Kommandant Craig. Freut mich, Sie bei uns begrüßen zu dürfen«, erwidert er abgehackt und kurz angebunden.

Er lächelt.

Machtvoll und von oben herab.

Ein Schauer läuft mir über den Rücken. Erst jetzt fällt mir auf, dass ich dem Kommandanten vielleicht viel zu nahe getreten bin.

Ich taumle von einem Fuß auf den anderen.

»Ich ... ich freue mich-«

»Falls wir Sie erschreckt haben, tut es uns leid«, fällt er mir ins Wort. Zum Glück. Einem Kommandanten ins Gesicht zu lügen, fällt garantiert unter die Todesstrafe.

Ich mustere ihn fragend, lege meinen Kopf zur Seite. Auf einmal dreht sich der Raum, mein Kreislauf bricht in mir zusammen wie ein Kartenhaus.

»Ms. Ignis?«

Ich fasse mir an die Schulter. Das Blut an meinen Fingern ist dunkler als zuvor, matt und ausdruckslos. Beinahe tot.

»Sie wurden verletzt?«

Mehr als ein Nicken bringe ich nicht zustande.

Das war's. Ich bin zu schwach. Beim Kommandanten entlarvt. Gut gemacht, Skye!

Er kehrt mir den Rücken, drückt einen Knopf in der Nähe der Wand. Eine Schublade springt auf. Craig hält etwas in der Hand. Eine Art Fläschchen.

»Setzen Sie sich, sofort!«, verlangt er – hallend und leise. Ein Befehl. Eine Aufforderung.

Er zieht einen Stuhl herbei und hilft mir dabei, dass ich sicher auf dem Polster lande.

Ein Stöhnen dringt aus meinem Hals. Ein Stöhnen der Erleichterung. Ich hätte nicht gedacht, dass es sich so gut anfühlt, endlich zu sitzen.

»Lassen Sie mich mal sehen«, weist er mich an.

Ich ziehe zitternd am durchweichten Stoff, stöhne auf, als ich unbemerkt an den Schnitt stoße. Presse die Zähne zusammen.

Craig murmelt etwas vor sich hin. Dreht den Verschluss des Fläschchens ab und tröpfelt ein paar Tropfen auf die Wunde.

Ich unterdrücke einen Schmerzensschrei, als sich die Flüssigkeit mit meinem Blut vermengt. Kaue wie wild auf meiner Unterlippe herum. Schmecke Blut.

Es brennt. Pulsiert. Pocht.

»Es wird Ihnen gleich besser gehen, Ms. Ignis«, behauptet er, verstaut das Fläschchen in der Schublade, aus der er es entnommen hat.

Warten. Schmerzen. Warten. Schmerzen.

Stille.

Und tatsächlich.

Wenige Sekunden später lässt der Schmerz schier vollkommen nach.

Ein oberflächliches Ziehen ist das Einzige, was ich im Moment noch spüre.

»Geht es wieder?«, fragt er.

Ich nicke. »Ja, vielen Dank.« Keine Lüge.

Er erwidert mein Nicken. Anscheinend erfreut.

Vielleicht habe ich doch noch eine Chance.

Aber ... will ich das überhaupt?

»Also – falls wir Sie vorhin erschreckt haben, tut uns das leid. Diese *Prüfung* in der Arena ist bei jedem Neuankömmling dieselbe. Also keinen Grund zur Sorge.«

Kein Grund zur Sorge?

Ich weiß nicht, was ich sagen soll. Anstatt zu antworten, starre ich zu Boden.

Ein Räuspern aus Craigs Mund. »Es war nur eine Simulation, sie waren zu keinem Zeitpunkt in Gefahr.«

Außer der Verletzung an meiner Schulter, selbstverständlich.

»Natürlich«, antworte ich, als würde ich schon längst wissen, dass ich gar keiner echten Bedrohung gegenüberstand.

»Und alles in allem«, fängt Craig an, umrundet mich, als wäre ich seine Beute, »haben Sie sich außerordentlich gut geschlagen, Ms. Ignis. Das war wirklich bemerkenswert.«

Es war nur Zufall. Glück.

Aber ich halte meinen Mund.

Wer weiß, wohin das Ganze noch führt.

»Danke, Sir«, antworte ich und versuche, ein freundliches Lächeln aufzusetzen. Wenn es genauso aussieht, wie es sich anfühlt, stehen die Chancen auf Entlarvung gut.

»Cody wird Ihnen ihr Zimmer zeigen«, sagt Kommandant Craig wie aus dem Nichts und deutet auf einen jungen Mann, der von seinem Hologramm aufspringt und sich neben Craig positioniert.

»Ja, Sir?«, gibt Cody von sich. Mit strammer Brust und durchgedrücktem Rücken. Und nicht zu vergessen: emotionslos und monoton wie eine Maschine.

»Zeigen Sie doch bitte Ms. Ignis ihr neues Zimmer«

»Wird gemacht, Sir«, antwortet Cody.

Ich blicke noch einmal zu Craig. »Ruhen Sie sich erst einmal aus, Ms. Ignis. Alles andere besprechen wir morgen, wenn sie sich von ... heute erholt haben.«

Ich nicke. Zu mehr bin ich nicht fähig.

Cody führt mich ab. Ich verlasse den großen Raum, der beinahe einer Halle gleicht.

Im Gehen blicke ich um mich.

Kalte Wände, stählern. Grelles Licht, Waffen.

Das ist also mein neues Leben.

KAPITEL 13
DAMALS

EMILIAN

DAMALS WAR ALLES anders.

Das System sah vieles lockerer. Es gab keine Sperr-
zeiten, in denen man das Haus nicht verlassen durfte.
Man konnte selbst bestimmen, was man mit seinem
Leben anfing.

Es gab niemanden, der einem verbot, bestimmte
Bücher zu lesen, bestimmte Musik zu hören, bestimmte Filme zu schauen.

Man war frei. Mehr oder weniger.

Natürlich mit dem großen Ausrufezeichen, dass es
mit bloßer Freiheit zum zweiten Mal zur ultimativen
Zerstörung der Menschheit kommen könnte.

Deshalb die neuen Regeln.

Deshalb das neue System.

Freiheit hat seinen Preis.

Ich war mit Skye auf dem Spielplatz. Sie war gerade einmal drei Jahre alt. Sie spielte mit den *Holo-Pets*. Tieren, die durch ein Hologramm auf dem Spielplatz erzeugt werden, da Haustiere in ganz New Ainé verboten worden waren.

Wenn Tiere keinen Nutzen haben, sind sie wertlos. Das war die Devise. Punkt.

Also erfand man die *Holo-Pets*, damit Kindern mehr blieb als Kühe, Pferde und Schweine.

Skye liebte die holographischen Tiere. Wenn es nach ihrem Kopf gegangen wäre, hätte sie den ganzen Tag nichts anderes gemacht, als mit den Tieren zu spielen.

Während Skye beschäftigt mit den unechten Tieren spielte, musterte ich die anderen Besucher des Spielplatzes.

Verliebte Paare.

Familien und Kinder.

Alte Menschen, vielleicht siebzig Jahre alt.

Ich ließ meinen Blick über die Köpfe der anderen Menschen hinweg gleiten. Als ich plötzlich zwischen zwei Gassen hindurch mindestens zehn

Soldaten marschieren sah. Vorneweg ein Mann, hinter seinem Rücken mit magnetischen Handschellen gefesselt.

Ich versuchte wegzusehen.

Aber es ist wie bei einem Unfall – man kann einfach nicht.

Skye war so sehr mit den Tieren beschäftigt, dass ich aufstand und leise und unbemerkt in die dunkle Gasse schlich, bis ich auf die große Straße hinüber sehen konnte.

Ich versteckte mich vor dem Militär – gerade so, dass ich alles sehen konnte und gleichzeitig nicht entdeckt wurde.

Ein Outlaw, getrieben vom Militär.

Vermutlich auf dem Weg zum Großen Platz.

Ich spürte eine Gänsehaut auf meinen Unterarmen aufkeimen, die Härchen begannen sich aufzustellen.

Die Soldaten marschierten im Gleichschritt, schubsten den Outlaw vor sich her wie einen leblosen Sack.

Plötzlich drehte sich der Outlaw um, rannte in die entgegengesetzte Richtung und verpasste einem Soldaten eine Kopfnuss. Dieser stolperte und fiel.

Ein Schuss zerfetzte die friedvolle Ruhe.

Ich schloss die Augen.

Als ich sie wieder öffnete, breitete sich um den Outlaw herum eine große, rote Pfütze aus.

Sofort wurde er abtransportiert.

Mein Magen verknotete sich, als ich dabei zusah, wie das Blut in die Ritzen des Steinpflasters sickerte.

Ich machte kehrt. Schüttelte mit dem Kopf, um die Bilder aus meinen Gedanken zu vertreiben.

Ich glaube nicht, dass ich jemals dazu imstande wäre, einen Menschen, egal wie sehr ich mit ihm verfeindet bin, zu töten.

KAPITEL 14

SCHRITT FÜR SCHRITT, keine sinnlosen Gespräche, keine Geräusche. Nichts.

Cody ist so still, dass ich teilweise vergesse, dass er vor mir herläuft.

Ruhen Sie sich erst einmal aus, Ms. Ignis.

Ich glaube nicht, dass ich mich jemals von dem heutigen Schock erholen kann. Wie spät ist es überhaupt? Ist es schon der nächste Tag? Oder doch noch derselbe?

Vor nur wenigen Stunden wurde ich aus meiner gewohnten Umgebung gerissen und schon stehe ich hier. Laufe. Versuche, meine Füße im Gleichschritt zu bewegen und nicht zu stolpern.

Ich habe solche Angst. Hatte insgeheim gehofft, dass ich, wenn ich erst einmal weiß, was ich für den Rest meines Lebens sein werde, wesentlich ruhiger und ... freier sein würde, nicht gefangen in meiner eigenen Gedankenwelt und die ganze Zeit um die einzige Frage kreise: Wird es besser werden?

Aber es ist genau das Gegenteil eingetroffen.

Ich kann wortwörtlich nicht stillstehen. Zittere so sehr, dass ich Angst habe, nie wieder damit aufhören zu können. Mein Körper sträubt sich gegen jede einzelne Zelle, die mich umgibt. Alles hier fühlt sich fremd und verloren an. Falsch.

Ich kann nicht klar denken. Das grelle Licht brennt in meinen Augen, sodass es schmerzt. Schmerzen. Ich habe solche Kopfschmerzen.

Von wegen ein Beruf als Lehrer oder Zählerin. Der Funke in mir, die Sonnenstrahlen, die die Wolken durchbrechen, erlöschen. Werden von den Gewitterwolken überschattet.

Und ich kann nicht darüber reden.

Sie würden mich behandeln wie eine Aussätzige. Ich muss den Rest meines Lebens mit ihnen auskommen. Hier gehöre ich hin. Zumindest ist das System der Meinung, dass das nach *meinen* Angaben die perfekte Zukunft für mich ist.

Es muss einfach ein Fehler sein.

Ich bin nicht in der Lage, einen Menschen zu töten. Ich kann das einfach nicht. Ich kann nicht einmal eine Waffe in der Hand halten.

Ich denke an den *Kampf* von vorhin zurück. Das war nichts als Glück, Zufall, Ironie des Schicksals. Irgendetwas. Aber auf keinen Fall *Können*.

Eine leise Stimme in meinem Hinterkopf flüstert, dass ich es keine Woche hier unten, in diesem Gebäude, auf diesem Gelände aushalten werde. Überleben werde.

Mom und Dad. Ich will mit ihnen reden. Habe ich jemals wieder die Gelegenheit dazu? Ich habe bisher noch nie auch nur einen Soldaten in irgendeiner Wohnung in irgendeinem Sektor leben sehen.

Ich sehe sie, wenn sie arbeiten.

Wenn sie Outlaws auf dem Großen Platz exekutieren.

Wenn sie nichts anderes tun, als das, was von ihnen erwartet wird.

Ich habe solche Angst.

Unterdrücke ein Schluchzen.

Ich darf nicht schwach wirken.

Ich darf einfach nicht.

Weinen Soldaten? Dürfen Soldaten so etwas Erniedrigendes wie weinen?

»Hier sind wir«, gibt Cody von sich. Der erste Satz, den er seit dem Verlassen der Halle an mich gerichtet hat. »Zimmer 424«

Ich nicke. Zimmer 424.

»Bitte lege jetzt deinen Daumen auf die Vorrichtung, damit ich deine Daten einspeichern kann«, sagt er wie einstudiert, drückt einen grünen Knopf neben der Tür. Ein merkwürdiger Ton erklingt. Cody starrt mich erwartungsvoll an.

Ich mache, was von mir verlangt wird und drücke meinen Finger gegen den auf- und abfahrenden Sensor neben dem Knopf.

Ein paar Momente vergehen, ehe der merkwürdige Ton erneut erklingt und der grüne Knopf kurzzeitig aufblinkt.

»Das war's«, erwidert Cody. »Morgen früh um halb sieben findet eine Versammlung im Speisesaal statt. Dort wird alles Weitere besprochen.«

Ich glaube nicht, dass Cody und ich jemals Freunde werden könnten, aber aus irgendeinem Grund bin ich ihm dankbar, dass er hier ist.

Dass ich nicht alleine bin.

»Danke Cody«, antworte ich und strenge mich an, so monoton und reglos zu klingen wie es anscheinend von mir erwartet wird.

Cody salutiert, legt zwei Finger an seine Stirn und schaut mir in die Augen. Vielleicht eine Art Zeichen des Militärs. Ein Zeichen dafür, dass ich nun eine von ihnen bin. Ein minimales, kaum erkennbares Lächeln stiehlt sich in sein Gesicht. Dann geht er in die entgegengesetzte Richtung, aus der wir gekommen sind.

Ich bin allein.

Starre der Schleusentür entgegen. Zimmer 424.

Ich weiß nicht, was mich hinter dieser Tür erwarten wird. Ich habe nichts dabei, mit dem ich auch nur einen Hauch von Verbindung nach Hause herstellen könnte. Nichts. Kein Bild. Kein Armband. Kein Buch. Kein Sol-Tablet.

Nichts.

Ich bin vollkommen auf mich allein gestellt. Und plötzlich ist mir kalt.

Zögernd lege ich meinen Finger auf den Sensor. Nur eine Sekunde später ertönt der seltsame Ton und die Tür springt auf.

Ich trete hindurch.

Vier Betten. Zwei sind bereits besetzt.

Neben einem der Betten geht ein weiteres Zimmer ab. Das Badezimmer. Sonst nichts.

»Na wenn das nicht die Neue ist!«, entfährt es einem blonden Mädchen, das von ihrem Bett aufspringt und auf mich zukommt.

»Ich bin Alex«, sagt sie und will mich umarmen. Doch in ihrer Bewegung hält sie inne, versteift sich und tritt einen Schritt zurück.

Ich kann ihren Ausdruck nicht deuten. Eine Mischung aus Freude, Achtsamkeit und ... Furcht?

Ich glaube nicht, dass sie schon allzu lange hier ist. Sie hat etwas Spielerisches an sich, was ich bei den anderen hier vermisse.

»Ich bin Skye, freut mich, euch kennen zu lernen«, antworte ich und blicke erst zu Alex und dann dem anderen Mädchen entgegen, das noch auf ihrem Bett liegt. Ich freue mich nicht wirklich. Ich bin vielmehr erleichtert, nicht allein zu sein.

Das Mädchen auf dem Bett nickt. »Ich bin übrigens Zoey.«

»Du bist heute erst angekommen, stimmt's?«, fragt mich Alex und mustert mich von oben bis unten wie ein Scanner. Meine verdreckten Sachen von der Arena müssen einen guten ersten Eindruck auf die Mädchen ausüben.

»Ja«, antworte ich leise. »Vor wenigen Stunden, glaube ich« Und auf einmal fällt mir auf, dass ich die Zeit scheinbar komplett aus den Augen verloren habe.

Ich trete von einem Fuß auf den anderen.

»Und, hast du es besiegt?« Zoey.

»Was meinst du?«, frage ich.

Zoey erhebt sich von ihrem Bett und gesellt sich zu uns. »Das Monster in der Arena.«

Ich weiß nicht, ob ich lachen oder weinen soll. Alles in mir schreit nach Ruhe. Danach, dass ich so etwas nie wieder sehen muss. Ich will nicht darüber nachdenken.

»Ja«, antworte ich. Hoffe, dass man das Zittern in meiner Stimme nicht allzu sehr wahrnimmt.

»Das war bestimmt ein langer Tag für dich«, höre ich Alex nach einem Moment der Stille sagen. »Das Bett dort drüben ist deins. In dem anderen liegt Jessica, aber die ist fast nie hier.«

Ich starre meinem Bett entgegen. Weißes Kissen, weiße Decke. Alles genormt, alles gleich.

»Danke«, antworte ich.

Alex nickt. »Wenn du erst einmal duschen möchtest ... die Handtücher findest du im Badezimmer.«

»Danke«, gebe ich erneut von mir und nicke den beiden zu.

Langsam und unsicher mache ich mich auf den Weg in das kleine und minimalistische Badezimmer.

Mit einem lauten Klicken schließe ich hinter mir die Türe. Atme aus. Ruhe. Endlich Ruhe.

Ich ziehe und zerre an meinen Klamotten. Fühle mich augenblicklich freier, als mein verdrecktes Oberteil zu Boden gleitet und die Hose zusammengekauert in der Ecke liegt.

Ich starre in den Spiegel. Mein Blick wandert meine linke Schulter entlang. Ich drehe mich im Kreis, den Blick auf das Spiegelbild meiner Schulter gerichtet.

Nichts. Absolut nichts.

Ich lasse meinen Arm bewusst kreisen, drücke den Rücken durch, hebe und senke die Schulter. Ich spüre nichts mehr, was ich nicht spüren sollte.

Bemerkenswert. Fast schon gruselig.

Ich fahre mir durch die Haare. Schließe für einen Moment die Augen. Genieße die unbewusste Massage meiner Kopfhaut.

Dann trete ich unter die Dusche. Lasse mich von den Wassertropfen berieseln.

Ich schrubbe über meine Haut. Will den Dreck unter meinen Fingernägeln loswerden.

Alles von mir abspülen.

Den heutigen Tag.

Die Angst.

Das Erlebte.

Alles.

Aber es geht nicht. Es ist alles da. So fest in meinen Gedanken verwurzelt, dass es brennt wie Feuer, wenn ich nur daran denke. Wenn ich die Augen schließe sehe ich nichts. Genauso viel wie im Transportwagen, als ich die Augenbinde anhatte. Dann die Umrisse des Monsters.

Etwas in mir bricht. Mir ist kalt, trotz des warmen Wassers.

Es bricht mehr und mehr. Bis mich nichts mehr zurückhalten kann.

Erst ist es ein Schluchzen.

Dann ein Wimmern.

Und dann weine ich.

Ich sinke zu Boden, gleite an der kalten Fliesenwand entlang und winkle meine Beine an.

Das Wasser prasselt auf mich nieder und verschleiert meine Sicht. Es tropft auf meinen Körper, dann auf den Boden, vermengt sich mit den heißen Tränen.

Laute dringen aus meinen Mund, die ich noch nie zuvor gehört habe.

Erstickend. Ehrlich. Heiser.

Ich wimmere und schluchze. Weine.

Bis ich komplett durchgeweicht bin.

Das Wasser erstickt meine heiseren Schreie.

Ich raufe mir die Haare. Bete, dass ich hier nicht hingehöre. Dass das einfach nicht sein kann.

Denke an meine Mom und an meinen Dad, wie nahe Mom den Tränen war.

Ich schluchze und weine. Weine und schluchze.

Mein Körper zittert. Meine Schultern bewegen sich auf und ab.

Und je länger ich hier bin, desto mehr festigt sich der Gedanke in meinem Kopf, dass ich hier einfach nicht hingehöre.

Ein schrilles Piepen. Durchdringend. Zerreißend. Vernichtend.

Ich fahre blitzschnell nach oben.

Atme ein und atme aus.

Auf mein Gesicht hat sich ein glänzender Film von der Nacht gelegt.

Ich blicke um mich, bin für einen Moment orientierungslos.

Das ist nicht mein Bett. Das ist nicht mein Zimmer. Ich greife unter mich. Spüre den merkwürdigen Stoff der Bettdecke.

Wo bin ich?

Und dann fällt es mir wieder ein. Das ist das Bett in dem ich zukünftig Nacht für Nacht schlafen werde. Das ist das Zimmer in dem ich in Zukunft meine freie Zeit verbringe.

»Was ist los?«, frage ich keuchend, blicke dem Bett mir gegenüber entgegen.

Alex kichert. »Das war der Wecker.«

»Der Wecker«, wiederhole ich verdutzt.

»Ja«, sagt Zoey, die neben mir liegt. Sie gähnt und streckt alle Gliedmaßen von sich. »So werden wir jeden Morgen geweckt.«

Mein Kopf ist leer. Ich weiß nicht, was ich sagen soll. »Wie spät ist es?«, frage ich.

»Halb sechs«, antwortet Alex und streckt sich, gähnt. »Zeit für das Frühstück.«

Ich nicke. Lächle beinahe. Das ist die erste gute Nachricht, die ich in den letzten Stunden vernommen habe. Und als ich darüber nachdenke, wann ich das letzte Mal etwas gegessen habe, stelle ich fest, dass es gestern Mittag gewesen sein muss.

Mein Magen knurrt. So laut und unüberhörbar, dass ich nichts gegen die Röte unternehmen kann, die mir unaufhaltsam ins Gesicht steigt. Und als ich aufstehen möchte, lässt mein Körper mich das mit aller Gewalt spüren. Alles dreht sich. Ich brauche ein paar Augenblicke, um wieder klar sehen und gehen zu können.

»Alles okay bei dir?«, fragt mich Zoey.

»Ja«, antworte ich zögernd und spüre die Hitze meine Haut entlangfahren.. »Ich habe nur seit gestern nichts Anständiges mehr gegessen.«

»Oh« ist alles was sie sagt. »Wir hatten wenigstens Zeit, uns hier ein wenig einzuleben«, gesteht sie dann.

»Was meinst du?«, frage ich und mache einen Schritt in Richtung Badezimmer.

»Zoey und ich kamen am selben Tag hier an«, antwortet Alex. »Das war vor einer Woche, seitdem haben wir die Basis ein bisschen erkunden und uns zurechtfinden können.«

Die Basis.

So nennen sie die Hölle also.

»Mhh«, gebe ich von mir und gehe ins Bad, als es nichts mehr zu sagen gibt. Es ist halb sechs am Morgen. Mom und Dad schlafen sicherlich noch. Und ehrlich gesagt bin ich froh, dass der Wecker so früh geklingelt hat. Ich konnte ohnehin nicht mehr schlafen. Ständig diese Bilder in meinem Kopf. Ständig das Knurren des Monsters in meinen Ohren.

Ich spritze mir Wasser ins Gesicht und wage einen Blick nach links und rechts. Vier Becher, befüllt mit jeweils einer Zahnbürste und Zahnpasta.

Ich greife nach der Bürste, die am wenigsten benutzt aussieht und gehe davon aus, dass es meine ist. Putze mir die Zähne und kämme meine Haare.

Ich habe heute Nacht nur mit dem Handtuch bekleidet geschlafen, mit dem ich mich gestern abgetrocknet habe. Eigentlich hatte ich mir vorgenommen, eines der Mädchen zu fragen, wo ich Klamotten finde. Aber als ich vom Duschen zurückkam, haben die beiden schon tief und fest geschlafen.

Die Glücklichen.

Ich verlasse das Badezimmer und frage Alex nach Klamotten. Sie deutet auf den großen Schrank zwischen den Betten. Ich öffne eine der Türen und blicke den Klamotten in verschiedensten Variationen von Rot-Schwarz entgegen.

»Das Fach ganz rechts gehört dir«, höre ich Zoey sagen.

Also ziehe ich ein rotes Shirt und eine schwarze Hose aus dem Fach und gehe zurück ins Bad. Ziehe mich um und mache mich fertig. *Natürlich* wussten sie, welche Größe ich trage.

Ein Glück, dass mir Rot steht.

Alex und Zoey führen mich durch ein paar Gänge, bis wir vor einem Aufzug Halt machen. Zoey betätigt einen Knopf und die gläsern-stählernen Türen öffnen sich.

Wir treten ein und begeben uns eine Etage nach oben, steigen aus und machen uns auf den Weg in den Essenssaal.

Der Saal ist randvoll gefüllt mit breitgebauten Männern und Frauen, allesamt in Schwarz und Rot.

Als ich nach oben blicke, starre ich einer großen, gläsernen Kuppel entgegen, die randlos in den Wänden des Raumes mündet.

Zoey gibt mir einen leichten Schubs und führt mich zur Essenstheke. Ich greife nach einem Tablett und entscheide mich für eine Schale Milch mit Getreideflocken.

Anschließend setze ich mich mit Alex und Zoey an einen Tisch ein wenig abseits vom Zentrum. Der

Lärmpegel hier ist so enorm hoch, dass ich schier schreien muss, um mich verständlich auszudrücken.

»Ist das hier immer so ... voll?«, frage ich und blicke zwischen Alex und Zoey hin und her.

Alex schüttelt den Kopf, schluckt runter und beginnt dann zu reden. »Das ist nur heute so, weil gleich die Bekanntgabe der neuen Kadetten ansteht und der Plan für das Training vorgetragen wird.«

Die Bekanntgabe der neuen Kadetten.

Von mir.

Ich blicke langsam in meine Schale mit Milch. Vorhin hatte ich so großen Hunger – jetzt dominiert der Kloß in meinem Hals und das seltsam schwere Gefühl in meinem Magen.

Und noch ehe ich irgendetwas antworten kann, ertönt ein glockenartiges Geräusch und alle Augenpaare im gesamten Essenssaal richten sich auf die Tribüne am anderen Ende des Saales.

Ein Mann in rot-schwarzer Uniform betritt die Tribüne. Es ist Kommandant Craig – das kann ich selbst von hier hinten erkennen.

Der Lärm von vorhin ist wie vom Wind davongetragen.

Mein pochendes Herz ist das Einzige, was ich höre.

»Ich wünsche Ihnen allen einen guten Morgen«, ertönt Craigs Stimme. So laut und tief – und das ohne Mikrofon.

»Sir, guten Morgen, Sir«, schallt der Chor von Soldatenstimmen durch den Saal. Ein kleiner Teil von mir ist beinahe beeindruckt von der herrschenden Disziplin.

»Wie Sie alle vielleicht schon bemerkt haben, haben wir seit ein paar Tagen neue Kadetten unter uns.« Craig macht eine kurze Pause. Ich hole tief Luft, als ich bemerke, dass ich vergessen habe zu atmen.

»Behandeln Sie sie bitte ordnungsgemäß.«

»Sir, ja, Sir.«

Behandeln Sie sie bitte ordnungsgemäß.

Was ist denn *ordnungsgemäß*?

»Und nun an alle Kadetten: Ihr heutiges, erstes Training findet in einer Stunde im Holo-Raum, am Ende des Korridors Ihrer Schlafzimmer, statt. Seien Sie bitte pünktlich.«

Eine Stunde.

In einer Stunde geht es los.

Ich seufze. Spüre diese Unruhe in mir, die mich packt und nicht mehr loslässt.

Wie die krampfende Hand eines Sterbenden.

Ich habe solche Angst. Ich will hier nicht sein. Was, wenn sie feststellen, dass ich nicht für das Militär geeignet bin? Schicken sie mich wieder nach Hause? Muss ich die Arbeiten erledigen, die sonst keiner ausführen möchte?

In einer Stunde werde ich es wissen.

KAPITEL 15

ICH GEHE ZUSAMMEN mit Alex und Zoey den stählernen Gang entlang, bis am Ende des Weges eine ovale Schleuse sichtbar wird.

Ich muss es nicht wissen, um zu erkennen, welcher Raum vor mir in die Höhe ragt. Der Holo-Raum.

Die merkwürdig stählern-glasigen Türen schimmern im grellen Schein des künstlichen Lichts.

Ein mulmiges Gefühl in meiner Magengegend verrät mir, wie aufgeregt ich eigentlich bin. Ich weiß nicht, was mich hinter dieser Tür erwarten wird. Ich weiß absolut überhaupt nichts. Und das ist das, was mir am meisten Angst bereitet.

Diese verdammte Ungewissheit.

Ich versuche mir einzureden, dass das alles hier gar nicht so schlimm ist, wie es den Anschein hat. Dass es sicherlich einen Grund gibt, weshalb ich hier bin und nicht wie Mom an einem Schreibtisch sitze und der Inventur nachgehe.

Alex und Zoey sitzen immerhin im selben Boot und haben sich noch kein einziges Mal beklagt. Andererseits sind die beiden auch ganz anders gebaut als ich. Zoey ist viel schlagfertiger und robuster in ihrem ganzen Handeln. Alex ist um Längen taffer als ich – kühner, als ich es jemals sein werde.

Und ich? Was macht mich aus? Was bin eigentlich ich? Ängstlicher, einen halben Kopf kleiner und in meinem ganzen Wesen weniger selbstbewusst als die beiden zusammen.

»Bereit?«, fragt Alex neben mir.

»Nein«, antworte ich, versuche zu lächeln.

»Das ist die richtige Einstellung!«, entgegnet Zoey und kichert.

Die Schleuse öffnet sich. Wir treten hindurch, stehen mit mindestens siebzehn anderen Neuankömmlingen ... Kadetten in einem großen, kreisrunden Raum, von dem eine Vielzahl von gläsernen Türen abgeht.

Hinter uns schließt sich die Schleuse. Und mit dem erstickenden Zischen der sich schließenden Schleuse wird mir auf einmal bewusst, dass es kein Zurück mehr gibt.

Die mechanische Stimme eines Roboters ertönt. Anscheinend sind wir nicht wichtig genug, um ein menschliches Wesen zu schicken, das uns begrüßt.

»Willkommen, Kadetten. Mein Name ist NA-30N11. Willkommen zur ersten Trainingseinheit.«

Meine Handflächen jucken. Ich balle meine Hände zu Fäusten, damit niemand sehen kann, wie sehr ich zittere.

»Bevor auch nur einer von euch eine Waffe in die Hand nehmen wird, arbeiten wir heute daran, wie man sich aus einer Kampfsituation rettet, um sein eigenes Leben zu schützen.«

Das ist schon die zweite, erfreuliche Nachricht des Tages. Keine Waffen. Gleich nach dem Frühstück.

»Aber bitte bedenkt, dass die heutige Trainingseinheit nur der allerletzte Ausweg sein soll! Ihr müsst auf dem Feld wie eine Einheit agieren, erst, wenn die Situation wirklich ausweglos zu sein scheint, wird der Rückzug angetreten.«

Ich wage einen Blick zu Alex und Zoey. Alex grinst, freut sich anscheinend auf das Training. Zoey hingegen mustert jeden einzelnen Neuankömmling im Raum, verzieht das Gesicht, lächelt, hebt eine

Augenbraue an, mustert. Wie ein Scanner macht sie ihren Platz in einer Rangliste anhand der anderen aus.

»Über den einzelnen Türen werden nun eure Namen erscheinen. Bitte begebt euch zu eurer individuellen Tür und betätigt den grünen Knopf, um das Training zu beginnen.«

Ich lasse meine Blicke durch den gesamten Raum schweifen. Suche nach meinem Namen.

Da. Ignis.

Ich mache mich auf den Weg. Zoey wünscht mir viel Glück, als ich mich bereits einige Einheiten entfernt habe.

Als ich vor der gläsernen Tür stehe, wage ich einen Blick durch das milchige Glas. Kann nichts erkennen.

Meine Finger schwitzen. Ich lasse meinen Kopf kreisen und fahre über meinen Nacken.

Ich blicke zur Seite, sehe einem Jungen in meinem Alter ins Gesicht. Seine blauen Augen strahlen vor Vorfreude. Das Gesicht steinhart. Sein Körper breitgebaut und zum Kampf bereit. Die Augen ein Kontrast zum Rest seines Körpers.

Der geborene Killer.

Ich will nett sein. Flüstere »Viel Glück«

Ein paffendes Geräusch dringt aus seinem Mund, dann hebt er eine Augenbraue an. »Wenn *du* es brauchst.«

Und das ist der Moment, in dem ich beschließe, dass wir keine Freunde sein werden.

Ich habe ganz vergessen den grünen Knopf zu betätigen. Also fahre ich mit meinem zitternden Finger darüber, bis das Grün strahlend aufleuchtet.

Unmittelbar vor der Tür fährt eine Lichtschranke empor, die die Sicht auf die gläserne Tür unterbindet. Auf den Lichtschild wird ein Countdown projiziert, der sich um seine eigene Achse dreht. Sobald sich eine Zahl um dreihundertsechzig Grad gedreht hat, erscheint die nächste Zahl.

Noch zehn Sekunden.

Die monotone Roboterstimme ertönt erneut. »Euer Ziel ist es, den grünen Knopf am anderen Ende des Ganges innerhalb von dreißig Sekunden zu betätigen.«

Grüner Knopf. Dreißig Sekunden.

Noch vier Sekunden.

»Viel Erfolg, Kadetten!«

Das Lichtschild flimmert, erlischt. Ein Zischen, und die gläserne Tür schiebt sich wie von selbst zur Seite.

Los geht's.

Ich renne instinktiv los. Der Gang ist so schmal, dass nur noch eine weitere Person neben mir her rennen könnte.

Ein Lichtstrahl projiziert das erste Hindernis in unmittelbarer Nähe. Eine Planke, auf der Höhe meiner Hüfte.

Ich ducke mich, lege mich auf den Bauch und robbe unter der Planke hindurch.

Ein Gefühl von Erfolg durchströmt meinen Körper, gibt mir Kraft.

Ich renne weiter, kaue wie wild auf meiner Unterlippe herum. Ich darf nicht versagen.

Adrenalin befeuert meine Muskeln.

Ein weiteres Hindernis. Viel näher und breiter als das letzte. Ein holografischer Balken auf der Höhe meiner Unterschenkel. Viel zu breit für einen einfachen Sprung.

Ich nehme Anlauf, bleibe nicht stehen. Und dann springe ich. Bete, dass das Hindernis bereits hinter mir liegt.

Als ich lande, renne ich weiter. Wage einen Blick über meine Schulter hinweg, um das Hindernis noch einmal zu betrachten.

Dann schaue ich nach vorne. Will bremsen. Zu spät. Falle nach vorne und lande in einem Holo-Hindernis.

Ein Zucken, Ziehen, Schmerz. Ein Stromstoß jagt durch meinen Körper. Ein Schrei aus meinem Mund.

Ich muss aufstehen.

Mein Körper vibriert. Bin wie paralysiert.

Das Ziehen lässt nach. Hinterlässt ein stetiges Pochen.

Wie viel Zeit habe ich noch?

Wie viel Zeit?

Ich stehe auf, versuche mich auf das Rennen zu konzentrieren und nicht auf das wellenartige Zucken in meinem Körper.

Das nächste Hindernis.

Ich ducke mich, taumle hindurch.

Und plötzlich stehe ich vor dem grünen Knopf.

Vermutlich viel zu spät.

Ich springe über zwei Stufen hinweg und drücke noch im Sprung den Knopf bis zum Anschlag durch.

Dann gehe ich in die Knie, atme ein und atme aus. Meine Lungen brennen. Wie auf der Laufbahn.

Hinter dem grünen Knopf öffnet sich eine weitere Schleuse. Ich trete hindurch, befinde mich genau dort, wo das Training begonnen hat.

Aber – hier ist niemand.

Ich setze einen Fuß vor den anderen.

Der Raum ist so leer, dass selbst die kleinsten Geräusche von den Wänden zurückgeworfen werden.

Und dann weiß ich es: Ich war zu schlecht. Habe viel zu lange gebraucht. Die anderen haben vermutlich ohne mich weitergemacht.

Was passiert jetzt mit mir?

Ich greife an meinen linken Unterarm, fühle nach der Injektion. Meinem Todesurteil.

Und im selben Moment öffnet sich eine weitere Türe. Ich fahre herum und da steht er. Der Junge mit den blauen Augen, der neben mir gestartet ist.

Das siegessichere Grinsen auf seinem Gesicht erlischt, als er mich inmitten des Raumes stehen sieht. Mich mustert und mir entgegenblickt, als wäre ich der Feind.

Er öffnet seinen Mund. Will irgendetwas sagen, lässt es dann aber sein.

Ich war doch nicht die Letzte.

Erleichterung durchströmt meinen Körper und umschließt das träge Gefühl in meinen Knochen.

Dann öffnet sich eine weitere Tür. Und noch eine. Die anderen Neuankömmlinge strömen aus ihren Räumen und versammeln sich in der Mitte.

Die nächsten Türen öffnen sich, Zoey und Alex taumeln hindurch, ihre Gesichter glänzen vor Schweiß im grellen Licht der Deckenbeleuchtung.

Ich war nicht die Letzte.

Ich war die Erste.

Ein tiefes Röcheln, Ein- und Ausatmen erfüllt die Stille. Alle außer Atem, am Ende ihrer Kräfte.

»Sehr gut gemacht, Kadetten!«

Die Roboterstimme durchdringt das tiefe Röcheln und scheint viel lauter zu sein als zu Beginn. »Die nächste Runde findet nach dem Mittagessen in vier Stunden statt. Ich erwarte euch alle pünktlich am selben Ort.«

Die Stimme erlischt. Ein Zischen und die Schleuse, durch die wir gekommen sind öffnet sich. Als ich hindurch trete, bahnt sich eine leichte, kaum spürbare Brise einen Weg an meinem Körper entlang und lässt mich aufatmen.

Neben mir Alex und Zoey.

»Ganz schön anstrengend, findet ihr nicht?«, entfährt es Zoey keuchend.

Nach unserer ersten Trainingseinheit greifen wir nach den Tabletts und stellen uns in der Schlange der Essenstheke an. Der kalte Schweiß klebt auf meiner Stirn und ich nehme mir vor, sofort nach dem Essen duschen zu gehen. Zoey, Alex und ich reden nicht miteinander, sondern schlingen die Mahlzeit in unsere Bäuche. Zum Reden bleibt keine Zeit.

Nach dem Essen öffnen sich die Schleusen und wir verlassen den Speisesaal.

Im selben Moment mache ich Kommandant Craig in ein paar Metern Entfernung aus. Er mustert mich, scheint mir direkt in die Augen zu sehen.

Dann macht er einen Schritt in unsere Richtung.

»Ms. Ignis, darf ich Sie bitten für einen Moment mit mir mitzukommen?«

Mein Atem stockt. Etwas in meinem Magen zieht sich zusammen. »Natürlich«, gebe ich stotternd von mir und hoffe, dass man das Zittern in meiner Stimme nicht gehört hat.

Im selben Moment blicke ich zu Alex und Zoey. »Wir sind in unserem Zimmer, falls du etwas brauchst.«, antwortet Alex auf meine nicht ausgesprochene Frage.

»Ist gut«, erwidere ich und schaue zu Alex. Der Ausdruck in ihrem Gesicht spiegelt meine Gefühlsachterbahn exakt wider. Hat sie Mitleid? Angst? Oder schlichtweg Respekt vor Kommandant Craig?

»Kommen Sie bitte mit, Ms. Ignis.«

Ich folge ihm auf Schritt und Tritt, kehre Alex und Zoey den Rücken.

Irgendetwas sagt mir, dass ich die beiden heute zum letzten Mal gesehen habe.

Ich folge Kommandant Craig durch unzählige Gänge, bis wir vor einer weiteren Schleuse stehen bleiben.

Craig fährt herum und schaut mir in die Augen.

»Sie haben sich heute als herausragend schnell und taktisch bewiesen, Ms. Ignis.« Ich brauche einen Moment, ehe ich realisiere, dass er das gerade wirklich gesagt hat und nicht: »Sie haben heute zum letzten Mal für das Militär gedient, Ms. Ignis.«

»Danke, schätze ich«, antworte ich stotternd und abgehackt, wie nach einem Marathon.

Ein hochnäsiges Lächeln in seinem Gesicht. Seine Augen wirken matt und verbraucht. Als hätte er die letzten Nächte kein Auge mehr zugetan. Vermutlich die einzige Gemeinsamkeit, die Craig und ich jemals teilen werden.

»Ich habe da etwas für sie, als Belohnung für ihre tolle Leistung.«

Mein Gehirn scheint wieder voll funktionstüchtig zu sein. Als hätte man die Zahnräder eines Uhrwerks erneut zum Laufen gebracht.

Er hat etwas für mich.

Vielleicht sagt er mir, dass es doch ein Fehler des Systems war, mich hier unterzubringen.

Vielleicht kann ich endlich gehen.

Ein letztes Lächeln, dann: »Sie haben zehn Minuten.«

Er tritt zur Seite und drückt auf einen Knopf.

Die Schleuse öffnet sich.

Ich stoße Luft aus meinem Mund aus. Vergesse zu atmen, als ich mich an das Licht von draußen gewöhnt habe und endlich die Silhouette erkenne, die den perfekten Kontrast zum strahlenden Sonnenlicht darstellt.

Ich schlucke. Stehe da wie angewurzelt.

»Cassie!«, rufe ich.

KAPITEL 16

PLÖTZLICH HÄLT MICH nichts mehr. Ich renne ihr entgegen und werfe mich in ihre Arme.

Ich nehme das altbekannte Zischen wahr. Die Schleuse hinter mir schließt sich.

»Cassie«, flüstere ich aufgebracht und außer Atem über ihre Schulter hinweg. »Was machst du denn hier?«

»Wow«, antwortet sie. »Ich freue mich auch dich zu sehen.«

Das erste Mal seit etlichen Stunden lache ich. Voller Inbrunst und über beide Ohren hinweg, blinzle ich den leichten Tränenfilm auf meinen Augen hinweg. »Das meinte ich doch gar nicht«, erwidere ich, trete einen Schritt zurück, um ihr ins Gesicht sehen zu können. Dasselbe Lachen. Dasselbe Aussehen. Cassie.

»Wie geht es dir, Süße?«, fragt sie, berührt meine Wange und lässt ihren Arm wieder fallen.

Ich lasse meine Augen über den Platz wandern, auf dem wir uns befinden. Grünes Gras, Erde, Waffenlager, Stellplätze für militärische Gerätschaften.

Dann blicke ich in Cassies Augen. Kann nicht antworten. Der dicke Kloß in meinem Hals durchzieht jedes aufkeimende Wort wie ein Messer.

Ich ziehe durch meine zusammengebissenen Zähne scharf Luft ein.

»Ach Süße«, dringt es aus Cassies Mund, ehe ich mich in ihrer Umarmung wiederfinde. »Es wird einen Grund geben, weshalb du hier bist.«

»Nein«, flüstere ich wie aus einer Pistole geschossen, »den gibt es nicht.«

Cassie schweigt, bevor sie weiter spricht. »Wie war dein erster Tag?«

Ich fahre mir durch das wirre Haar, klemme mir eine lose Haarsträhne hinter das Ohr. »Ganz gut, schätze ich. Ich habe sogar so etwas wie Freunde gefunden.«

Ein mitfühlendes Lächeln ziert ihr Gesicht. Ihre Hand auf meiner Schulter. »Das freut mich für dich.«

Und dann zu meiner eigentlichen Frage: »Also ... was genau machst du hier?«

Das Lächeln auf ihrem Gesicht verschwindet, weicht einer ernsten Miene und einem verwaschenen Ausdruck von Trauer. Als wäre eine Maske abgefallen.

»Süße, eigentlich wäre dein Dad jetzt hier und würde dich umarmen, aber er schafft es einfach nicht.«

Ich werde neugierig. Hellhörig. Dad wäre hier? Warum ist er es dann nicht? Ich verschränke die Arme vor meiner Brust und trete von einem Fuß auf den anderen. »Was meinst du?«, hake ich nach.

Langsam öffnet sie ihre Umhängetasche und zieht behutsam ein Sol-Tablet hervor. Per Augenerkennung entsperrt sie das Display und tippt ein paar Mal darauf herum.

Ihre Augen suchen mein Gesicht. »Es tut mir so leid, Syke«, flüstert sie, fast schon zitternd. »Es tut mir so unglaublich leid.«

Ein mulmiges Gefühl in meiner Magengegend. Das Blut rauscht in meinen Ohren.

Sie reicht mir das Tablet. Ich nehme es entgegen.

»Es war alles ganz plötzlich«, erklärt sie. »Das System hat das vor der Öffentlichkeit geheim gehalten.«

Ich gebe mir allergrößte Mühe ihr zuzuhören und nicht sofort loszulesen. »Das ist das Tablet deines Dads«, fügt sie wispernd und tonlos hinzu.

Und das darauffolgende Ereignis teilt die Zeit wie ein Trennstrich in zwei Hälften. In ein Vorher und ein Nachher.

// Sehr geehrte Familie Ignis,
aufgrund von Widersetzung und verweigerter Einhaltung der vorgegebenen Regeln,
kam es folglich zur Selbstexekution von
Maya Ignis.

»Mom.« Ein Hauchen. Ein Wimmern.

Grund: Ungültige Ausführung des Berufes
»Zähler« durch das Verschweigen von Wa-
renimport der Outlaws.
Herzlichstes Beileid
- N.A. //

Das Tablet fällt mit einem dumpfen Geräusch zu Boden. Staub wird aufgewirbelt.

Meine Hand in den Haaren. Ich ziehe daran. Gehe zu Boden. Zwei Hände links und rechts unter meinen Armen. Meine Lungen fühlen sich so dünn wie Plastikfolien an.

»Skye, bitte. Sei stark, okay? Ich weiß ...«

Sie zieht mich erstaunlicherweise nach oben.

Etwas in meiner Brust ist gebrochen. Vermutlich mein Herz. Tiefe Trauer überschwemmt mich, lässt mich atemlos zurück wie ein Fisch ohne Wasser.

»Vergiss alles, was ich dir heute gesagt habe, Skye!«, flüstert sie, rüttelt an meinen Schultern, blickt um sich. »Überall sind diese nervigen Kameras und Mikrofone.« Ihre Umrisse verschwimmen, weichen kochendem Wasser.

Ich wimmere, versuche die Tränen hinwegzublinzeln. »Mom«, entfährt es mir. »Mom.«

»Psst, Süße«, haucht sie. »Ich weiß, wie schwer das für dich ist. Es tut mir so unendlich leid, aber du musst stark sein.«

»Cassie«, schluchze ich, »halt die Klap–«

»Hier stimmt etwas ganz und gar nicht«, flüstert sie zischend. »Das System verschweigt irgendetwas, überzeugt uns von Dingen, die wir glauben sollen – der Ansicht ist sogar meine Mom.«

Ihre Mom.

Meine Mom. Tot.

Alles in mir schreit nach Trauer, Schmerz, Sehnsucht.

Mom.

Meine Lippen beben, meine Glieder schmerzen. Ich bin so schwach.

Mom.

»Es tut mir so leid, Skye. So leid«, wiederholt sie, umarmt mich, streichelt meinen Rücken.

Dann nehme ich einen tiefen Atemzug zu mir und bemerke den plötzlich stechenden Sauerstoff, krümme mich vor aufwallender Schmerzen in meiner Brust und stehe da wie eine krumme Eins – gezeichnet von einem Kindergartenkind.

Dad sollte hier sein. Warum ist dann Cassie hier?

»Wo ist Dad?«, frage ich schluchzend und wimmernd, wische mir die Tränen aus dem Gesicht.

Mom.

Ich kann nicht mehr.

»Dein Dad hat keine Kraft«, gibt sie zu. »Er ist ... am Boden zerstört. Erst du und dann –«

Mom.

Meine Mom ist tot.

Meine Brust bricht auf. Etwas saugt jegliche Wärme aus meinem Körper und verwandelt die Umgebung in einen Eispalast. Ich zittere, die Sicht verschwimmt vor meinen Augen.

»Ich bin immer für dich da, okay?«, höre ich sie sagen. »Ich werde dich so oft besuchen, wie ich kann.« Schallend und in weiter Ferne.

Dort, wo eigentlich mein Herz sein sollte, klafft ein schwarzes Loch, was sämtliche Glücksgefühle mit sich nimmt.

Cassies siebzehnter Geburtstag ist nächste Woche.

Dad ist zu »schwach«, um mich zu besuchen.

Meine Mom.

Mom.

Mom ist tot.

Und in diesem Moment weiß ich, dass ich vollkommen alleine bin.

KAPITEL 17

DAMALS

EMILIAN

FRÜHER – DAMALS, ALS Skye zur Welt kam, war ich zugegebenermaßen eifersüchtig. Ich war eifersüchtig auf Skye. Darauf, dass sie nun besser behandelt werden würde als ich. Darauf, dass sich nun alles um Skye drehen würde.

Skye. Skye. Skye.

Und dann, als ich sie das erste Mal in meinen Armen halten durfte, war ich der glücklichste und stolzeste Bruder, den New Ainé jemals gesehen hat.

Schon als kleines Kind war Skye eine echte Kampfmaschine. Was auch der Grund dafür war, dass sie nie von Mom direkt sondern nur durch ein Fläschchen gestillt werden konnte.

Als ich ihr das Fläschchen gab und sie sich mit ihren kleinen Fingerchen daran festhielt, konnte ich nichts gegen das Dauergrinsen in meinem Gesicht unternehmen.

Ich versprach ihr, immer auf sie aufzupassen, egal was passieren würde.

Und als sie die komplette Milch-Flasche leergetrunken hatte, gab ich Skye an Mom über. Auf dem Weg nach draußen hörte ich Mom sagen: »Ich liebe dich so unendlich sehr, kleine Skye. Meine kleine Skye. Und ich werde immer für dich da sein, versprochen. Selbst dann, wenn du denkst, dass alles verloren scheint. Ich liebe dich so unendlich.«

Dann schloss ich die Tür hinter mir.

Skyes braune Augen, das schlanke Gesicht, die zarte Stimme eines Babys.

Skye war das schönste Mädchen, das ich jemals zu Gesicht bekommen hatte.

Meine kleine Schwester.

Meine Skye.

KAPITEL 18

DIESES GEFÜHL ENDLOSER Leere. Dieses Gefühl, alles verloren zu haben, was einem wichtig ist.

Alles in meinem Körper zieht sich zusammen wie ein trockener Schwamm. Ich fühle mich so leer. So unbeholfen. So hilflos. So nutzlos. Da ist nur dieses große, klaffende Loch in meiner Brust. Nur dieses eine Loch, voller Wut, Schmerz und Trauer.

Ich kann nicht klar denken.

Ich kann nichts machen.

Ich bin zu nichts zu gebrauchen.

Mom.

Und ich konnte mich noch nicht einmal von ihr verabschieden.

Aufgrund von Widersetzung und verweigerter Einhaltung der vorgegebenen Regeln, kam es folglich zur Selbstexekution.

Der Kloß in meinem Hals wird immer größer und größer, als meine innere Stimme ihren Namen ruft … schreit. Wie von meinen Instinkten geleitet, fasse ich mir an den Hals und fahre ihn von oben bis unten ab. Er brennt wie Feuer, wenn ich ein- und ausatme.

Was hat meine Mom getan, dass sie dafür … dass sie dafür jetzt nicht mehr bei mir sein kann?

Das Wimmern aus meinem Mund hört sich so tief und hallend an, als käme es aus einer Tropfsteinhöhle.

Ich kauere mich zwischen die Laken, wippe hin und her und versuche die Augen zu schließen.

Cassie hat sich vor ein paar Stunden von mir verabschiedet. Meinte, dass ich *stark* sein solle. Und Kommandant Craig versprach mir, mich heute von sämtlichen Trainingseinheiten zu entschuldigen.

Also liege ich da. Allein. Und weiß nicht wohin mit der vernichtenden und wummernden Leere in meinem Kopf.

Ich schließe die Augen. Sehe Mom von mir.

»Mom«, dringt es aus meinem Mund. »Mom.«

Mein Körper vibriert. Wellenartig branden Schuld, Schmerz und Hilflosigkeit im abwechselnden Rhythmus in meinem Körper, ziehen sich zurück und machen sich bereit für den nächsten Schlag ins Gesicht.

Es wird nie wieder so sein wie früher.

Mom ist tot.

Eine Träne bahnt sich den Weg mein Gesicht entlang. Und noch eine. Und noch eine. Kochendheiß und unaufhaltsam. Bis das Kissen unter mir durchnässt ist von meinen Tränen.

»Mom«, wimmere ich.

Im selben Moment öffnet sich die Zimmertür. Ich schaue nicht auf, vergrabe mein Gesicht in den Kissen.

»Was machst du da?«, ertönt eine Stimme, durchdringend und stählern. Weiblich.

»Nach was sieht es denn aus?«, erwidere ich leer und abgestumpft.

»Du musst Skye sein.«

Ich hebe meinen Kopf und rolle mich herum. Vor mir das Mädchen, dass ich zum allerersten Mal auf dem Platz gesehen habe, als ich dachte, sie sei das einzige Mädchen beim Militär.

Jessica.

»Stimmt«, antworte ich, unterdrücke ein Schniefen.

Das rötliche Haar leuchtet eindringlich im seltsamen Licht der Deckenbeleuchtung. Ihre blasse Haut ist der Inbegriff eines Kontrasts zur schwarz-roten Uniform.

»Du musst langsam wieder auf die Beine kommen«

Ich antworte nicht. Schweige. Ein seltsames Feuer in mir beginnt zu brennen.

»Wir brauchen jeden einzelnen Soldaten.«

Was kann ich, was die anderen nicht können? Besser gesagt: Was habe ich zu bieten, was für das Militär von Wert sein könnte?

»Natürlich«, antworte ich. Will, dass sie endlich geht.

»Es werden noch einige Menschen sterben, die dir etwas bedeuten, deshalb darfst du aber nicht das Ziel aus den Augen verlieren.«

Das war der Moment, in dem mir klar wurde, dass Jessica der Teufel im Körper eines Mädchens sein musste. Im Körper eines starken, stählernen und emotionslosen Mädchens.

»Natürlich«, antworte ich erneut. Jessica blickt auf mich nieder wie auf ein gefundenes Fressen. Ohne ein weiteres Wort zu sagen, macht sich auf dem Absatz kehrt und verschwindet hinter der nächsten Ecke.

Als ich die Tür ins Schloss fallen höre, sinke ich zurück ins Bett und gebe eine seltsame Mischung aus Stöhnen und Wimmern von mir.

Zwei Tage später brummt mein Schädel wie in einer Fabrik.

Die Tränen sind versiegt. Was zurückgeblieben ist, ist diese unsagbare Leere in meinen Knochen. Dieses Gefühl völligen Unsinns überhaupt geboren worden zu sein.

Wenn ich nicht darüber nachdenke, fühlt es sich seltsam erträglich an. Wie zwei Wochen ohne Sonne.

Dumm nur, dass ich an nichts anderes denken kann. An nichts, was die klaffende Wunde in meiner Brust entschuldigt.

Alex und Zoey sind glücklicherweise so nett und reden nicht viel darüber. Sie schweigen die meiste Zeit, sind vorsichtig und behandeln mich wie ein rohes Ei. Ganz anders als Jessica.

Beim Frühstück erfahren wir, dass heute der richtige Umgang mit Waffen auf dem Trainingsplan steht.

Ich funktioniere wie eine Maschine. Bin da, aber irgendwie auch nicht. Ich fungiere in Trance. Wie zwischen den Welten. Zwischen Hier und Jetzt und Damals. Zwischen Tod und Leben.

Zwischen der Zeit, in der Mom noch lebte, und jetzt.

»Wie geht es dir?«, entweicht es Zoey. Als ich aufschaue, tötet Alex Zoey mit ihren Blicken. Maßregelt sie.

Aber sie hat recht.

Ich kann mich nicht vor allem verstecken und so tun, als wäre mein Leben gefangen in einem ewigen Trauerkreis.

Ich muss weiterleben. Für Mom.

»Ich denke, ich werde es überleben«, antworte ich. Das war nicht einmal gelogen. Aber auch keine Antwort.

Es wird mich nicht umbringen.

Es wird mich foltern.

Zoey nickt, ich sehe etwas in ihrem Hals zucken. Dann lässt sie ihren Kopf hängen und widmet sich dem trockenen Brot auf ihrem Teller.

Alex' Blicke suchen die meinen. Sie legt ihre raue Hand auf meinen Handrücken und sagt: »Wir sind da, falls du irgendetwas brauchst, okay?«

Ich nicke.

»Wir können uns nur schwer vorstellen, wie es ist seine ... seine Mom –«

»Wir sind für dich da, Skye!«, schneidet Zoey ihr den Satz ab.

»Danke«, antworte ich. »Wirklich, danke.« Meine Stimme klingt so heiser wie ein dampfender Kessel. So verloren.

Nach dem Frühstück machen wir uns auf den Weg in den Holo-Raum. Scheint so, als würden ab sofort alle Trainingseinheiten in diesem Raum abgehalten werden.

Die Schleuse öffnet sich, wir treten hindurch. Der Raum hat sich schier um hundertachtzig Grad verändert. Der einst runde Raum wirkt nun viereckig, in die Länge gezogen und durch dunkle Kerben in verschiedene Bahnen aufgeteilt.

Hinter uns strömen noch ein paar andere Neuankömmlinge in den großen Raum. Dann schließt sich die Schleuse und das Gewirr von Stimmen erlangt die Überhand. Bis letztlich die Stimme von NA-30N11 von den Wänden schallend zurückgeworfen wird und den Geräuschpegel übertönt.

»Willkommen, Kadetten!«, so monoton und einstudiert wie eh und je.

Ich bin nicht aufgeregt, ich zittere nicht. Ich fühle mich so leblos wie ein unmenschliches Wesen. Wie eine Statue, die von A nach B transportiert wird ohne jegliche Gefühle zu empfinden.

»Die letzten zwei Tage habt ihr erfolgreich gelernt, euch aus einer heiklen oder aussichtslosen

Kampfsituation zu befreien. Heute soll es darum gehen, eine Waffe ordnungsgemäß zu bedienen und richtig einzusetzen.«

Als ich meinen Blick durch den Raum schweifen lasse, nehme ich die unterschiedlichsten Gesichtsausdrücke wahr.

Der Junge mit den blauen Augen und dem Blick eines Killers scheint genauso motiviert zu sein wie noch vor zwei Tagen. Der Glückliche.

Ein Mädchen am anderen Ende des Raumes weiß nicht, ob sie sich freuen oder Angst haben soll.

Wieder ein anderer Junge blickt stetig zu Boden, lässt sich aber nichts von der Langeweile, die ihn merklich umgibt, anmerken. Doch allesamt scheinen sie viel entschlossener zu sein, als ich es zu meinen besten Zeiten jemals sein werde.

»Bevor wir mit dem Training beginnen, wird euch allen anhand eines Beispiels präsentiert, wie eine Waffe zu verwenden ist. Davor sollte gesagt sein, dass wir über die Jahre hinweg keine Kosten und Mühen gescheut haben, Waffen samt Munition zu aktualisieren und fortschrittlich einzusetzen. So verfügen wir nun über die Mittel, einen Gegner mit eingesetzter Munition zu betäuben, zu vergiften, zu paralysieren oder den Gegner letztlich vollends zu eliminieren.«

NA-30N11s Stimme ebbt ab.

Ich schlucke.

So viele Wege, das Leben eines Menschen zu beenden. So viele Wege, die zu einem Resultat führen. Dem Tod.

Auf einer der Bahnen projizieren zwei Laserstrahlen eine dreidimensionale, menschliche Silhouette, deren Umrisse blau hervorstechen. Die menschliche Projektion dreht sich um ihre eigene Achse, bis sie etwas Ähnliches wie ein Gewehr von ihrem Rücken nach vorne zieht und es fest in der Hand hält. Wie aus heiterem Himmel werden am Ende der Bahn drei weitere, menschliche Silhouetten projiziert. Rot aufleuchtend und blinkend. Wie ein Feuerwerk.

Die drei menschlichen Wesen setzen sich langsam in Bewegung, kommen dem blauen Gewehrträger immer näher. Der blaue Umriss legt das Gewehr an, lädt es und schießt. Drei Mal. Bis sich alle roten Umrisse vollends in Luft aufgelöst haben und kleine, flimmernde Punkte die einzigen Rückstände der Schießerei sind.

»Und noch einmal«, ertönt die Roboter-Stimme. »Bitte achtet diesmal ganz genau auf die Körperhaltung der Beispielperson und auf die gezeigte Bewegung beim Abdrücken.«

Dieselbe Szene. Noch einmal.

Ich versuche mich auf den blauen Umriss zu konzentrieren. Versuche mir einzuprägen, wann er welche Haltung einnimmt. Ich darf nicht vergessen, dass ich genauso agieren muss wie jeder einzelne in diesem Raum.

Ich habe keinen Freifahrtschein.

Wenn ich nicht gut genug bin, was dann?

Unbewusst greife ich mir an den linken Unterarm und streife vorsichtig an der Innenseite entlang. Ich muss schlucken. Denke an Mom.

»Und jetzt seid ihr an der Reihe! Über den Bahnen wird in wenigen Momenten euer Name aufleuchten. In den einzelnen Vorrichtungen werdet ihr die passenden Gewehre vorfinden. Solltet ihr soweit sein, betätigt bitte den grünen Knopf neben euren Bahnen. Viel Erfolg, Kadetten!«

»Na dann los«, murmle ich und vernehme ein »Los geht's«, von Alex, als ich den Weg zu meiner Bahn bereits angetreten habe.

Neben der Einkerbung befindet sich eine Halterung mit drei unterschiedlichen Gewehren. Ich entscheide mich für das mittlere und nehme es in die Hand. Es ist schwerer als ich dachte – gleichzeitig leichter, als man sich ein Gewehr vorstellt.

Ich suche nach dem grünen Knopf. Drücke ihn bis zum Ansatz durch. Im nächsten Moment erscheint über meiner Bahn der Countdown.

Noch zehn Sekunden.

»Bitte geht in Stellung, Kadetten«, höre ich NA-30N11 sagen.

Ich rufe die Szene von vorhin vor meinem inneren Auge auf. Versuche das plötzliche Zittern zu unterdrücken und lege das Gewehr zwischen Schlüsselbein und Schulter ab.

Ich kann das. Ich schaffe das.

Noch vier Sekunden.

Ich atme ein und aus.

Los geht's.

Ein roter Umriss am Ende der Bahn baut sich langsam auf. Die menschliche Silhouette taumelt langsam auf mich zu. So langsam, dass es mindestens eine Minute dauern würde, ehe ich abdrücken müsste.

Ich versuche zu zielen, betätige einen Hebel zum Laden und drücke ab. Das Gewehr zieht nach oben. Daneben.

Für einen kurzen Moment erfasst mich Panik. Ich blicke nach links und rechts und mustere die anderen. Auf einer anderen Bahn bewegen sich die Gegner viel schneller als bei mir, auf der anderen befinden sich drei rote Umrisse anstatt einer.

Nur bei mir nicht.

Ich schüttele den Kopf. Denke mir nichts dabei. Ziele erneut.

Der nächste Schuss ist ein Treffer, genau zwischen die nicht vorhandenen Augen.

Ein weiterer, roter Umriss erhebt sich aus dem Nichts. Viel näher als der Vorherige.

Diesmal ziele ich auf den Kopf. Meine Hand zittert. Der Gegner taumelt vor dem Visier herum. Ich drücke ab, treffe ihn am Bein. Die Gliedmaße löst sich in Luft auf, der Gegner stolpert und fällt. Ich schieße noch einmal, bis der rote Umriss verblasst und sich das pixelige Flimmern in Luft auflöst.

Es fühlt sich seltsam gut an, zu wissen, dass ein einziger Schuss genügt, um Rache an jemandem zu nehmen, durch den einem Leid zugefügt wurde.

Urplötzlich ertönt ein lautes und stechendes Geräusch. Ein Piepen. Ein Summen.

Ich lasse das Gewehr fallen.

Halte mir die Ohren zu.

»Eindringlinge gesichtet!«, eine andere Stimme. Die eines Roboters, aber nicht die von NA-30N11. »Bitte auf dem Versammlungsplatz einfinden!«

Die Gewehre der anderen kommen dumpf und laut auf dem Boden der einzelnen Bahnen auf. Laute Schritte. Auf dem Weg nach draußen. Gleichermaßen immer lauter werdende Stimmen. Panik rüttelt an meinem Körper.

Erst jetzt begreife ich, was los ist:

Wir werden angegriffen.

Von den Outlaws.

KAPITEL 19

ICH WEISS NICHT, was ich denken, fühlen oder machen soll.

Folge dem Strom.

Alle Neuankömmlinge verlassen schnellen Schrittes den Holo-Raum. Ich halte nach Zoey und Alex Ausschau. Kann sie zwischen all den Menschen nicht finden.

Schritt für Schritt für Schritt.

Outlaws wurden gesichtet.

Muss ich sie töten? Ich kann das nicht.

Oder kann ich es doch? Ich denke an Emilian.

So viele Gedanken in meinem Kopf. So viele Fragen. Keine einzige Antwort.

Ich muss unausweichlich an das Geräusch denken, das die Waffe von sich gab, als die Kugel Emilian genau zwischen den Augen traf.

Aber ich bin nicht einer von ihnen.

Ich kann nicht töten. Selbst, wenn ich es wollte.

Und das Schlimmste: Ich *muss*.

Zitternd fasse ich mir an den Unterarm, taste ihn ab – von oben bis unten. Wo ist dieses Ding? Dieses Ding, das mich tötet, sobald ich mich meiner Arbeit widersetze.

So wie Mom.

Mom.

Ich folge dem Strom. Mache, was mir befohlen wird. Bis sich die letzte Schleuse öffnet und ich im Gewirr Alex und Zoey ausfindig mache. Sie stehen inmitten des Versammlungsplatzes und sehen mindestens genauso verwirrt und planlos aus, wie ich mich fühle.

»Alex, Zoey!«, rufe ich, stoße mit einem breitgebauten Soldaten zusammen.

»Hier!«, brüllt er mir in feuchter Aussprache ins Gesicht. »Das ist für dich!« Er drückt mir ein Gewehr gegen die Brust, ich greife zu. »Bewache die inneren Grenzen, Kadett!«

Er dreht seinen Kopf zur Seite. Brüllt etwas in Richtung des Platzes. »Ihr habt somit die Erlaubnis, sämtliche Gegner, die euren Weg kreuzen, zu eliminieren!«

Ich kann das nicht.

Ich kann nicht.

Eine Einheit.

Ich hatte bisher nur *eine* verdammte und viel zu kurze Trainingseinheit.

Er treibt mich mit seinen Pranken voran, schubst mich in die Richtung, in die ich gehen soll und sagt: »Da geht's lang! Los, los, los!«

Ich werfe einen letzten Blick über die Schulter, habe Alex und Zoey aus den Augen verloren. Dann mache ich, was mir befohlen wurde, und renne ohne zu überlegen in die Richtung, in die mich der Soldat gerade eben gedrängt hat.

Ein Tor wird für mich geöffnet.

Ich trete hindurch.

Vor mir eine seltsame stählerne Mauer. Glänzend im Sonnenlicht. Überall vereinzelte, kleine Fensterchen. Als ich durch eines hindurchsehe, erkenne ich nichts, außer steinigen Boden, Gestrüpp und Bergen.

»Weiter gehen!«, wird mir von hinten ins Ohr gebrüllt. Ich mache, was mir gesagt – ins Ohr gebrüllt – wird.

Ich kann das nicht.

Ich kann keinen Menschen umbringen.

Aber vielleicht muss ich das auch gar nicht.

Ich stehe in mehreren Einheiten Abstand zum nächsten Soldaten. Versuche seiner Körperhaltung nachzueifern und stelle mich so breitbeinig auf den Boden, dass ich stabil stehe und es gleichzeitig nicht wehtut.

Mein Herz rast vor Aufregung.

Ich weiß nicht, wohin ich schauen soll.

Kommen sie von oben?

Von der Seite?

Von unten?

Ich lasse meine Augen schweifen. Blicke nach oben, sehe in das strahlende Sonnenlicht und blinzle, als das Licht von den Mauern direkt in meine Augen zurückgeworfen wird.

Ich stampfe einmal auf. Der Boden ist so hart – das würden sie niemals schaffen.

Sekunden vergehen.

Ich richte mein Gewehr auf. So, wie ich es noch vor wenigen Minuten gelernt habe.

Überall dieses Gebrüll:

»Wir befinden uns im Krieg!«

»Geht in Deckung Männer!«

»Da sind sie!«

»Feuer!«

Und alles, was ich sehe, ist diese hohe, stählerne Mauer.

Eigentlich bin ich dankbar, dass ich nicht da draußen kämpfen muss.

Ich muss nicht töten.

Niemand tötet mich.

Sekunden werden zu Minuten.

Sekunden.

Minuten.

Gefühlte Stunden.

Ich zittere.

Habe Angst vor dem, was passieren wird.

Ein merkwürdiges Piepen. Ich werde hellhörig. Als würde jemand Knöpfe betätigen.

Und plötzlich hebe ich ab. Eine Druckwelle drückt mich gegen einen harten Gegenstand. Ich sinke zu Boden. Ein Schmerzensschrei entweicht mir.

Dieses unbarmherzige Pfeifen und Piepen in meinen Ohren. So laut, dass ich nichts anderes höre.

Staub wird aufgewirbelt. Ein großer Stein klemmt meinen Fuß ab. Ich versuche mich zu bewegen. Sehe nichts außer Staub. Gefangen in einem Tornado aus Dreck.

Ich versuche mit meinen Händen den Stein wegzurollen. Es gelingt mir. Ein Stöhnen aus meinem Mund. Dann stehe ich langsam auf.

Muss husten.

Mehrmals.

Lautes Gebrüll.

Ein Loch in der Mauer hebt sich vom Dreck und Staub ab.

Oh Gott.

Und dann diese eine Silhouette, die sich so schwarz wie die Nacht vom gesprengten Loch abzeichnet.

Er kommt immer näher und näher.

Einer der Outlaws.

Emilian. Der Schuss quer durch seinen Kopf hallt in meinen Ohren nach.

Adrenalin befeuert meine Muskeln.

Ich greife nach dem Gewehr.

Versuche zu zielen. Doch der Staub ist so allgegenwärtig, dass ich seine genaue Position nicht ausmachen kann.

Er kommt immer näher, bis der Dreck ihn vollends freigibt. Ein Outlaw.

Und als ich ihn genauer betrachte, bemerke ich sein verletztes Bein – er humpelt. Sein Gesicht dreck- und blutverschmiert.

Unwissentlich lasse ich mein Gewehr sinken.

Starre ihm ins Gesicht. Der Schmerz in seinen Augen lähmt mich.

Dann das Stechen in meinem Unterarm.

Ich stöhne auf. Knirsche auf meinen Zähnen herum. Lasse das Gewehr fallen und knete meinen Unterarm. Den Outlaw immer im Visier.

Ich kann ihn nicht töten.

Ich muss ihn töten.

Sonst ende ich wie meine Mom.

Ich kann nicht.

Starre dem Gewehr auf dem Boden entgegen.

Ich *muss*.

Der Outlaw bewegt sich weiter und weiter, scheint mich zu umrunden. Will in die Basis eindringen.

Wo sind die anderen? Bin ich allein?

Ich kann nicht.

Aber es schmerzt so sehr.

Ein weiterer Schrei aus meinem Mund.

Ich greife mit der rechten Hand nach dem Gewehr. Es liegt zu weit weg.

Ich werde sterben.

Mein Arm schmerzt so sehr.

Ich werde sterben.

Ein seltsames Kräuseln durchzuckt meinen Unterarm. Wie feurig heiße Wellen unter meiner Haut.

Ich werde sterben.

Ich werde –

Ein zerberstendes Geräusch lässt meine Gedanken zersplittern wie Glas.

Ich ducke mich. Schließe meine Augen.

Öffne sie, als mich die ungewohnte Stille zu verschlucken droht.

Ich halte nach dem Outlaw Ausschau. Sein Oberkörper wird von merkwürdigen Blitzen durchzuckt, ehe sein Körper zur Ruhe kommt und er regungslos zwischen Schutt und Steinen kauert. Das Gesicht in Richtung Boden. Sein Rücken dem Himmel zugeneigt.

Mein Arm.

Er brennt nicht mehr. Schmerzt nicht mehr. Das Feuer unter meiner Haut ist erloschen.

Ich *lebe* noch.

Ich drehe mich im Kreis.

Huste.

Drehe mich weiter.

Habe ich geschossen?

Das kann nicht sein. Ich hätte den Abzug unter meinen Fingern gespürt. Hätte das Abdrücken gemerkt. Den Rückstoß des Gewehrs.

Vielleicht das System. Mein pochender Arm. Vielleicht der Trieb, meine Arbeit auszuführen, der mich dazu verleitet hat, den Abzug zu betätigen.

Habe ich geschossen?

Das kann nicht ich gewesen sein.

Ich drehe mich weiter im Kreis.

Suche nach demjenigen, der mir das Leben gerettet hat.

Blicke nach oben. Erkenne einen jungen Mann mit längeren, braunen Haaren, der rot-schwarzen Uniform und einem Gewehr in der Hand. Selbst von hier unten spüre ich seinen durchdringenden Blick auf meiner Haut. Dann ist er plötzlich wieder hinter der Mauer verschwunden.

Ich stolpere über einen Stein, fange mich aber wieder. Nehme das Auftreten von schweren Schuhen auf dem auf einmal unebenen Boden wahr.

Die Angst packt mich. Rüttelt an mir.

Ich blicke dem großen Loch in der Mauer entgegen. Erkenne niemanden.

»Sehr gut gemacht, Kadett!«

Ich fahre vor Schreck herum und mustere einen Soldaten, dessen Uniform von Schmutz und Dreck übersät ist. Sein Blick richtet sich auf die Leiche unmittelbar vor meinen Füßen.

»Ich ... ich war das-«, stottere ich, werde unterbrochen.

»Ruhen Sie sich erst einmal aus! Diese Feiglinge haben sich zurückgezogen.«

Ich war das nicht.

Ich war das nicht.

»Ich, ich war das n —«

»Ich weiß«, erwidert der Soldat, tritt einen Schritt näher und klopft mir auf die Schulter, dass es schmerzt. »Der erste Gefallene ist immer hart.«

Dann dreht er mich in die entgegengesetzte Richtung und schubst mich in Richtung des Versammlungsplatzes.

Ganz egal, was dieser Soldat von mir denkt – ich nehme mir vor, diesen braunhaarigen Soldaten ausfindig zu machen und mich bei ihm zu bedanken. Für alles.

Er hat mir das Leben gerettet.

Ich weiß nicht, ob ich in der Lage gewesen wäre, den Outlaw zu töten.

Andererseits ...

Hätte ich es nicht getan, wäre *ich* an seiner Stelle gestorben.

KAPITEL 20

ALEX UND ZOEY essen zu Abend im Speisesaal.

Ich habe ihnen gesagt, dass ich keinen Hunger habe. Dass ich schon mal auf unser Zimmer gehen und mich vom Tag ausruhen werde.

Jedes Mal, wenn ich meine Augen schließe, sehe ich den toten Körper des Outlaws vor mir liegen. Von einem Schuss durchbohrt, zuckend und dreckig. Der leidende Ausdruck, der sein Gesicht gezeichnet hat. Sein humpelnder Schritt.

Outlaws sind die *Feinde*.

Ich sollte kein Mitleid mit ihnen haben.

Sie haben Emilian umgebracht. Meinen *Bruder.* Einen *Unschuldigen.*

Aber sie sind immer noch Menschen. Menschen, die durch dieselben Waffen sterben können wie wir. Sie sind nicht unsterblich. Sind nicht besser. Aber sind sie *schlechter?*

Andererseits sind die Outlaws auf eigene Gefahr gegen New Ainé in den Krieg gezogen.

Ich weiß nicht, was ich glauben soll. Laufe im Schlafzimmer auf und ab, auf und ab. Bis ich mich so sehr daran gewöhnt habe und nicht mehr stehen bleiben kann.

Da waren diese fürchterlichen Schmerzen. Mein Unterarm. Das feurige Ziehen unter meiner Haut. Tief verwurzelt im Inneren meines Arms. Dass ich nicht vor Schmerzen geweint habe, gleicht schier einem Wunder.

Was ist, wenn sie mich erwischt hätten? Ich habe den Outlaw nicht umgebracht. Das war dieser Soldat auf der Mauer. Mein Lebensretter. Aber was ist, wenn ich meinen Beruf dadurch nicht vollständig ausgeführt habe?

Der Outlaw stand direkt vor mir. Meine Pflicht wäre es gewesen, ihn so schnell zu töten, dass er nicht einmal den Mund hätte aufmachen können.

Aber ich konnte es nicht. Ich bin nicht wie die anderen hier. Ich bin kein Soldat. War ich noch nie, werde ich nie sein.

Ich weiß nicht, weshalb ich hier bin oder was sich das System dabei gedacht hat, mich zum Militär zu schicken.

Cassies Worte reiben an der Innenseite meines Körpers wie knisterndes Feuer.

»Das System verschweigt irgendetwas, überzeugt uns von Dingen, die wir glauben sollen – der Ansicht ist sogar meine Mom.«

Das System verschweigt irgendetwas.

Ich reihe die Wörter in meinem Kopf aneinander, sodass sie einen Satz ergeben. Lese sie vorwärts und rückwärts. Aber das kann nicht sein. Andererseits natürlich schon. Das System verschweigt dauernd Dinge vor uns. Zu unserem eigenen Schutz, wie wir immer wieder beschwichtigt werden.

»Es überzeugt uns von Dingen, die wir glauben sollen.«

Ich gehöre hier nicht hin.

Vielleicht will mir das System weismachen, dass ich mich irre. Vielleicht sind zu viele Soldaten im Kampf gegen die Outlaws gefallen und New Ainé braucht … Nachschub.

Aber warum ich? Ich bin Skye Ignis. Keine Kämp-
ferin. Keine Soldatin. Keine Killerin. Ich bin nicht
so wie die anderen.

Das System verschweigt irgendetwas.

Ein Zischen ertönt, die Schleuse zu unserem
Schlafzimmer öffnet sich. Herein kommen drei Soldaten in voller, glänzender Montur.

»Skye Ignis?«, fragt einer der Männer.

»Ja?«, gebe ich mit gedämpfter Stimme von mir.

»Kommandant Craig will sie unverzüglich sprechen.«

Ich versuche an seiner Stimmlage zu erkennen,
wie ernst die Situation ist. Aber das funktioniert so
gut, wie einem Blinden das Aussehen von Farben zu
beschreiben.

»Natürlich«, stottere ich. Zögere. Jetzt sofort?

»Kommen Sie bitte mit«, fügt der Soldat hinzu. Als
könne er meine Gedanken lesen.

Sie kehren mir den Rücken, setzen einen Fuß vor
den anderen und ich folge ihnen. Spiele aufgebracht
an meinen Fingernägeln herum.

Das System verschweigt irgendetwas.

Überall diese Kameras. Einfach überall. Was,
wenn sie gesehen haben, dass ich nicht in der Lage
war, den Outlaw zu töten? War es das für mich? Bin
ich raus? Töten sie mich?

Etwas anderes kann ich mir nicht vorstellen.

Ein wildes Pochen in meiner Brust. Hitze durchströmt meinen Körper wie ein Blitzschlag. Schnell und rücksichtslos.

Sie müssen alles gesehen haben. Meinen verweichlichten Versuch, das Gewehr zu betätigen. Den wehrlosen Outlaw. Meinen weit aufgerissenen Mund, als ich vor Schmerzen schrie.

Einfach. Alles.

Vielleicht habe ich Glück. Vielleicht haben sie die Videoaufnahmen nicht gesehen und haben meinem *Anfängerglück* blind vertraut. Aber noch ehe ich den Gedanken zu Ende gedacht habe, merke ich, wie falsch er doch ist.

Sie haben es gesehen. Sie haben gesehen, dass ich nicht dazu in der Lage war.

Vor Craigs Tür machen die Soldaten Halt. Einer der Männer legt seinen Finger in die dafür vorgesehene Einkerbung und das vertraute Zischen durchbricht meine Gedanken.

»Bitte hindurchtreten! Kommandant Craig erwartet Sie bereits«, höre ich einen der Soldaten sagen.

Ich schlucke den schweren Kloß in meinem Hals hinunter. Versuche einigermaßen normal zu agieren und mir nichts anmerken zu lassen. Gegen das Verschwinden der Farbe aus meinem Gesicht bin ich allerdings machtlos.

Ich setze einen Fuß vor den anderen. Das Aufkommen meiner Schuhe auf dem massiven Boden hallt von den Wänden wider. Jeder Schritt brennt in meinen Ohren.

Hinter mir schließt sich die Schleuse.

Vor mir die Höhle des Löwen.

Ich merke, wie mechanisch – beinahe eingerostet – ich mich fortbewege. Sicherheitshalber verschränke ich meine Hände hinter dem Rücken. Ich muss Craig nicht meinen zitternden Körper auf einem Silbertablett präsentieren, um mich vollends zu verraten.

Sie haben es sowieso gesehen.

Weshalb würde er sonst nach mir schicken?

Kommandant Craig schaut von der Maschine, die er bedient, auf. Die anderen Arbeiter links und rechts am Rand des Ganges beachten mich gar nicht.

»Ah, Ms. Ignis«, gibt er von sich – ich kann nicht einschätzen, was er von mir hält. »Schön, dass Sie es sich einrichten konnten.«

Mir blieb schließlich keine andere Wahl, denke ich und presse meine Lippen zusammen, um nicht zu sagen, was ich denke.

Ich antworte erst nicht. Bleibe circa einen Meter vor ihm stehen und vollführe einen leichten, eingerosteten Knicks. Anscheinend ist das hier Sitte.

»Stets zu Diensten«, antworte ich und könnte mich selbst für die schleimige Antwort ohrfeigen.

Mein Herz setzt einen Schlag lang aus, pocht dann doppelt so schnell. Ich kann mich nicht konzentrieren. Spüre, wie mein rotes Shirt an meinem Rücken haftet und klebt.

»Ich möchte Ihnen nur ein paar Fragen stellen, es geht auch ganz schnell.«

»Natürlich«, höre ich mich selbst sagen. Was hätte ich auch stattdessen antworten sollen?

Craig geht vor seiner Maschine auf und ab. Schreitet durch die dreidimensionale Projektion hindurch, die die Maschine erzeugt, sodass sie anfängt zu flimmern.

»Der Outlaw-Angriff«, fängt Craig an – mit jedem einzelnen Wort fühle ich mich unbehaglicher, »Der Outlaw-Angriff gestern kam ziemlich unerwartet.«

Seine Stimme bleibt regungslos, farblos.

»Stimmt«, antworte ich, presse meine Hände hinter dem Rücken fester zusammen, bis es schmerzt.

»Ich kann mir vorstellen, dass das ein ganz schöner Schock für Sie gewesen sein muss ... vor allem nach der zweiten Trainingseinheit.«

Seine Augen suchen die meinen. Fragend, durchdringend und allwissend.

Er weiß es. Es gibt keine andere Möglichkeit.

Ein Hauchen entrinnt mir atemlos.

»Ich – ich kann mir schöneres vorstellen«, stottere ich, am Ende des Satzes versagt meine Stimme. Kommandant Craig bleibt vor mir stehen, drückt die Schultern durch und blickt auf mich nieder wie auf ein kleines Schulmädchen. »Zwei Ihrer Mitstreiter haben den Angriff leider nicht überlebt«, erwidert er leise und richtet seinen Blick gen Boden.

Das Piepen in meinen Ohren vor der Sprengung. Der Staub, der Dreck. All das flammt vor meinem inneren Auge auf. Es ist ein Wunder, dass *ich* das überlebt habe. Aber die anderen? Viel stärker, härter und geeigneter als Soldaten. Und jetzt sind zwei von ihnen tot.

»Oh«, entfährt es mir – ich weiß nicht, was ich antworten soll. Ein Schuss hallt in meinen Ohren nach. Mein rechtes Bein beginnt zu jucken. Zu brennen. Ich will nach der Narbe greifen und kratzen. Aber das kann ich nicht. Darf ich nicht.

Craig kehrt mir den Rücken, setzt seinen Gang vor der Maschine fort. »Aber ... nun zu Ihnen, Ms. Ignis.«

Jetzt ist es aus.

Er weiß es.

Er weiß es.

Er weiß es.

Meine Hände zittern. Gänsehaut auf meinen Ober- und Unterarmen. Ich habe mir bisher noch nicht überlegt, wie ich reagiere, wenn ... wenn alles auffliegt.

»Können Sie mir sagen, was genau passiert ist?«

Seine Frage hallt in meinen Ohren nach. Was passiert ist? Ich weiß nicht, was er meint. Er war doch selbst dabei, oder nicht?

»Wie meinen Sie das, Sir?«, frage ich.

Seine glasklaren Augen betrachten mich von oben bis unten. Plötzlich fühle ich mich nackt. Durchsiebt von seinen Blicken.

»Wenn ich mich recht entsinne, wurden Sie dazu beauftragt, hinter der Mauer Wache zu halten.« Bei den letzten Worten schnellt seine Stimme beinahe unerkennbar in die Höhe. Fast schon so, als würde Craig einen Hauch von Emotionen zeigen.

Ich überlege. Öffne meinen Mund. Schließe ihn wieder. Ich sollte bei der Wahrheit bleiben. Was, wenn das alles nur ein Test ist? Was, wenn er es schon längst weiß und lediglich meine ... Loyalität auf die Probe stellen will?

So viele Fragen in meinem Kopf.

Keine Antworten.

»Das stimmt, Sir«, sage ich, versuche so emotionslos zu klingen wie er selbst.

»Und wenn ich mich des Weiteren recht entsinne, standen Sie exakt an der Position, an der eines der

Löcher in die Mauer gesprengt wurde.« Keine Frage. Eine Aussage.

Ich schließe die Augen. Ich will ihm nicht ins Gesicht sehen, wenn es vorbei ist. »Korrekt.«

»Also ...«, beginnt er, zögert den unausweichlichen Moment in die Länge hinaus und hält die imaginäre Waffe gegen meine Schläfe, lechzt danach abzudrücken. So wie ich es hätte machen sollen. »Was genau ist passiert?«

Ich öffne meine Augen.

Er ist noch nicht fertig mit mir.

Ich überlege haarscharf. Gehe jedes einzelne Wort in Gedanken durch. Inzwischen müssen mehrere Sekunden vergangen sein.

»Da war dieser laute Knall, dann das Loch in der Mauer, Sir.«

»Und weiter?«

Meine Zähne kleben aufeinander. Meine Zunge so schwer wie Blei. »Zuerst war ich blind, dann ... der Outlaw, der durch das Loch gekommen war, wurde erfolgreich erledigt, Sir.« Ich bleibe so eiskalt und hart, wie es mir nur irgendwie möglich ist. Vielleicht weiß er es gar nicht. Vielleicht weiß er nicht, dass ich den Outlaw nicht töten konnte und ein anderer den finalen Schuss für mich abfeuern musste.

Das stetige Auf- und Abgehen endet unmittelbar vor meinen Füßen. Er starrt mich durchdringend an.

Ich weiß nicht, ob ich mir das einbilde – aber ich meine zu wissen, dass sich ein hauchdünnes Lächeln auf seine Lippen geschlichen hat.

»Das haben Sie sehr gut gemacht«, entfährt es ihm. Ich brauche einen Moment, ehe ich realisiere, dass ich noch nicht tot bin. Stattdessen klopft er mir auf die Schulter wie ein stolzer Vater.

»D-Danke, Sir«, antworte ich stotternd und so kleinlaut wie ein Kind.

Ich wollte nicht lügen. Aber lügen ist immerhin besser als sterben. Oder?

Craig tritt einen Schritt zurück. »Sicherlich fragen Sie sich, weshalb ich sie soeben befragt habe, oder?«

Ich antworte nicht. Weiß nicht, was ich sagen soll. Alles, was ich darauf antworten könnte, würde mich verdächtig machen.

Auf einmal ist mir heiß und kalt zugleich und ich bin heilfroh, als er selbst das Wort ergreift. »Einige der Outlaws sind in das Sektorinnere vorgedrungen. Es gab mehrere Sprengungen, mehrere Schlupflöcher in der Mauer.«

Ich lausche seinen Worten, hänge gebannt an seinen Lippen. »Ich wollte nur sichergehen, dass sie keine falschen ... *Prioritäten* gesetzt haben, Ms. Ignis.«

Ich schlucke. Jedes einzelne seiner letzten Worte hat mich vollends verwirrt und in seinen Bann gezogen. Weiß er es? Weiß er es nicht?

»Natürlich nicht, Sir«, erwidere ich, gebe mir größte Mühe, mir nichts anmerken zu lassen und drücke meinen Rücken durch. Beinahe wie ein echter Soldat.

Craig setzt seinen Gang fort. Kehrt mir den Rücken zu. »Prima, das wäre dann alles.«

Eine schwere Last fällt von meinen Schultern. Das Zittern in meinen Gliedern erlischt. Ich atme auf.

»Wir sehen uns morgen früh im Essenssaal, Ms. Ignis.«

Ich vollführe einen Knicks. »Gute Nacht, Sir.«

Dann mache ich auf dem Absatz kehrt und trete den Rückzug an. Ich richte meinen Blick dem Boden entgegen, versuche, das Lächeln in meinem Gesicht so gut es geht zu verbergen.

Die Schleuse öffnet sich ganz automatisch.

Meine Augen auf den Boden gerichtet.

Ich will hindurchtreten. Plötzlich stoße ich mit etwas Hartem zusammen. Einer Mauer.

Es muss eine Mauer sein.

Schockiert blicke ich empor. Starre in satte, grüne Augen. Er ist einen guten Kopf größer als ich.

Dasselbe braune Haar.

Dasselbe Gesicht.

Der junge Mann auf der Mauer.

Ich kann seinen Gesichtsausdruck nicht deuten. Eine seltsame Mischung aus Freude und gleichzeitiger Härte in seinen Augen.

Er weiß, wer ich bin. Er weiß es.

»Tut mir leid«, rutscht es mir heraus.

Er antwortet nicht. Warum auch?

Ich umrunde ihn wie eine offene Feuerstelle und lasse den braunhaarigen, jungen Mann schnellen Schrittes hinter mir. Gebe mir größte Mühe, mich nicht umzudrehen.

Er ist es. Er weiß es.

Dann schließt sich die Schleuse und nimmt ihn mit sich.

Und ich hatte nicht die Gelegenheit, mich bei ihm zu bedanken.

KAPITEL 21

ALS SICH DIE Schleuse hinter mir schließt, atme ich auf. Meine Beine sind so schwer wie Blei. Ich wate durch ein dickflüssiges beinahe undurchdringliches Gebräu, ehe ich mich in mein Bett fallen lasse und meine Augen für einen Moment schließe.

Ich genieße ein paar Augenblicke lang die kostbare Stille. Wer weiß, wie lange sie noch anhält.

Craig hat es nicht gewusst. Oder er wusste es und ihm war es egal. Ich lebe noch – das ist die Hauptsache. Alles andere gerät in den Hintergrund und verblasst hinter dichtem Nebel.

Ich rolle mich auf den Rücken und blicke der leblosen Decke entgegen. Das Licht verschwindet, hinterlässt einen grauen Schleier und diesen seltsam trostlosen Beigeschmack.

Als ich aus dem kleinen Fenster sehe, erkenne ich die fadenartigen Regentropfen, die draußen lautlos auf dem Boden aufkommen.

Es regnet.

Das schlechte Wetter zieht mich seltsamerweise wie magisch an. Ruft nach mir, einmal etwas anderes zu sehen als dicke, stahlbenetzte Wände.

Ich überlege. Grüble. Kaue auf meiner Unterlippe herum.

Ganz langsam recke ich meinen Kopf und starre zu der digitalen Uhr oberhalb der Badezimmertür. Es ist erst kurz nach sieben. Ehe Alex und Zoey vom Essen zurückkehren, bin ich schon längst wieder da.

Ich stehe auf und krame eine längere Jacke aus meinem Abteil des Kleiderschranks.

Schwarz-Rot, wie eh und je.

Ich öffne die Schleuse und trete auf den stählernen Gang. Versuche mich daran zu erinnern, in welche Richtung der Strom von Menschen gerannt ist, als der Angriff der Outlaws bevorstand.

Nach drei Schleusen und zwei gläsernen Türen, öffnet sich die letzte Schleuse. Das schleierhafte Licht blendet mich. Ich trete hindurch und finde mich auf dem Versammlungsplatz wieder.

Fast niemand ist zu sehen. Nur ein paar vereinzelte Soldaten, die an deren Maschinen Knöpfe betätigen und untergestellt und geschützt vor dem Regen miteinander reden. Wie ganz normale Menschen.

Ich laufe ein paar Meter. Atme die einigermaßen saubere Luft ein. Spüre die Regentropfen, die auf meiner Kopfhaut aufkommen. Nass und kalt. Dennoch belebend. Wie der Frühling nach dem Winter.

Beim Laufen lasse ich meine Gedanken schweifen. Recke meinen Kopf dem Gewitter über mir entgegen und schließe die Augen. Bei jedem Tropfen auf meinem Gesicht zucke ich leicht zusammen.

Sein Gesicht brennt sich in meine Gedanken. Die grünen Augen. Das braune Haar. Seine Statur.

Er hat mein Leben gerettet. Und ich konnte mich noch immer nicht bei ihm bedanken.

Ich beschließe, morgen früh im Speisesaal meine Augen nach ihm offen zu halten. Natürlich könnte ich es einfach auf sich beruhen lassen. Aber das geht nicht. Er war da, als niemand sonst da war. Er hat Kommandant Craig gegenüber nichts erwähnt. Hat mich nicht verraten. Hätte er es getan, ich glaube nicht, dass ich dann noch hier stehen würde.

Wäre er nicht gewesen ... wäre ich jetzt tot.

Und ich weiß noch nicht einmal seinen Namen.

Ich laufe weiter und weiter. Bis die Schleuse, aus der ich gekommen bin, bereits hinter mehreren Ecken verschwunden ist.

Jeder einzelne Schritt wird von einem Knirschen des Bodens erwidert.

Wenn er nicht gewesen wäre. Ich wäre nicht mehr hier. Wäre woanders. Wie Mom.

Ein ruckartiger Stich in meiner linken Seite. Ein Kloß in meinem Hals.

Als ich klein war hat mir Mom einmal erzählt, dass Grandma jetzt im Himmel sei, nachdem sie gestorben war. Dass sie nun einer der Engel sei, die auf uns aufpassen würden, wenn es uns schlecht gehe.

Niemand weiß, ob es so etwas wie ein Leben nach dem Tod gibt. Das ist eines der großen Fragezeichen, das trotz rasant fortgeschrittener Technologie und einer neuen Generation Mensch noch immer ungelöst im Raum steht. Und ehrlich gesagt, gehöre ich zu der Sorte Mensch, die daran noch viel weniger glaubt als der Durchschnitt.

Aber wenn so etwas wie ein *Aufenthaltsort* für Verstorbene existiert ... Mom wäre einer der schönsten Engel, den die Welt je zu Gesicht bekommen hätte.

Mein Engel. Mein persönlicher Engel.

Meine Mom.

Sie fehlt mir so sehr. Und ich konnte mich noch nicht einmal richtig von ihr verabschieden. Ich war noch nicht bereit. Aber ist man überhaupt jemals bereit, einen geliebten Menschen gehen zu lassen?

Ich weiß nicht einmal, weshalb sie gestorben ist. Was hat sie dazu veranlasst, sich ihrem Beruf zu widersetzen? Was hat sie getan, dass sie mit ihrem Leben dafür bezahlen musste?

Das System verschweigt irgendetwas, überzeugt uns von Dingen, die wir glauben sollen.

»Nicht stehenbleiben, Soldat!«

Ich fahre herum. Ein Mann in Uniform schaut von seiner Maschine auf, hebt eine Hand vor sein Gesicht, als könnte er irgendetwas gegen den grauen Regen unternehmen.

Ich nicke. Muss ganz vergessen haben weiterzugehen.

Als ich erneut abbiege, bleibe ich wie angewurzelt stehen. Finde mich vor dem gesprengten Loch wieder. Zumindest dort, wo das Loch hätte sein sollen. Was zu sehen ist, ist eine geschweißte Naht entlang des Einschlags. Wie ein gestopftes Loch in einem Kleidungsstück.

Ich will weitergehen. Versuche nicht stehenzubleiben und daran zu denken, was passiert ist. Doch dann senke ich meinen Blick und nehme die pechschwarzen Steine zwischen den anderen

Trümmerstücken wahr, die noch nicht beseitigt worden sind.

Die schwarzen Steine schimmern im Regen. Glänzen. Leuchten, trotz der verschluckenden Schwärze.

Ich greife nach einem der Steine und bin über dessen Leichtigkeit überrascht. Er läuft an einer der Seiten spitz zusammen wie ein Feuerstein, davon ausgehend wird er immer dicker und dicker.

Und als ich ihn von der einen in die andere Hand legen will, ist meine Handfläche, in der der Stein lag, pechschwarz. Schwarz verfärbt und rußig. Als wäre sie kohleverschmiert.

Ein Donnergrollen über meinem Kopf. Gleißendes Licht. Ein Blitz. Wie spät ist es?

Meine Klamotten sind vom Regen bereits durchnässt. Erst jetzt durchzuckt mich die Kälte des Regens und kriecht unter meine Haut wie ein Eindringling.

Ich muss zurück.

Ich drehe mich noch einmal im Kreis, stecke den schwarzen Stein in meine Jackentasche und mache mich auf den Rückweg. Ich weiß nicht weshalb, aber der Stein soll mich an das erinnern, was passiert ist. Daran, dass ich mich bei dem Soldaten von der Mauer bedanken muss.

Egal wie.

Sein humpelndes Bein. Der leidende Ausdruck in seinem Gesicht.

Zuckend und dreckig.

Vermutlich hat sich der Outlaw mit der Explosion selbst mehr Schaden zugefügt als den anderen. Als uns. Vielleicht hatte er Familie. Haben Outlaws Familie?

Ich habe wirklich versuch, die Waffe abzufeuern. Das Gewehr gerade zu halten. Habe die ganze Zeit an den zerstörerischen Schuss gedacht, den der Outlaw damals durch Emilians Kopf gejagt hat. Aber ich konnte nicht.

Outlaws sind die Feinde.

Die Feinde des Systems.

Meine ganz persönlichen Feinde.

Aber als ich das Gesicht des Outlaws sah ... jegliche feindseligen Gefühle ebbten ab. Ich sah nur noch einen Menschen hinter der Fassade der Uniform. Einen leidenden und verletzten Menschen.

Ich sehe so oft sein Gesicht vor mir. Und dann *seines*. Ich weiß, ich hätte den Outlaw nicht töten können. Und wäre er nicht gewesen ...

Ich dachte, ich müsse sterben. Zugegeben, ich habe innerlich nie daran geglaubt, je einen Angriff zu überleben. Und dann kam er.

Der Soldat mit den grünen Augen.

Auf einmal ein Zischen. Schritte. Ein Bruch in meinen Gedanken. Wie ein Blitz, der einen Baum entzwei spaltet.

Am Fuße meines Bettes stellt sich Jessica breitbeinig auf. Stemmt die Hände in die Hüfte.

Ein »Hey« dringt heiser aus meinem Hals.

Ein blaffendes Geräusch aus ihrem Mund. »Spar es dir, Ignis.«

Ich rollte mit den Augen. Jessica ist einer der Menschen, die den Raum betreten und die einigermaßen gute Stimmung ins Nirwana katapultieren.

»Was ist los?« Ich gebe mir nicht einmal Mühe, freundlich zu klingen. Das tut Jessica schließlich auch nicht.

Sie kommt einen Schritt näher. Stützt sich am Gestell meines Bettes ab, sodass ihre Fingerknöchel weiß hervortreten. »Du weißt ganz genau, was los ist.«

Klar. Ich weiß alles.

»Nicht, dass ich wüsste.«

»Du hättest den Outlaw aufhalten sollen.« Jedes einzelne Wort so giftig wie der Biss einer Schlange. »Und zwar bevor er die Sprengung in Gang gesetzt hat.«

Ich muss zwei Mal überlegen, was sie gerade gesagt hat. Dann schlucke ich. Mein Magen zieht sich zusammen. Beim Ausatmen öffne ich den Mund.

»Und wie hätte ich das bitte anstellen sollen, *Jes-sica*?« Ich spucke ihren Namen aus wie Dreck. Ich weiß, dass Jessica die viel bessere Soldatin von uns beiden ist. Und ich weiß, dass Jessica hier um einiges besser aufgehoben ist als ich. Und doch gibt es einen gewaltigen Unterschied: Jessica *lebt* dafür, ein Soldat zu sein. Ich hingegen zähle die Sekunden, bis irgendetwas passiert, bis die Vertreter des Systems um die Ecke kommen und mir beichten, dass sie einen ganz großen Fehler begangen haben.

»Was weiß ich«, blafft sie, fuchtelt wild mit den Händen herum. »Es gibt Fenster in der Mauer, du hättest auf die Schritte hören können, hättest besser *aufpassen* müssen.«

Ich atme tief ein. Will nicht so sein wie sie. Ich könnte sie anbrüllen, die gesamte Wut in mir an ihr auslassen. Aber ich will nicht.

Ich will besser sein als Jessica.

»Stimmt«

Das Funkeln in ihren Augen verblasst. Sie lässt vom Gestell meines Bettes ab. Ich kann förmlich an ihrem Gesicht ablesen, dass sie mit jeglicher Reaktion außer mit dieser gerechnet hat.

Eins zu null für mich.

»Das nächste Mal«, fahre ich fort, »achte ich einfach mehr auf die Mauer und gehe deine Tipps in meinem Kopf durch, dann wird das sicherlich nicht mehr passieren.«

Ich hasse sie.

Ich weiß, dass ich sie hasse.

»Okay«, erwidert sie monoton. »Gut.«

Jessica presst ihre Lippen dicht aufeinander. Ihr Kiefer tritt hervor. Der Körper spannt sich an. Vermutlich brennt sie innerlich.

Ich weiß, dass sie mir noch irgendetwas sagen will. Aber sie lässt es sein. Macht unbefriedigt auf dem Absatz kehrt und verschwindet mit dem Öffnen und Schließen der Schleuse.

Vielleicht schneidet sie mir heute Nacht die Haare ab. Vielleicht verprügelt sich mich.

Dennoch kann ich mir ein Lachen nicht verkneifen. So diabolisch das auch klingen mag: Zum ersten Mal, seitdem ich hier angekommen bin, fühle ich mich wie eine Siegerin.

KAPITEL 22

DAS SOFA UNTER mir fühlt sich merkwürdig vertraut an. Der samtig weiche Stoff, das bekannte Muster.

Vor mir der *SmartWatch*, in dem ich beinahe tagtäglich die Nachrichten verfolgt habe.

Das angenehme Licht der Deckenbeleuchtung strahlt auf mich nieder. Ein orangener Ton, der sanfte Schatten der Möbelstücke auf den Boden wirft.

»Du bist so stark, Skye.«

Diese Stimme. *Ihre* Stimme.

Ich drehe mich auf dem Sofa, sodass ich ihr direkt in die Augen sehen kann. Sie sitzt neben mir, die Hände in ihrem Schoß, das altbekannte Lächeln in ihrem Gesicht.

»Mom« Ein Hauchen, ein Flüstern. Doch sie nickt. »Was machst du denn hier?«, frage ich. Im selben Moment lege ich meine Arme um ihren Hals. Ihre Hände auf meinem Rücken.

»Dasselbe könnte ich dich auch fragen, Spätzchen.« Diese zarte Stimme. Ein Schauer läuft mir den Rücken hinunter. Ein mollig warmer Schauer.

»Das ist *mein* Traum«, erwidere ich lächelnd und wische mir eine Träne von meiner Wange. »Ich bin hier so gut wie jede Nacht.«

Ich spüre ihre samtigen Finger auf meiner Haut, in meinem Gesicht, auf meinen Unterarmen. »Ach, Spätzchen.«

Ich lasse von ihr ab, setze mich neben sie.

Sie ist es. Sie ist es.

Mom.

Ich schlucke den Kloß in meinem Hals hinunter. Ignoriere das Kribbeln auf meiner Haut. Ich weiß nicht, wie lange mir noch mit ihr bleibt.

»Wie ist es passiert, Mom?«, frage ich mit zittriger Stimme. Sie ist so wunderschön. Ihre klaren Augen mustern mich, als wäre sie nie weg gewesen. Als wäre *ich* nie weggewesen.

»Was meinst du?«, erwidert sie, legt den Kopf schief und streichelt mit ihren zarten, eleganten Fingern mein Bein.

Cassie vor meinen Augen. Das Sol-Tablet in ihrer Hand. Ich höre den Schrei, den ich von mir gab, als ich zu Boden ging.

»Warum bist du gestorben, Mom?« Ich rede so schnell ich kann. Gebe den Worten keine Chance, sich in meinem Mund zu entfalten.

Mom blickt nachdenklich zu Boden.

Ich bemerke die leichte Kerbe zwischen ihren Augenbrauen und oberhalb ihrer Nase. Ein Zeichen dafür, dass sie sich Gedanken macht.

Sie ist es.

Als sie aufschaut, wirken ihre Augen traurig und müde. Zwei Finger umschließen meine Wange. »Du bist so stark, Skye. Du hast es so weit gebracht.« Ihre Stimme wirkt hallend und leise. Wie am anderen Ende eines langen Tunnels.

»Mom«, beginne ich, schniefe ungewollt. »Ich habe es zu gar nichts gebracht. Ich ... ich weiß nicht einmal, weshalb ich zum Militär geschickt wurde.«

»Skye.«

Mehr sagt sie nicht. Schließt ihre Augen. Dann öffnet sie den Mund. Der Blick so durchdringend und ehrlich. »Halte durch, meine Kleine.«

»Mom, ich —«

»Das System verschweigt irgendetwas, überzeugt uns von Dingen, die wir glauben sollen.« Cassies Stimme aus dem Mund meiner Mom.

Ich schrecke zurück. Zucke zusammen.

Mom. Cassie.

»Mom, was —«

Ein Krachen, ein Zischen. Hinter Mom bricht die Tür aus den Angeln. Soldaten stürmen in das Zimmer.

Moms Blick sucht den meinen.

»Sei stark, Skye!«

Ihre Worte hallen in meinen Ohren nach. Ebben immer noch ab, als die Soldaten das Sofa umzingeln.

Die Gewehre auf uns gerichtet.

»Mom«, dringt es aus meinem Mund.

Ein Lächeln auf ihrem Gesicht.

Eines das mir sagt, dass es nicht so schlimm ist. Dass alles wieder gut werden würde. Aber ich weiß es besser.

Ich will etwas sagen.

Dann dieses ohrenbetäubende Geräusch.

Ich schrecke hoch, atme ein und aus. Meine Augen weit aufgerissen. Mein Körper schweißnass.

Ich wache auf. Zumindest glaube ich, dass ich aufwache. Ich fühle mich leerer als zuvor. Aschfahl und lahm. Wie Wasser ohne Kohlensäure.

Draußen ist es noch dunkel. Zoeys, Alex' und Jessicas Körper heben sich pechschwarz von den Schatten der Nacht ab. Ich fahre mir über die Stirn. Durch die Haare. Mir ist heiß und kalt zugleich. Die Härchen auf meinen Ober- und Unterarmen stellen sich auf.

Ihr Gesicht vor meinem inneren Auge. Ihre Stimme. »Sei stark, Skye.« Und dann der Schuss.

Ich hauche ihren Namen in die Dunkelheit, wie ein Stoßgebet dem Himmel entgegen.

Es war nur ein Traum. Ich weiß, dass es nur ein Traum war. Es war immerhin viel zu schön, um wahr zu sein.

Mein Schlafshirt klebt an mir wie eine zweite Haut.

Ich fühle mich wie ein Teppich unter den Füßen einer ganzen Armee.

Langsam hebe ich einen Fuß nach dem anderen aus dem Bett. Spüre den kalten Boden unter mir und stehe leise auf. Brauche einen Moment, ehe ich mich gefangen habe und mache mich auf den Weg ins Badezimmer.

Als die Tür hinter mir ins Schloss fällt, stütze ich mich am Rand des Waschbeckens ab. Blicke in den Spiegel.

Die dunklen Ringe unter meinen Augen. Die markanten Wangenknochen, die fast schon spitz hervortreten. Ich schlafe hier nicht besonders gut. Gegessen habe ich auch nur das Allernötigste. Und das seit acht Tagen.

Seufzend fahre ich mir über das Gesicht. Dann lasse ich meine Klamotten fallen und trete unter die Dusche.

Das Wasser prasselt auf mich nieder.

Die einzelnen Wassertropfen nehmen die Erinnerung an den Traum mit sich. Jede einzelne Sekunde.

Die Bilder verblassen.

Geraten in Vergessenheit.

Nur diese eine Frage pocht in meinem Kopf wie ein zweites Herz.

Diese eine Frage, die sich wie ein Mantra in meinen Gedanken Sekunde für Sekunde einnistet:

Warum ist Mom gestorben?

Sie war immer anständig. Hat sich nie gegen das System gestellt. Hat ihren Beruf als Zählerin immer ordnungsgemäß ausgeführt.

Und jetzt soll sie tot sein?

Mein Kopf ist wie ein schwarzes Loch. Kein Puzzleteil passt mit dem nächsten zusammen. Es ergibt einfach keinen Sinn.

Ich denke so lange darüber nach, bis das warme Wasser weicht und der eiskalten Nässe Platz macht.

Zwei Tage sind vergangen. Inzwischen wurde ich zu einer zusätzlichen Trainingseinheit mit Sergeant Lucian verordnet, mit dem ich die verpasste Trainingseinheit aufholen musste.

Lucian war nett. Für einen Soldaten.

Ein seltsames Gefühl, vor allen anderen seine Mahlzeiten zu erhalten und, während die anderen sich im Speisesaal aufhalten, private Stunden mit einem Sergeant abzuhalten.

Heute wache ich auf, als die Badezimmertür ins Schloss fällt und Zoey unter die Dusche tritt.

Meine Muskeln brennen. Schmerzen. Als wäre ich einen Marathon gelaufen. Stattdessen bin ich lediglich um eine Haaresbreite am Abgrund zum Jenseits entlang balanciert. Keine große Sache.

Ich spüre die blauen Flecken auf meiner Haut entstehen. Das dunkle Lila, das meine Haut benetzt. Ein Stechen durchfährt meinen Rücken, als ich mich bewege. Ich massiere meine Schulter, denke an das Aufprallen nach der Sprengung.

Jessica ist schon längst gegangen. Und ich lebe noch. Scheint so, als wäre Jessica doch nicht so schlimm, wie ich dachte.

Und noch ehe ich den Gedanken denke, merke ich, wie falsch er doch ist.

Als Zoey aus dem Bad kommt und Alex und ich uns die Uniformen übergeworfen haben, gehen wir zusammen in den Speisesaal.

Überfüllt. Hallend. Und laut.

Ich halte unbemerkt nach dem Soldaten mit den grünen Augen Ausschau. Zum dritten Mal. Lasse meinen Blick über die Köpfe hinwegschweifen, als ich in der Schlange der Essensausgabe stehe.

Braune Haare. Breite Schultern. Groß.

Vielleicht ist er gar nicht da. Vielleicht schläft er noch.

Ich esse wie jeden Morgen eine Schale voll Milch mit Getreideflocken. Dazu ein Glas Wasser. Zum ersten Mal seitdem ich hier bin, fällt mir die papierähnliche Einlage auf, innerhalb des schalenförmigen Tabletts liegt, auf dem mein Frühstück steht.

Ich denke an den schwarzen Stein in meiner Jackentasche. An meine schwarzen Hände, nachdem der Stein abgefärbt hat.

Und als Zoey und Alex miteinander reden, stelle ich die Milch-Schale und das Glas Wasser beiseite, falte das Papier und schiebe es in meine Hosentasche.

Ich bin mir sicher, dass sich der schwarze Stein super als Stift eignet.

Kommandant Craig tritt auf die Bühne. Gibt bekannt, dass das nächste Training der Kadetten sofort nach dem Frühstück im Holo-Raum stattfindet. Wie eh und je.

Also stehen wir auf, schieben die knarzenden Stühle zurück unter den Tisch und machen uns auf zum Holo-Raum.

Alex gähnt, scheint gestern vom Abendessen erst spät zurück gekommen zu sein.

Zoey hingegen ist beinahe ansteckend mit ihrem Enthusiasmus, läuft voraus. Schnellen Schrittes dem Holo-Raum entgegen.

Und da ist er wieder. Der glasklare Unterschied zwischen uns. Ich werde mich niemals freuen, ein Gewehr auch nur in die Hand nehmen zu müssen, Hindernissen auszuweichen oder Mauern zu verteidigen.

Zoey und Alex schon.

Wieder ein Zeichen dafür, dass ich hier einfach nicht hingehöre.

Die Schleusen öffnen sich. Wir treten hindurch. Der Raum ist kreisrund. In wenigen Abständen zweigen gläserne Türen ab.

Das gleiche Szenario wie bei der ersten Trainingseinheit.

Wir sind beinahe die Ersten. Versammeln uns in der Mitte des Raumes und warten auf die anderen. Mein Körper fühlt sich ausgelaugt an. Leer.

Mit der Zeit treten die anderen Neuankömmlinge durch die Schleuse.

Ich denke an Craigs Worte.

Zwei von ihnen werden diesen Raum nie wieder betreten. Zwei von ihnen sind bereits nach dem ersten Angriff gefallen.

Ehrlich gesagt dachte ich, dass *ich* einer der Gefallenen sein würde.

Die Schleuse öffnet und schließt sich zum letzten Mal, ehe die monotone Roboter-Stimme von NA-30N11 ertönt.

»Willkommen, Kadetten!« Das altbekannte Spiel wie eh und je. Nichts hat sich verändert. Als wäre nie etwas vorgefallen.

Ich frage mich, wie oft ich diesen Roboter noch zu hören bekomme.

»Willkommen zur dritten Trainingseinheit. Heute werden wir die ersten beiden Trainingseinheiten kombinieren.«

Ich wage einen Blick in Zoeys und Alex' Richtung. Ihre Augen wandern über die Köpfe der anderen hinweg, als würden sie einschätzen wollen, ob von ihnen Gefahr ausgeht oder nicht.

»Über den diversen Türen werden wie jedes Mal eure Namen aufleuchten. Drückt bitte den grünen Knopf, wenn ihr so weit seid.«

Ich weiß nicht, ob ich überhaupt jemals bereit *war*, geschweige denn *bin*.

»Im Inneren des nächsten Raumes werdet ihr unterschiedliche Halterungen mit unterschiedlichen Waffen vorfinden. Mit ihnen müsst ihr die Hindernisse überwinden und wenn nötig eliminieren.«

Eliminieren. Ein schönes Wort für *töten*. Beinahe elegant.

»Am Ende des nächsten Raumes befindet sich wie bei Trainingseinheit Nummer Eins ein grüner Knopf, den es zu betätigen gilt. Ihr habt dafür eine Minute Zeit! Bitte tretet vor die Türen. Viel Erfolg, Kadetten!«

Ich wünsche Alex und Zoey viel Glück, halte nach meinem Namen Ausschau und bleibe vor der Tür, über der *Ignis* aufleuchtet, stehen.

Neben mir steht ein schwarzhaariger Junge, mit einer breiten Brille auf der Nase. Sein muskulöser Nacken und die starken Arme stehen im totalen Kontrast zu seinem weichen Gesicht samt Brille. Dennoch verströmt er ein Gefühl von Respekt und eine gewisse Ehrfurcht, die ich nicht in Worte fassen kann. Als er in meine Richtung sieht, schaue ich plötzlich weg. Werde rot und versuche ihn zu ignorieren.

Ich wende mich meiner Türe zu, drücke den grünen Knopf und starre dem projizierten Countdown vor meiner Nase entgegen.

Als die Drei erscheint, gehe ich in Stellung. Stelle mein linkes Bein vor das rechte und mache mich bereit.

Los geht's.

Die gläserne Tür wird zur Seite geschoben.

Ich setzte einen Fuß vor den anderen, trete den Waffen entgegen und entscheide mich für das Gewehr, das am handtauglichsten aussieht.

Dann renne ich los.

Nehme Anlauf und springe über die erste Projektion.

Vielleicht drei Meter vor mir wird der erste Gegner projiziert. Ich lege blitzschnell das Gewehr zwischen Schlüsselbein und Schulter und ziele.

Ein Schuss.

Der rot leuchtende Schatten taumelt und fällt.

Ich überspringe ihn. Renne weiter.

Wie viel Zeit bleibt mir noch?

Ein weiteres Hindernis.

Ich presse das Gewehr fest an meine Brust und rolle unter dem holografischen Balken hindurch.

Stehe auf und renne weiter.

Zwei Lichtstrahlen zeichnen den nächsten Gegner. Nicht am Boden.

Ich mustere ihn. Er springt. Holt aus.

Ich halte das Gewehr schützend vor mein Gesicht. Er kommt mir immer näher.

Der Schattenschlag prallt gegen das Gewehr. Leichte Stromstöße durchzucken mich. Ein Kribbeln. Ein Ziehen.

Ich schüttle mich. Schieße ohne zu zielen in seine Magengrube.

Er löst sich auf, lässt einen Haufen Funken zurück und ich renne weiter.

Weiter und weiter.

Verliere für einen Moment die Kontrolle und gerate ins Wanken. Fange mich ab. Pralle schier gegen das nächste Hindernis. Bremse aber noch rechtzeitig ab und ducke mich.

Meine Haare berühren die holografischen Grenzen der Projektion. Ich höre das Knistern, das meine Haare umgibt. Spüre, wie sie sich aufladen und sich aufrichten.

Schritt für Schritt.

Immer weiter.

Wie viel Zeit noch?

Der nächste rote Schatten.

Schneller als die anderen.

Ich lege das Gewehr an. Ziele.

Drücke ohne darüber nachzudenken ab und treffe ihn am Kopf.

Renne weiter.

Springe über das letzte Hindernis, bevor ich den grünen Knopf leuchtend und anziehend ausmachen kann.

Ich überspringe die Stufen.

Drücke den Knopf bis zum Ansatz durch und lasse das Gewehr inständig fallen. Gehe in die Knie und hechle wie ein Hund. Immer und immer wieder.

Bis sich die gläserne Tür hinter dem Knopf öffnet und ich erschöpft hindurchschreite.

Ich wische mir mit dem Handrücken über die Stirn und fange den Schweiß ab.

Trete durch den Türrahmen hindurch und finde mich im Holo-Raum wieder.

Für einen Moment erstarre ich.

Der Raum ist voll. Zoey und Alex warten bereits in der Mitte des kreisrunden Raums.

Diesmal war ich nicht die Erste.

Ich war eine der Letzten.

KAPITEL 23

AM NÄCHSTEN TAG wache ich noch vor allen anderen auf, gehe ins Bad und mache mich für den Tag fertig.

Mein Magen knurrt noch, während ich die Zähne putze. Ich habe Hunger. Gestern Abend habe ich nur einen Salat gegessen, was mich mein Körper nun mit aller Kraft spüren lässt.

Ich schließe die Badezimmertür hinter mir und will das Schlafzimmer verlassen, als eine flüsternde Stimme aus einem der Betten emporkriecht.

»Wo gehst du hin?«

Ich drehe mich um, suche nach dem passenden Gesicht zu der flüsternden Stimme und entdecke Zoey, die sich streckt und langsam erhebt.

»Ich —«, fange ich an, werde aber vom Knurren meines Magens unterbrochen. Kratze mich am Hinterkopf und spüre eine leichte Röte in meinem Gesicht aufkeimen.

Zoey kichert leise und zwinkert mir zu. »Geh ruhig vor, wir kommen dann nach.«

»Okay«, antworte ich wispernd und verlasse leise das Zimmer.

Ich gehe den langen Gang entlang und drücke den Knopf neben dem gläsernen Aufzug. Warte darauf, dass sich die Türen öffnen und ich eintreten kann.

Ein Stimmgewirr. Leise und hallend. Kaum verständlich. Doch das Wort »Outlaws« kann ich ganz deutlich heraushören.

Ich drehe meinen Kopf in alle Richtungen, sehe suchend in die abzweigenden Gänge und lausche, woher die leisen Stimmen schallen.

Leise gehe ich einen der Gänge entlang, bleibe vor der nächsten Abzweigung stehen und presse meinen Körper gegen eine Wand.

Hinter der Abzweigung nehme ich die tiefen Stimmen der Soldaten wahr. Rau und hart.

»Das macht langsam echt keinen Spaß mehr«, sagt der eine der beiden, seufzt beinahe.

»Ich weiß genau, was du meinst.«

»Es werden immer und immer mehr.«

»Ja«, antwortet der andere blaffend, beinahe spöttisch.

»Ständig die vielen Einsätze, die Hinrichtungen auf dem Großen Platz.«

»Und es werden immer mehr.«

»Als würden sie es darauf anlegen, hingerichtet zu werden.«

Einer der beiden lacht. Als hätte der andere einen Witz erzählt. Sie reden über die Outlaws, keine Frage. Vielleicht sind doch mehr ins Innere von New Ainé gedrungen, als ich dachte.

Und dann. Mein Magen gibt knurrende Geräusche von sich. So laut und so hallend, dass die Stimmen der Soldaten weit in den Hintergrund geraten.

Ich fasse mir an den Bauch. Mein Herz rast. Ich atme ein. Halte die Luft an.

Die Stimmen der Soldaten verstummen.

Rennen. Ich muss rennen.

Ich stoße mich von der Wand ab und renne so schnell ich kann in die Richtung, aus der ich gekommen bin.

Ich drehe mich nicht um.

Nicht umdrehen.

Ich hämmere gegen den Knopf am Aufzug.

Sekunden später springen die Türen auf und ich falle schier hindurch. Stolpere. Fange mich wieder.

Als sich die Türen schließen, atme ich auf.

Alles dreht sich. Mein Kreislauf.

Ich habe heute noch nichts gegessen.

Ich versuche ruhig zu atmen. Sammle meine Gedanken und schließe für einen Moment die Augen.

Die Türen öffnen sich. Taumelnd verlasse ich den Aufzug und öffne die Schleusen zum Speisesaal. Renne so schnell ich kann zur Essensausgabe und greife nach einem Glas Wasser. Die Kälte ummantelt meinen Körper, klammert sich um meinen Magen und drückt zu.

Ich brauche ein paar Momente, um mich zu fangen. Um wieder klar sehen zu können.

Ich blinzle mehrmals. Spüre das Adrenalin durch meinen Körper jagen. Es ebbt mit der Zeit ab und lässt mich schwindelig zurück.

Ich versuche mich an irgendetwas im Raum festzuhalten. An irgendeinem Punkt.

Und da steht er.

Grüne Augen. Dasselbe braune Haar.

Der Soldat von der Mauer.

Und er ist nicht allein.

Vor ihm steht Jessica, gestikuliert wild mit ihren Händen. Kommt ihm immer näher. Er hingegen will einen Schritt zurücktreten und stößt gegen einen der Stühle. Wie ein frommes Lamm, gefangen in der Höhle des Löwen.

Erst bin ich sauer auf Jessica. Aber im nächsten Moment findet ein Lächeln den Weg auf meine Lippen. Ich denke daran, als Jessica vor mein Bett getreten ist und mich niedergemacht hat.

Daran, dass sie grundsätzlich irgendetwas an mir auszusetzen hat. Immer. Irgendetwas.

Ich mache mich auf den Weg. Denke nicht darüber nach. Komme den beiden immer näher. Bis ich hinter Jessica stehe und tief ein- und ausatme. All meinen Mut zusammen nehme.

Mein Blick stiehlt sich wie von selbst in das Gesicht des Soldaten. Seine Augen schreien nach Hilfe. Er überstreckt seinen Rücken. Verhält sich wie ein Magnet, der von Jessica abgestoßen wird. Alles in ihm schreit nach Flucht.

Dann tippe ich Jessica auf die Schulter. Sie fährt herum, rollt mit den Augen. Und als sie mich sieht, verändert sich der Ausdruck in ihrem Gesicht. Steinhart, irgendwie wütend.

»Tut mir leid«, fange ich an, gebe mir Mühe, so monoton und ernst wie nur irgendwie möglich zu klingen. »Aber ich habe jetzt eine Verabredung mit ihm.«

Noch ehe sie irgendetwas erwidern kann, suche ich nach seinen Augen. Zwinkere beinahe unmerklich und hebe eine meiner Augenbrauen an.

»Natürlich«, schießt es aus Jessicas Mund, als würde sie mir in keiner einzelnen Sekunde auch nur ein Wort glauben. Sie fährt im selben Moment herum und mustert den Soldaten. Er reagiert nicht, hebt seine Schultern an und nickt in meine Richtung.

Jessica tritt einen Schritt näher an mich heran. Ihre Hände ballen sich zu Fäusten.

Ich versuche stehenzubleiben. Gebe dem Bedürfnis, einen Schritt nach hinten auszuweichen, nicht nach. Dann fahre ich fort.

»Du hast doch gemeint, ich solle mich bessern. Damit so etwas wie beim letzten Outlaw-Angriff nicht mehr *passiert*.« Ich bin beinahe stolz auf mich. Aber nur beinahe. Ich zeige mit meiner Hand auf den Soldaten. »Er wollte mir nach dem Frühstück dabei helfen und mir ein paar Tipps und Tricks zeigen.«

Jessicas Kopf schnellt zwischen dem Soldaten und mir blitzschnell hin und her. Als würde sie es einfach nicht glauben wollen. Fassungslos und gleichzeitig unsagbar wütend.

»Kann es losgehen?«, fragt der Soldat und mustert mich. Das erste Mal, dass ich seine Stimme höre. Das erste Mal, dass wir mehr oder weniger miteinander reden.

»Klar«, gebe ich von mir, zucke mit den Schultern, als wäre es selbstverständlich, am Morgen mit einem wildfremden Soldaten zu trainieren.

Ein letzter, feuriger Blick in meine Richtung. Dann ein Schnauben und schon stampft sie wütend davon.

Als sie weg ist, atme ich hörbar aus. Erleichterung durchströmt meinen Körper. Ich kann mir ein Lachen nicht verkneifen. Eine Last fällt von meinen Schultern und plötzlich fühle ich mich größer als zuvor.

»Danke«, höre ich ihn sagen. Mein Lachen verstummt. Ich mustere sein Gesicht. Er lächelt.

Es ist das erste Mal, dass ich einen Soldaten in meiner Gegenwart lächeln – überhaupt eine emotionale Regung zeigend – sehe.

Seine grünen Augen blicken mir entgegen, durchbohren mich auf eine angenehme Art und Weise.

»Gern geschehen«, antworte ich und vergrabe plötzlich angespannt meine Hände in den Hosentaschen. »Ich ... ich wollte mich sowieso bei dir bedanken.«

Der Soldat legt seinen Kopf schief.

Seine Augenbrauen ziehen sich zusammen, sodass eine Kerbe zwischen ihnen entsteht. »Bedanken?«

»Ja«, antworte ich. Meine Stimme wird immer leiser, verliert an Kraft. »Dafür, dass du den Outlaw für mich ... getötet hast. Ich hätte das nicht geschafft.«

Sein Blick hellt sich auf, das Gesicht entspannt sich. Er scheint sich daran zu erinnern. »Ach, das.« Eine abwertende Geste mit seinem Arm, ehe er fortfährt. »Das war doch selbstverständlich.«

»Nein«, erwidere ich, schüttle meinen Kopf und zwinge mich zu einem sanften Lächeln. »Wärst du nicht gewesen, wäre ich jetzt tot.«

Ein Schauer läuft mir den Rücken hinunter, entlang meiner Wirbelsäule. Der Schuss hallt in meinen Ohren nach. Es ging alles so unfassbar schnell.

Er versteht. Weiß weshalb. Nickt.

Er kratzt sich am Hinterkopf. Seine Armmuskeln spannen sich bei jeder einzelnen Bewegung an.

Er sagt nichts. Das laute Stimmgewirr des Speisesaals ist das Einzige, was die peinliche Stille übertrumpft.

»Danke übrigens«, dringt es aus seinem Mund und ich brauche einen Moment, ehe ich realisiere, dass sich ein anderer Soldat soeben bei *mir* für etwas bedankt hat.

»Was?«, ist alles, was ich zustande bringe.

Er zeigt in die Richtung, in die Jessica verschwunden ist. Ich nehme das kurzzeitige Lachen wahr, das er versucht zu unterdrücken.

»Wärst du nicht gewesen, wäre jetzt vermutlich *ich* tot.«

Ich lache. Kann es mir einfach nicht verkneifen.

Noch jemand, der Jessica nicht ausstehen kann.

»Du hast etwas gut bei mir«, sagt er, zwinkert mir zu. Seine Augen beginnen zu leuchten, als ein Sonnenstrahl auf seine Pupillen trifft.

»Dafür?«, frage ich immer noch lachend und deute mit einem Finger in dieselbe Richtung.

Der Soldat nickt. »Ja.«

»Tja – danke, schätze ich«, sage ich und erwidere das freundliche Lächeln in seinem Gesicht. Schon jetzt weiß ich, dass er ganz anders ist als die anderen Soldaten. Nicht *schlecht* anders.

Er ist wenigstens nett. Versteht Spaß.

»Ich bin übrigens Kiran«, dringt es aus seinem Mund. Er verschränkt seine Arme vor der Brust, lässt seine Muskeln spielen.

»Skye«, antworte ich. Will gerade einen Knicks wie bei Kommandant Craig ausführen, halte mich aber noch in der Bewegung zurück.

Kiran lacht.

Die Röte schießt mir augenblicklich ins Gesicht.

Es ist ein freundliches Lachen. Kein Auslachen.

Also lache ich mit. »Ich dachte, das ist hier üblich.«

Meine Haut fühlt sich kochend heiß an.

Kiran tritt von einem Fuß auf den anderen. »Nur bei Kommandanten und Offizieren.«

»Gut«, antworte ich lächelnd. »Dann weiß ich jetzt Bescheid.«

Ein lautes Rufen lässt unsere Köpfe emporschnellen. Kirans Name wird durch den Saal gebrüllt wie ein Befehl.

Ein Soldat am anderen Ende des Saales winkt Kiran zu sich.

Ein letzter Blick in meine Richtung. Er betrachtet mich von oben bis unten.

Plötzlich fühle ich mich nackt. Beinahe ausgeliefert.

»Schätze, ich muss«, sagt Kiran mit einer entschuldigenden Geste in seiner Bewegung.

»Klar, natürlich.«

»Bis bald, Skye«, höre ich ihn sagen, noch ehe er in den Massen von Menschen untergeht und sich auf den Weg macht.

»Bis bald, Kiran«, flüstere ich, wobei ich weiß, dass er mich nicht mehr hören kann.

Ich habe einen Namen. Ich weiß wie er heißt.

Kiran. Kiran mit den strahlend grünen Augen.

Kiran, der Mann, der mir das Leben gerettet hat.

Ich sehe Zoey und Alex den Speisesaal betreten und gehe zugegebenermaßen etwas benommen auf sie zu.

Fragende Blicke. Ein freundliches Lächeln. Dann machen wir uns auf den Weg zu einem freien Tisch.

Das restliche Frühstück verläuft vergleichsweise langweilig und unspektakulär.

Nach dem Frühstück findet eine weitere Trainingseinheit statt. Im Prinzip dasselbe wie am Tag zuvor. Nur mit weniger Zeit.

Ich bin nicht die Erste.

Ich bin aber auch nicht die Letzte.

Ich merke, dass ich stärker werde. Schneller. Vielleicht sogar ein bisschen härter. Zwar kann und will ich mich nicht mit dem Gedanken anfreunden, für immer hierzubleiben, aber Freunde wie Alex und Zoey machen den Aufenthalt ein wenig ... erträglicher.

Nach dem Abendessen gehen Alex und Zoey raus auf den Versammlungsplatz. Ich sage ihnen, dass ich zu müde bin und mache mich auf den Weg in unser Zimmer. Hinter mir schließt sich die Schleuse und ich lasse meine Augen durch das Zimmer schweifen.

Jessica ist nicht da.

Ich atme auf. Lasse meine Hände in die Hosentaschen gleiten und spüre das hauchdünne Papier zwischen meinen Fingern.

Das Papier.

Ich gehe schnellen Schrittes auf den Kleiderschrank zu und wühle in der Tasche meiner Jacke herum. Ziehe den schwarzen Stein hervor und begutachte binnen Sekunden die dunklen Handflächen, die der Stein hinterlassen hat.

Auf dem Boden begebe ich mich in den Schneidersitz und entfalte das Papier, streiche es einigermaßen glatt. Es ist hauchdünn. Vielleicht reißt es auch sofort, wenn ich mit dem Stein darüberfahre.

Dennoch setze ich den Stein an. Brauche ein paar Versuche, bis er mehr oder weniger gut in meiner Hand liegt und fange an zu schreiben.

Outlaws steht nun eingekreist in der Mitte des dünnen Papiers. Es ist nicht gerissen. Die schwarzen Buchstaben stechen hervor, als hätte ich sie mit einem dicken Stift geschrieben.

Ich erinnere mich an die Sätze, die heute Morgen zwischen den Soldaten gefallen sind. Erinnere mich an jede einzelne Sekunde, in der auch nur der Gedanke an einen Outlaw bestand und schreibe alles auf, was ich weiß.

Was ich über die Outlaws weiß.

Es werden immer mehr.

Sie dringen immer tiefer in New Ainé ein.

Greifen die Grenzen an.

Haben meinen Bruder getötet.

Und dann: *Rache. (?)*

Ich denke an den Outlaw an der Grenze. Als er mir ins Gesicht sah.

Er sah so menschlich aus.

So ungefährlich.

Ich setze den Stein erneut an. Will etwas schreiben. Im selben Moment höre ich, wie jemand die Schleuse zum Zimmer von außen bedient.

Blitzschnell fahre ich hoch. Zerknülle das Papier und stopfe es samt Stein zurück in die Jackentasche.

Auf einmal öffnet sich die Schleuse.

Strahlend rote Haare, bleiches Gesicht. Jessica.

Ich mache mich auf den Weg Richtung Ausgang.

»Wie war das *Training* mit Kiran?«, fragt sie, betont jedes einzelne Wort mit Nachdruck und Wut.

Ich will um sie herumgehen – mit möglichst großem Abstand, bin genau auf einer Höhe mit ihr. Dann lächle ich. »Ausgezeichnet!«

Ein dunkler Schatten legt sich über ihr Gesicht. Ich rechne jede Sekunde mit einem Schlag in die Magengrube, ins Gesicht – irgendwohin. Aber es passiert nichts.

Stattdessen geht sie schweren Schrittes davon und lässt die Badezimmertür ins Schloss krachen.

Hinter mir schließt sich die Schleuse, als ich das Zimmer verlasse.

Und dann das zerberstende Jaulen und Schreien der Sirenen. Eine Stimme ertönt: »Bitte die Soldaten der Gruppe C1 samt aller Kadetten auf dem Großen Platz einfinden!«

Der Große Platz.

Jemand wird hingerichtet.

Und diesmal habe ich kein Glück.

KAPITEL 24

DAMALS

EMILIAN

KEINE SCHNELLEN BEWEGUNGEN!«

Mein Herz schlägt so schnell, dass es weh tut. Das war's. Wir sterben. Wenigstens sterben wir gemeinsam. Mom, Dad, Skye und ich.

Als ob diese Outlaws uns jemals gehen lassen...

»Hände über den Kopf!«, brüllte einer der fünf.

Ich tat, was sie sagten.

Gott, wie ich dieses Haus vermissen würde.

Unser Haus.

Es gibt Wohnungen und Häuser in *New Ainé* wie Sand am Meer. Aber das hier – das ist *unser* Haus. Und als mir einfällt, was mir einfällt, und ich nicht machen kann, was ich machen will, geht mein Atem schneller, als es gesund ist.

»Grandmas Halskette«, flüstere ich atemlos und will an meinen Hals greifen.

Will wissen, ob ich sie nicht spüre, weil ich mich bereits an ihr Gewicht gewöhnt habe, oder ob sie schlichtweg in meinem Zimmer liegt.

Ich beobachte die Outlaws. Einen nach dem anderen. Sie durchsieben uns mit ihren Blicken, zielen mit ihren Waffen auf unsere Körper. Auf unsere Köpfe.

Ich taumle von einem Bein auf das andere. Ziehe alle Aufmerksamkeit auf mich.

Doch was noch viel wichtiger ist: Die. Kette. Ist. Nicht. Da.

Ich erinnere mich noch so genau an jenen Tag, an dem Grandma starb, dass ich jetzt noch sagen könnte, wie es in jenem Zimmer gerochen hat.

Ich kann nicht anders. Ich *muss* sie holen!

Ich setze einen Fuß vor den anderen.

»Keine schnellen Bewegungen!«

Ein Blick zu Skye. Ihre Augen sind kreisrund vor Entsetzen. Ihr Mund ist einen Spalt weit geöffnet.

Und dann renne ich.

Grandma.

Ein Schuss. Ich ducke mich instinktiv.

Eine Stufe nach der anderen.

Grandma.

Der nächste Schuss. Ich schreie auf.

Mein Bein. Es schmerzt so sehr!

Und dann verliere ich mein Gleichgewicht. Ein Knacken in meinem Rücken. Alles dreht sich.

Liege auf dem Boden.

Ein Gewehr in meinem Blickfeld.

Ein Schrei. Nicht mein eigener.

Grandm-

KAPITEL 25

ICH WERDE ZU einem Gefährt in Schwarz beför-
dert, das im Licht der untergehenden Sonne rötlich
schimmert.

Sie treiben mich voran, drücken mich beinahe in
den Wagen. Mir gegenüber sitzt Alex. Zu meiner
Rechten Zoey.

Ich kann nicht klar denken. Jedes Mal bin ich bisher davongekommen. Musste nicht mit ansehen,
wie ein Mensch vor den Augen aller Bürger hingerichtet wird.

Aber heute ist es anders.

Ich glaube nicht, dass ich in der Lage bin, meinen Blick abzuwenden, ohne dabei erwischt zu werden. Man wird mich zwingen, genauestens hinzusehen. Und ich weiß nicht, ob ich das kann.

Der Schuss. Das Blut.

Die Türen des Wagens schließen sich. Durch die getönten Scheiben dringt gedämpftes Sonnenlicht.

Ich saß schon einmal in einem solchen Wagen. Nur dieses Mal sitze ich hier ohne Augenbinde. Dieses Mal bin ich einer von ihnen.

Hinter uns und vor uns fahren weitere Wagen, vollbeladen mit Soldaten. Wie eine schwarze Schlange, die sich durch die Straßen von *Sektor One* schlängelt.

Ich spiele nervös mit meinen Fingern herum. Zittere. Wische den Angstschweiß, der meine Handflächen benetzt, an der Hose ab.

Ich schaue erst zu Zoey und dann zu Alex. Beide lassen ihre Köpfe hängen. Lassen es nicht zu, hinter ihre plötzlich versteinerte Fassade zu sehen.

»Habt ihr das schon einmal miterlebt?«, frage ich zögernd. Wer weiß, ob jeder so viel Glück hatte wie ich und so oft davongekommen ist.

Zoey schaut auf, nickt. Alex genauso.

»Du musst dir vorstellen, dass es ganz schnell geht«, flüstert Alex, behält die anderen Soldaten im Auge, als ob sie nicht wüsste, was sie verraten darf und was nicht. »Dann ist es fast nur noch halb so schlimm.«

»Ich saß damals als Bürger relativ weit hinten«, gesteht Zoey, lässt ihren Kopf nach vorne sinken. »Mir blieb also die Hinrichtung aus nächster Nähe erspart.«

Ich schlucke. Nicke.

Ich weiß nicht, was ich antworten soll.

Ein Outlaw wird hingerichtet. Eigentlich sollte ich mich freuen. Immerhin sind sie daran schuld, dass Emilian nicht mehr da ist. Aber etwas in mir blockiert dieses Gefühl der Freude. Wird mit jeder weiteren Sekunde mehr und mehr erstickt. Wie Feuer unter einem Glas. Ohne Sauerstoff.

Ich muss mich beherrschen, ruhig zu bleiben. Mir nichts anmerken zu lassen. Presse meine Daumen gegen die Handflächen und unterdrücke das dringende Bedürfnis, die Türen des Wagens aufzustoßen und zu springen.

Irgendwann halten wir an. Die Türen des Wagens öffnen sich und ich trete ins Freie.

Mein Blick wandert den Dächern der Hochhäuser entgegen. Den Straßen. Den Menschen, die sich in Trauben auf den Weg zum Großen Platz machen.

Ich weiß nicht, wie lange ich Sektor One nicht mehr gesehen habe, aber im Moment fühlt es sich wie eine Ewigkeit an. Als hätte sich eine vollkommen neue Welt aufgetan. Und als wäre ich nicht mehr Teil dieser Welt.

»Hier! Nimm' das«, reißt mich ein Soldat aus meinen Gedanken und presst ein Gewehr gegen meine Brust.

Es liegt schwer in der Hand. Ich stülpe den Gurt des Gewehrs über meine Schulter und lasse die Waffe neben meinem Körper hängen.

Nicht sehr elegant für einen Soldaten.

Aber wer sagt denn, dass ich einer bin.

Die restlichen Soldaten steigen aus. Wagentüren öffnen und schließen sich. Bis wir uns als Formation einen Weg durch die Menge bahnen.

Ich wage es, ein paar Mal nach links und rechts zu schauen – die vorbeilaufenden Menschen zu beobachten. Mustere unbemerkt die Gesichter der Bürger aus Sektor One. Weder kreidebleich noch herabhängend oder traurig.

Natürlich. Ein Outlaw wird getötet. Keiner von ihnen. Kein Bürger von New Ainé – sondern lediglich der Feind.

Ich weiß noch, als ich so war wie sie. Wie jeder Einzelne von ihnen. Einer von vielen. Mein Leben lebend, ohne Rücksicht auf Verluste. Dem Weg des Systems folgend, ohne Fragen zu stellen. Das war, bevor ich zum Militär geschickt wurde. Bevor ich fest davon ausging, dass dem System ein Fehler in meiner Berufswahl unterlaufen ist.

Und heute ist alles anders: Halte ich mich nicht an die Regeln, bin ich vielleicht das nächste Opfer auf dem Großen Platz.

Die Schuhe auf dem Boden hallen gleichmäßig durch die Straßen. Schritt für Schritt. Immer lauter werdend. Wie eine Bedrohung in Schwarz und Rot.

Nach einer weiteren Kreuzung erhebt sich vor meinen Augen ein kreisrundes Gebäude. Zentral gelegen. Alle Straßen münden in der Mitte, in der das rundliche Gebäude wie eine Arena empor steigt.

Der Große Platz.

Weiße, rote und blaue Lichtstrahlen klettern an den Seiten der Arena entlang und enden wie ein Dach in der Mitte des Platzes. Eine Projektion des Wappens von New Ainé dreht sich langsam im Kreis, sodass es von allen Seiten *bewundert* werden kann.

Ich frage mich, ob die Hinrichtung eines Bürgers von Sektor One genauso feierlich und festlich abgehalten wird.

Vermutlich nicht.

Aber was weiß ich schon.

Die Bürger strömen durch die runden Torbögen, verschwinden im Inneren der Arena und werden von der Dunkelheit der Tribünentreppen verschluckt.

Die Schlange von Soldaten bewegt sich um die Arena herum. Umrundet sie. Stoppt vor einer stählernen Türe.

Einige der Soldaten schwärmen aus und verteilen und positionieren sich um die Arena herum. Die anderen, wie zum Beispiel Zoey, Alex und ich, werden angewiesen, durch die Türe zu treten und auf der Tribüne Platz zu nehmen.

Ich steige die Treppen so langsam empor, wie es mir mein Hintermann erlaubt. Jeder Schritt lähmt mich. Jede Bewegung zerrt an meinen Kräften. Ich bete, dass ich gleich aufwachen und feststellen werde, dass das alles nur ein Traum ist. Dass ich nicht mit ansehen muss, wie ein Mensch erschossen wird. Egal ob von den Outlaws oder aus New Ainé. Dass ich aufwache und noch einmal glücklich davongekommen bin.

Aber je greller das Licht am Ende des Treppenhauses zu werden scheint und je lauter die Jubelschreie der Massen durch die bescheidene Türe dringen, desto mehr erlischt mein Glaube an ein Wunder.

Ich blinzle ein paar Mal. Gewöhne mich an das strahlende Licht der Scheinwerfer, an die dröhnenden Töne, die aus den Lautsprechern dringen und New Ainés Hymne durch die gesamte Arena tragen.

Das ist kein Traum.

Das ist die blanke und grausame Realität.

Sämtliche Menschen aus Sektor One haben sich in einer Arena versammelt, um zuzusehen, wie ein Outlaw – ein Feind des Systems – am heutigen Abend hingerichtet wird. Doch anstelle von traurigem Schweigen und hängenden Köpfen, bebt die Arena und geht in gefärbten Lichtern unter.

Willkommen in Sektor One.

Uns werden die Stehplätze im unteren Bereich der Reihen zugeteilt. Mit dem besten Blick auf die Bühne inmitten des Stadions.

Meine Haut kribbelt elektrisiert, als ich entlang des Gewehrs auf- und abfahre. Mein Blick gleitet über die Köpfe der unzähligen Menschen hinweg. Über all die Köpfe der jubelnden Bürger.

Ich will etwas sagen. Will Zoey oder Alex fragen, ob sie genauso darüber denken wie ich. Aber ich kann nicht.

Will nicht.

Weiß, dass sie in vielem viel besser für das Militär geeignet sind als ich. Dass sie niemals so denken würden wie ich.

Ich bin allein. Fühle mich so unwohl in meiner Haut wie noch nie zuvor. Versuche nirgendwo länger als zwei Sekunden hinzusehen. Die feurige Hitze in meinen Adern treibt den Schweiß auf meine Stirn.

Alles in mir brennt. Schreit nach Flucht.

Und dann erlischt das Licht der Scheinwerfer. Das einzig lichtspendende Objekt in der Arena ist das schwebende Wappen oberhalb und inmitten der Tribünen. Hell erleuchtet in Rot und Blau.

Es hält auf halber Höhe inne und dreht sich weiterhin um seine eigene Achse. Langsam, leuchtend und stechend.

Das Scheinwerferlicht richtet sich auf eine Kabine inmitten der Tribüne. Ein Mann in Uniform tritt hervor und bleibt unmittelbar vor der Abgrenzung stehen, vor der eine Art Podium emporragt.

Die Bildschirme innerhalb der Arena leuchten auf. Spiegeln das wider, was im Moment passiert und präsentieren die Statur von Präsident Sage.

Die milchigen und verwaschenen, braunen Augen. Die schwarzen Haare, die von einzelnen, grauen Strähnen gezeichnet sind. Das kantige Gesicht und die langen Finger.

Ich ziehe scharf die aufgeblähte Luft durch meine Zähne ein. Kaue auf meiner Unterlippe. Unterdrücke den Drang in mir, mich durch die Massen von Menschen zu drängeln und die Arena zu verlassen.

Meine Gedanken werden von den Jubelschreien und Wellen des Applauses unterdrückt. Vernebeln meine Sinne.

Ich muss stark sein.

Darf mir nichts anmerken lassen.

Ein Toter ist mehr als genug.

Die Szene auf den Bildschirmen wechselt. Zu sehen sind zwei Soldaten, die einen silbrig glänzenden Stuhl herein tragen und inmitten der Bühne absetzen. Die Armstützen sind mit stählernen und breiten Fesseln versehen. Genauso wie die Stuhlbeine und die Kopfstütze.

Ich schlucke.

Ein Schauer läuft mir den Rücken hinunter, als das Jubeln und Schreien an Lautstärke zunimmt. Für einen Moment zweifle ich daran, dass ich jemals zu diesem Volk dazugehört habe. So barbarisch, so unmenschlich.

Er ist ein Outlaw.

Er hat Emilian umgebracht.

Die ganze Zeit über wollte ich Rache für das, was er mir und meiner Familie angetan hat.

Aber als ich dem Outlaw an der Mauer begegnet bin, sein Gesicht gesehen und seinen Körper betrachtet habe – wie ein ganz normaler Mensch. Ich habe wirklich versucht in ihm Emilians Mörder zu sehen. Aber ich konnte nicht. Sein blutverschmiertes Gesicht, das humpelnde Bein.

Alles, was ich sah, war ein leidender Mensch.

Nicht mehr und nicht weniger.

Und ich weiß, ich sollte das nicht. Ich bin nicht einer von ihnen. Meine Aufgabe ist es, sie zu töten. Zu eliminieren. Aber ich weiß nicht, ob ich jemals dazu imstande sein werde, das zu tun, was von mir verlangt wird.

Ich fahre über meinen Unterarm.

Doch egal, wie sehr ich mir wünsche, meiner Berufung zu entfliehen ... töte ich nicht, werde ich getötet.

Ganz einfach. Ganz schnell.

Die Szene auf den Bildschirmen wechselt erneut. Zu sehen ist Präsident Sage am Rednerpult und als die Hymne verstummt, öffnet sich sein Mund. Die Sätze, die er von sich gibt, schallen durch die Arena wie ein Gotteslob.

»Sehr geehrte Bürger von Sektor One!«, seine Stimme ertönt so feierlich, als hätten die Forscher eine neue Spezies Mensch entdeckt. Das dazu freudestrahlende und gleichzeitig ernste Gesicht bringt mein Blut zum Kochen. Schnürt mir den Magen ab.

»Wir haben uns heute hier versammelt, um daran teilzuhaben, wie der Feind unseres Systems – ein *Outlaw* – am heutigen Abend hingerichtet wird.«

Präsident Sage spuckt die letzten Wörter so giftig aus wie eine Schlange. Als würde er es genießen, im Rampenlicht einer Exekution zu stehen.

Donnernder Applaus erfüllt das Stadion.

Mit jedem weiteren Pfiff und jedem weiteren Jubellaut fühle ich mich immer unwohler. Wie ein Fisch ohne Wasser.

»Das ist nicht nur die gerechte Strafe für diejenigen, die sich dem System widersetzen, sondern auch für jene, die New Ainé, einschließlich seiner Bürger, gefährlich, wenn nicht gar *tödlich* bedrohen.«

Sein Körper nimmt die Haltung eines Lehrers ein. Auf den Bildschirmen kann ich sein Gesicht ausmachen, das gespielt weise nach unten gerichtet ist und einen Ausdruck vollkommener Überlegenheit offenbart.

Ich balle meine Fäuste zusammen. Will die Sekunden zählen, in denen die Arena verstummt. Aussichtslos.

Jedes einzelne Jubeln schießt wie Säure durch meine Adern. Sammelt sich inmitten meines Herzens.

»Ich spreche zu euch allen, wenn ich sage, dass dieser Outlaw daran beteiligt war, dass Soldaten aus unseren Reihen ihr Leben lassen mussten. Diejenigen, die versucht haben, uns vor den Machenschaften dieser *Outlaw* zu beschützen.«

Mir ist so schlecht.

Seine Worte durchfahren meinen Geist wie ein Streichholz. Zuerst lichterloh und zischend, dann langsam und qualvoll … brennend.

Mein Magen stülpt und überschlägt sich.

Die Bildschirme verdunkeln sich, das Bild erlischt. Ein Lichtkegel entsteht strahlend und blendend, richtet sich auf die Doppeltür am Ende der Bühne.

Die Türen öffnen sich. Ein Mann, in Fesseln gelegt, tritt herein. Gefolgt von zwei Soldaten, die ihn vorantreiben.

Beinahe schubsen.

Der Outlaw.

Ein Kloß bildet sich in meinem Hals. Ich rede mir ein, dass dieser Mann da unten den Feinden angehört. Dass dieser Mann da unten Emilian getötet haben könnte. Versuche, mich mit den verachtenden Rufen und dem plötzlich zornigen Geschrei der Bürger in meinen Gedankengängen zu stärken.

Er ist böse.

Er ist der Feind.

Aber … er ist auch nur ein Mensch.

Der Outlaw wird auf den Bildschirmen der Arena präsentiert. Sein Gesicht glänzt, Schweißperlen zieren seine Stirn. Aber ansonsten wirkt das weiße Gesicht steinhart und in seiner Fassade undurchdringlich.

Ein Soldat löst die Fesseln hinter dem Rücken des Outlaws. Er wird mit den Gewehren des Militärs vorangetrieben, bis er sich auf dem Stuhl inmitten der Arena niederlässt.

Der andere Soldat umschlingt die Arme des Outlaws mit den stählernen Fesseln des Stuhls. Dann die Fesseln an den Beinen und zuletzt die breitere, die der Soldat um den Hals schnürt.

Ein leichter Stich durchzieht mein Herz.

Ich will wegsehen. Will nicht hinsehen, wenn alles aus ist. Wenn der Schuss fällt.

Die Bildschirme zeigen Präsident Sage, der sich leicht nach vorne beugt, um das Geschehen besser mitverfolgen zu können. Einer seiner dürren Arme richtet sich verspottend auf den Outlaw.

»Wir haben diesen Outlaw in der Nähe des Krankenhauses von Sektor One entdeckt. Wer weiß, was er dort angerichtet hätte, wären unsere Soldaten nicht zur Stelle gewesen.«

Ich will nicht hinsehen.

Ich kann nicht hinsehen.

Mein Herz schlägt schneller, als es gesund ist. Etwas in meinem Hals nimmt mir die Luft zum Atmen. Und als die jubelnden Rufe und die applaudierenden Hände im Stadion mich zu überwältigen drohen, ersticke ich an den lautstarken Schreien.

»Das ist nur ein Outlaw von vielen«, fährt er fort, »der heute Nacht – so töricht wie er ist – sein Leben lassen muss. Aber vielleicht überlegen sich diese *Widersacher* mit jedem weiteren Tod ein Stück weit mehr, sich dem System und seinen Bürgern ein für alle Mal zu unterwerfen und den Regeln zum Schutze der Menschheit Folge zu leisten.«

Jede einzelne Faser meines Körpers ist von Sages Worten angewidert. Ich kann nicht klar denken. Bin viel zu fassungslos, um auch nur einen vernünftigen Gedanken zu fassen.

Suche verzweifelt in den Massen von Menschen nach jemandem, der den Verstand nicht vollkommen verloren hat.

Hier irgendwo muss er sein. Mein Dad.

Derjenige, der zu *schwach* war, um seine Tochter zu besuchen. Ich habe ihn seit jenem Abend nicht mehr gesehen. Seit einer gefühlten Ewigkeit.

Mein Blick gleitet durch die Massen, endet über den Köpfen der Kadetten und der Soldaten, hinter und vor mir. Und da sehe ich ihn. Kiran. Ganz vorne links. Den Körper leicht zur Seite gebeugt, sodass ich sein Gesicht sehen kann. Der Ausdruck in seinen Augen, die verkrampfte Statur. Ein weiterer Stich in meinem Herzen. Gleichzeitig ein merkwürdiger Funke in meinem Körper, der mir sagt, dass ich doch nicht alleine bin.

Kirans Augen quellen vor Entsetzen schier über. Sein Mund ist leicht geöffnet.

Die Farbe aus seinem Gesicht ist blankem Weiß gewichen.

Auf einmal wird meine Aufmerksamkeit auf die aufschwingende Tür gelenkt, die auf den Bildschirmen übertragen wird. Kommandant Craig betritt schnellen und erhabenen Schrittes die Bühne.

Jubelschreie und Gebrüll.

Ein Blick in Kirans Richtung. Sein Körper verkrampft. Er stellt sich breitbeinig auf. Die Adern auf seinen Oberarmen treten hervor und heben sich dunkelrot und lila von der gebräunten Haut ab.

Das Wappen von New Ainé steigt erneut empor. Erhebt sich über die Köpfe hinweg und erstrahlt oberhalb der Arena in neuem Glanze.

Ein Lichtkegel, gerichtet auf den Outlaw, ist die einzige Lichtquelle fernab des Wappens.

Meine Handflächen jucken, als Craig vor den Outlaw tritt.

Er zieht eine Spritze hervor.

Meine Atmung beschleunigt sich.

Ich versuche, meinen Brustkorb im Zaum zu halten. Mir nichts anmerken zu lassen.

Dann sticht er in die Armbeuge ein. Drückt den Kolben bis zum Ansatz durch, bis das dickflüssige Serum vollständig in die Adern des Outlaws gepumpt ist.

Das Stadion verstummt.

Ich werde neugierig.

Diese Stille.

Das Piepen in meinen Ohren ist die einzige Geräuschquelle.

Und dann weiß ich, weshalb es so still ist.

Der Outlaw verkrampft. Will sich krümmen.

Kann nicht.

Er kann einfach nicht.

Schmerzensschreie aus seinem Mund.

Erstickend. Unwiderruflich. Qualvoll.

Ich will mir die Hände vor mein Gesicht halten. Will weg sehen. Will überall hinsehen. Aber alle Versuche, die schmerzenden Schreie zu ignorieren, enden in einem schwarzen Loch aus jubelnden Schreien und erstickendem Applaus.

Das Feuer in meinen Adern brennt. Tobt.

Er schreit und schreit und schreit.

Seine Hände wölben sich. Ballen sich zur Faust.

Sein Kopf neigt sich dem Himmel entgegen.

Er bleckt die Zunge. Präsentiert die Zähne. Wie ein Raubtier.

Craig tritt hinter den Outlaw. Übernimmt das Gewehr eines Soldaten auf der Bühne. Umrundet den Outlaw und baut sich mit ein paar Einheiten Abstand vor ihm auf.

Ich will nicht hinsehen.

Ich will nicht ich will nicht.

Ich starre hinüber zu Kiran. Versuche, mich abzulenken. Kirans Körper verkrampft von oben bis unten. Ich kann seinen Gesichtsausdruck nicht deuten. So viele Emotionen fahren Achterbahn, bis sich ein Schatten über sein Gesicht legt.

Und als der Outlaw den lautesten seiner Schreie ausstößt, sich vollends verkrampft und wölbt,

fällt

der

Schuss.

Blut spritzt. Einzelne Flecken breiten sich um den Stuhl herum auf der Bühne aus. Benetzen das blanke Material.

Mein Herz bricht.

Hinterlässt eine klaffende Wunde.

Ich kann nichts gegen das Wimmern aus meinem Mund unternehmen. Kann nicht klar denken. Der Schuss. Immer noch in meinen Ohren. Hallend und laut. Wie ein Orkan. So aufbrausend.

Der Kopf des Outlaws fällt vorneüber. Die stählerne Halskrause ist das einzige, was den Outlaw daran hindert, vollends vorneüber zu kippen.

Er ist tot.

Spätestens, als die Menge applaudiert und jubelt, realisiere ich, dass er wirklich tot ist.

Er ist tot.

Und die Menge jubelt und kreischt.

Massen von Menschen erheben sich. Stehen kerzengerade. Ballen ihre Hand zur Faust und drücken sie gegen die Brust.

Eine Melodie ertönt.

Die Hymne des Systems.

Stimmen erklingen. Schallend. In jedem einzelnen Ton steckt der Respekt und das Ansehen, das die Bürger New Ainé gegenüber entgegenbringen.

Mir ist so schlecht. Ich muss mich zurückhalten, mich nicht im Strahl zu übergeben.

Ich lasse meinen Kopf hängen. Verberge die kochend heiße Träne, die direkt vor mir auf dem Boden landet.

Plötzlich denke ich an Mom.

Warum ist Mom gestorben?

Was muss ein Mensch angerichtet haben, um so elendig sterben zu müssen?

Das kann nicht sein.

Mom kann nicht tot sein.

Mom ist kein schlechter Mensch.

Sie würde das niemals tun.

Würde sich niemals dem System widersetzen.

Ich muss wissen, warum sie gestorben ist.

Ich *muss*.

Und dann verstummt die Hymne. Präsident Sage tritt zurück. Die Soldaten räumen samt Leiche und Stuhl den Platz.

Draußen ist es bereits dunkel.

Und so endet alles.

Mit donnerndem Applaus.

KAPITEL 26

DER SCHWARZE WAGEN gleitet zurück zur Militärbasis. Er holpert nicht einmal über einen Stein, ein Schlagloch, eine Unebenheit im Boden. Ich nehme nicht einmal das Quietschen der Bremsen wahr.

Die Soldaten im Wagen schweigen. Vielleicht erweisen sie dem Outlaw die letzte Ehre. Aber es ist viel wahrscheinlicher, dass sie lediglich vom langen Tag müde und erschöpft sind.

Die Realität ist grauer als die Hoffnung.

Immer brutaler als ein Traum. Und zerstörerischer als ein Orkan.

Zoey sitzt mir gegenüber. Mein Blick sucht den ihren. Doch sie lässt den Kopf hängen und schaut zu Boden.

Genauso wie Alex neben mir.

Ich würde zu gerne wissen, was in ihren Köpfen vor sich geht. Würde zu gerne wissen, was sie die ganze Zeit über gedacht haben.

Was mich betrifft: Ich fühle mich stumpf, ausgesaugt und weggeworfen wie eine leere Flasche. Kann noch immer nicht glauben, was vorhin passiert ist. Wie rücksichtslos mit einem Menschenleben umgegangen wurde.

Bestrafen ist das Eine.

Aber vor den Augen aller Bürger, noch dazu quälend … ist etwas, was in meinem Körper wie erbarmungslose Hitze Achterbahn fährt.

Alles, was ich beim Militär bisher gelernt habe, lässt sich in einem einzigen Satz zusammenfassen: Zeigst du Schwäche, bist du das nächste Opfer des Volkes.

Ich darf keine Schwäche zeigen.

Darf niemandem sagen, was in mir vorgeht.

Vielleicht … außer vielleicht einem. Kiran.

Irgendwann kommt der Wagen zum Stehen und die Türen öffnen sich.

Ich steige aus, mache mich innerhalb der Formation auf den Weg ins Gebäude.

Meine Muskeln brennen. Mein Körper fühlt sich seltsam schwer an. Als wäre ich einen Marathon gelaufen.

Ich ignoriere das Stechen in meiner Brustgegend. Renne, als sich die Türen der Basis öffnen und wir für heute entlassen sind.

Ich renne und renne.

Weiche den Soldaten, die mir auf dem Weg begegnen, aus und renne weiter.

Bis ich vor der Schleuse stehe und den Knopf betätige. Ich trete ein, schmeiße mich ohne zu überlegen in mein Bett und vergrabe mein Gesicht tief in den Kissen.

Zoey und Alex werden jeden Moment nachkommen.

Ich darf nicht schwach wirken.

Halte die Tränen zurück, die sich wie in einem Stausee ansammeln.

Ich atme ein und aus, gebe mir allergrößte Mühe an etwas anderes zu denken.

So viele Gedanken durchziehen meinen Kopf. So viele Bilder. So viele schwarze Löcher.

Die Schreie. Dann der Schuss.

Mom kann nicht gestorben sein.

Ich will wissen, warum. Weshalb.

Will wissen, was ein Mensch angerichtet haben muss, um so zu enden.

Die Schleusen öffnen sich.

Ich strenge mich so sehr an, die Tränen zurückzuhalten, dass ich einschlafe, noch ehe einer der beiden ein Wort mit mir wechseln kann.

Wir werden erneut zu den Wagen gebracht. Steigen ein. Schon am nächsten Tag ertönt der Alarm zum zweiten Mal.

Ich bilde mir ein, härter geworden zu sein. Denke sogar, dass ich dieses Mal mit einer Hinrichtung gut umgehen kann.

»Das Miststück wurde gestern relativ schnell ausgeknockt«, höre ich den Soldaten sagen, der mit Alex, Zoey und mir im Wagen sitzt. »Sonst dauert das immer ein wenig länger, aber gestern ... das ging ganz schön schnell.«

Schnell.

Für mich waren es Stunden.

Stunde um Stunde verging, bis ich endlich wieder aufatmen konnte.

Ich muss versuchen, die Exekutionen mit mehr Abstand zu betrachten. Darf nicht jede Hinrichtung persönlich nehmen und nicht jeden sterbenden Menschen mit denen aus meinen Reihen vergleichen.

Sonst erleide ich noch weitere tausend Tode.

Wir steigen aus. Werden durch die Türe die Treppen nach oben geführt. Positionieren uns wie gestern.

Kiran ist nicht da. Vielleicht ist er an einem anderen Posten eingeteilt wurden.

Die Scheinwerfer brennen in meinen Augen, richten sich auf Präsident Sage, der das Opfer ankündigt.

Ich versuche, stark zu bleiben. Versuche, an etwas Schönes zu denken.

Und dann öffnet sich das Tor.

Das Opfer wird an Handfesseln hereingeführt und auf dem Stuhl abgesetzt.

Mein Atem stockt.

Alles in meinem Kopf dreht sich.

Plötzlich höre ich das Blut in meinen Ohren rauschen.

»Mom«, flüstere ich, zittere.

Mir ist so schlecht.

Ich will das nicht.

Es ist Mom.

Kommandant Craig mit der Spritze in der Hand betritt die Bühne. Umrundet Mom. Setzt an.

Ich schaue weg. Ich kann das nicht.

Das Stadion verstummt.

Dann die lärmenden Geräusche. Mein Herz bricht entzwei. Hinterlässt eine klaffende Wunde. Ein schwarzes Loch entsteht in meiner Brust, das mich in den Abgrund reißt.

Das zerberstende Geräusch eines Schusses ist der Schlusstakt der aufwühlenden Schmerzensschreie.

Ich fahre hoch.

Schiebe die Bettdecke beiseite.

Atmen, Skye! Atmen.

Ich ziehe an meinen Haaren, bis die Haarwurzeln schmerzen. Das Shirt klebt an mir wie eine zweite Haut.

»O Gott«, wispere ich, halte mir die Hand vor den Mund und unterdrücke ein Stöhnen.

»Nur ein Traum«, winsele ich, flehe und spüre die plötzlich aufkeimende Erleichterung in mir, als ich realisiere, dass ich nicht auf dem Großen Platz stehe. Dass ich in meinem Bett liege. Dass das gerade nicht wirklich passiert ist.

Ich atme. Ein und aus.

Fasse mir an die Stirn und schließe die Augen.

Bis ich mich wieder beruhigt habe.

Das sanfte Morgengrauen vor den Fenstern des Zimmers bringt die ersten Sonnenstrahlen mit sich.

Ich schaue der digitalen Uhr oberhalb des Badezimmers entgegen. Es ist erst halb Sechs am Morgen.

Vorsichtig berühre ich erst mit dem einen und dann mit dem anderen Fuß den kalten Boden. Auf leisen Sohlen mache ich mich auf den Weg ins Bad und schließe die Türe, so leise wie nur irgendwie möglich, hinter mir.

Kurz lege ich mein Ohr an die Tür. Lausche, ob ich jemanden geweckt habe.

Und als alles ruhig zu sein scheint, trete ich unter die Dusche. Genieße das warme Wasser auf meiner Haut, das den Albtraum wie Dreck von mir nimmt.

Ich will wissen, weshalb sie gestorben ist.

Will wissen, warum sie sich dem System widersetzt hat und denke daran, dass alle Todesfälle fünf Jahre in den Archiven des Militärs gespeichert werden.

Der Grund für ihren Tod muss irgendwo hier aufgezeichnet worden sein.

Wie ein Parasit setzt sich der Gedanke in meinem Kopf fest. Ich muss wissen, was passiert ist.

Als ich aus der Dusche trete, trockne ich mit einem Handtuch die Haare und putze meine Zähne.

»Kiran«, flüstere ich und nicke fest entschlossen. Ich werde Kiran fragen, ob er mir hilft.

»Du hast etwas gut bei mir«, hallt es in meinen Gedanken nach. Ich muss ihn finden.

Ich öffne die Badezimmertüre und trete leise vor den großen Kleiderschrank.

Greife nach einem roten Shirt und einer schwarzen Hose und mache mich auf den Weg zum Speisesaal.

Um diese Uhrzeit ist der Lärmpegel noch angenehm niedrig. Kein Geschrei, kein Stimmgewirr. Keiner der anderen Neuankömmlinge ist bereits wach.

Ich gleite förmlich durch den Saal, weiche den anderen Soldaten aus und suche nach Kiran.

Ich suche und suche und suche.

Finde ihn nicht.

Etwas in meiner Magengrube zieht sich zusammen. Ich habe keine Ahnung, wo er sonst sein könnte. Also mache ich auf dem Absatz kehrt.

Mein Finger wandert dem Knopf neben der Schleuse entgegen, als sie sich plötzlich wie von selbst öffnet. Unsere Körper prallen gegeneinander. Er ist so unnachgiebig wie eine Mauer. Gewaltig.

»Kiran«, flüstere ich.

»Guten Morgen«, antwortet er in normaler Lautstärke. »Wieso flüsterst du?«, fragt er imitierend gedämpft.

Ich denke mir nichts dabei und schiebe ihn aus dem Essenssaal hinein in einen leeren Gang, bleibe an einer Ecke stehen.

Sein verwirrter Ausdruck und die dunklen Augenringe sprechen Bände. Eine Frau hat ihn gerade daran gehindert, den Essenssaal zu betreten. Eine Frau. Eine junge, naive Frau.

Ich nehme all meinen Mut zusammen und als ich mir sicher bin, dass uns keiner zuhört, fange ich an zu reden.

»Kannst du mir helfen?«

Zuerst antwortet er nicht, scheint mein Gesicht von oben bis unten zu analysieren, ehe er seinen Mund öffnet.

»Klar«, sagt er, zuckt mit den Schultern, als wäre es selbstverständlich. »Wann hast du Zeit zum Trainieren?«

Ich rolle mit den Augen, trete von einem Bein auf das andere, als ich realisiere, wovon er redet.

»Nein«, erwidere ich, blicke den smaragdgrünen Augen entgegen und verliere mich für einen Moment in ihnen.

»Das ist es nicht«, flüstere ich.

»Was ist es dann?«, fragt er plötzlich interessiert, beugt sich beinahe unerkennbar ein Stück weit zu mir herunter.

Ich halte inne. Versuche die aufkeimenden Bilder in meinem Kopf zu unterdrücken.

»Meine Mom ist gestorben«, gestehe ich und unterdrücke den Kloß in meinem Hals. Will nicht schwach wirken.

Ich warte seine Reaktion ab. Mustere sein Gesicht, das auf einmal von tiefem Mitgefühl gezeichnet ist. »Das tut mir leid.«

Ich nicke, schüttle anschließend den Kopf wie eine Verrückte.

Vielleicht bin ich das auch. Verrückt.

»Ich will wissen, weshalb sie gestorben ist«, fahre ich fort und warte einen Moment ab und hole tief Luft. »Kannst du mir helfen, an ihre Todesakte heranzukommen?«

Ich kann den Ausdruck in seinem Gesicht nicht deuten. Es ist wie ein Film, der hinter seinen Augen abläuft. Als wäre er für einen Moment abwesend. Dann tritt er einen Schritt näher.

Ein Keuchen entrinnt mir.

»Das ist ... das kann ganz schön gefährlich werden, Skye«, erwidert er, wird mit jeder Silbe leiser und leiser. »Wenn sie uns erwischen, dann –« Sein Kopf schnellt herum und verliert sich in beiden Richtungen des Ganges, dann widmet er sich erneut mir.

»Ich weiß«, falle ich ihm ins Wort. »Hochverrat.«

Er nickt. Presst seine Lippen zusammen und richtet seinen Blick auf den Boden. Dennoch meine ich so etwas wie Entschlossenheit in seinem Gesicht zu entdecken.

»Aber ich muss wissen, warum sie gestorben ist. Sie ist einfach nicht mehr da. Meine beste Freundin hat mir vor ein paar Tagen erzählt, dass sie selbstexekutiert wurde. Und mehr weiß ich nicht. Weißt du, was ich meine?«

Plötzlich stehe ich flehend vor ihm. Wie ein Schoßhündchen, das nach einem Knochen verlangt.

Ich muss wissen, warum.

Ich muss es einfach wissen.

Kiran nickt verständnisvoll und kratzt sich am Hinterkopf. Ich höre, wie er durch seine Zähne hindurch die Luft einzieht. Als würde er ernsthaft darüber nachdenken.

»Du erwartest ganz schön viel von mir, Skye«, sagt er, lächelt dabei und gibt seine Zähne einen kurzen Moment lang preis.

Ich antworte nicht. Spüre die Röte in meinem Gesicht aufkeimen.

Ich weiß, dass ich viel von ihm verlange. Dass, wenn wir erwischt werden, unsere Köpfe auf dem Großen Platz rollen.

Aber zu wissen, dass jemand gestorben ist und man nicht weiß weshalb, ist so unerträglich wie über glühend heiße Kohlen zu gehen. Einen Augenblick lang mag es vielleicht ganz in Ordnung sein, vielleicht sogar akzeptabel, aber mit der Zeit wird es so schmerzhaft und unerträglich, dass man am liebsten schreien möchte.

Du erwartest ganz schön viel von mir.

»Aber«, fängt er zögernd an, beinahe flüsternd, »ich habe dir ja gesagt, dass ich dir noch einen Gefallen schulde.«

Ein Grinsen erstrahlt auf meinem Gesicht, das über beide Ohren hinweg reicht. Erleichterung durchströmt meinen Körper und lässt mich atemlos zurück.

Ich unterdrücke das Bedürfnis, Kiran um den Hals zu fallen und ihn zu umarmen.

»Danke«, antworte ich zitternd und erleichtert zugleich. »Vielen Dank, Kiran.«

Er nickt. Schaut nach links und rechts. Dann blickt er mir tief in die Augen. »Die Daten der Todesakten befinden sich in Craigs Büro.«

Ich nicke verstehend. So etwas Ähnliches hatte ich mir beinahe gedacht.

»Heute Nacht? Kurz nach eins vor dem Büro?«, fragt er, kommt einen weiteren Schritt auf mich zu und haucht mir die Worte entgegen. Unsere Nasenspitzen berühren sich beinahe. Ein angenehm warmer Schauer läuft mir den Rücken hinunter. Ich zwinge mich, ruhig zu atmen und die Luft in kurzen Zügen auszustoßen.

»Geht klar, danke«, antworte ich flüsternd. Unterdrücke die flimmernde Hitze, die mein Körper auf einmal aussendet. Er ist mir so unglaublich nahe. Fast schon *zu* nahe.

»Muss ich irgendetwas mitbringen?«

Dann geht Kiran ein paar Schritte rückwärts, blickt noch einmal nach links und rechts. »Sei einfach pünktlich.« Ein Lächeln auf seinem Gesicht, dann kehrt er mir den Rücken. Macht sich auf den Weg in den Speisesaal.

»Ach, und Skye?«, höre ich ihn sagen und verharre in meiner Bewegung.

»Ja?«, frage ich und mustere ihn.

Kiran presst seine Lippen zusammen, ehe er den Mund öffnet und mich seine durchdringenden Worte in ihren Bann ziehen. »Bitte keine Fragen, okay?« Kurz überlege ich. Dann ein Nicken.

Er scheint erleichtert zu sein und gibt eine ernste, erwidernde Geste von sich, bevor er hinter der schließenden Schleuse des Essenssaals verschwindet. Ich atme ein. Muss ganz vergessen haben, Luft zu holen.

Mom. Heute Nacht um eins werde ich es wissen.

KAPITEL 27
DAMALS

EMILIAN

KANNST DU DIR vorstellen, einmal woanders zu leben?«, frage ich.

Wir sitzen auf einem Ast, blicken der Rückseite unseres Hauses entgegen und genießen die letzten Sonnenstrahlen, die uns den Rücken wärmen.

»Was meinst du?«, erwidert Skye mit ihrer süßlich kindlichen Stimme.

Ich schaue zu ihr herab. Blicke in ihre kastanienbraunen Augen. Ich erwische mich jedes Mal dabei, die Sommersprossen auf ihrer Nase und auf ihren Wangen zu zählen.

»Naja, könntest du dir vorstellen, woanders zu leben als in New Ainé?«, wiederhole ich die Frage.

Skye lernt gerade alles über die einzelnen Sektoren samt Mid-Sektor in der Schule. Alles über die Funktionen der Sektoren, den Sitz des Präsidenten im Mid-Sektor, die Grenzen samt Militär.

»Es gibt noch etwas anderes?«, erwidert sie ungläubig, dreht ihren Oberkörper in meine Richtung und hängt plötzlich gebannt an meinen Lippen.

»Skye«, fange ich an, lächle, »New Ainé ist doch nur eine enorm große Stadt auf der weiten Welt. Die erste Stadt nach der Generation Z. Aber außerhalb von New Ainé gibt es sicherlich noch ein Leben. Fernab der Grenzen meine ich.«

Skyes Blick wandert der Hauswand entgegen. Geht einen Moment in sich und kratzt sich am Hinterkopf. Dann blickt sie auf ihre kurzen Beine hinunter und lässt sie hin und her baumeln.

»Mhh«, brummt Skye, »Ich glaube nicht, dass ich das wollen würde.«

»Was meinst du?«, frage ich skeptisch. Ehrlich gesagt hatte ich eine andere Antwort erwartet.

»Hier habe ich doch alles was ich brauche«, fährt sie fort, lehnt ihren Kopf an meine Schulter. »Ich habe dich, Mom und Dad, Freunde, ein Haus. Habe ich irgendetwas vergessen?«

Ich lache. Stütze mich hinter meinem Rücken ab, um nicht vom Ast zu fallen. Dann fahre ich ihr über den Kopf und streiche die einzelnen Härchen glatt, die der Wind aufgewirbelt hat.

»Nein, ich glaube, das war alles«, antworte ich.

»Ich finde es schön in New Ainé.«

Ich kaue auf meinen Lippen herum. Presse die Zähne aufeinander und blicke dem wolkenlosen Himmel entgegen.

»Ich auch, Skye«, sage ich. »Ich auch.«

Skye soll ihr Leben in vollen Zügen genießen. Soll ihre eigenen Entscheidungen treffen können.

Ich auch, Skye. Ich auch.

Sie muss nicht wissen, dass ich gelogen habe.

»Was meinst du?«, frage ich skeptisch. Ehrlich gesagt hatte ich eine andere Antwort erwartet.

»Hier habe ich doch alles was ich brauche«, fährt sie fort, lehnt ihren Kopf an meine Schulter. »Ich habe dich, Mom und Dad, Freunde, ein Haus. Habe ich irgendetwas vergessen?«

Ich lache. Stütze mich hinter meinem Rücken ab, um nicht vom Ast zu fallen. Dann fahre ich ihr über den Kopf und streiche die einzelnen Härchen glatt, die der Wind aufgewirbelt hat.

»Nein, ich glaube, das war alles«, antworte ich.

»Ich finde es schön in New Ainé.«

Ich kaue auf meinen Lippen herum. Presse die Zähne aufeinander und blicke dem wolkenlosen Himmel entgegen.

»Ich auch, Skye«, sage ich. »Ich auch.«

Skye soll ihr Leben in vollen Zügen genießen. Soll ihre eigenen Entscheidungen treffen können.

Ich auch, Skye. Ich auch.

Sie muss nicht wissen, dass ich gelogen habe.

KAPITEL 28

ICH VERSUCHE ZU schlafen. Wälze mich in meinem Bett hin und her. Drücke das Kissen auf mein Gesicht. Liege seitlich, abwechselnd auf der linken und dann auf der rechten Seite. Schiebe die Bettdecke von mir, als es mir zu heiß wird.

Aber ich kann nicht schlafen. Jessicas markantes Schnarchen erfüllt die Stille. Hält mich wach. Ich starre der digitalen Uhr entgegen, warte auf den entscheidenden Moment, wenn eine Ziffer durch die nächst größere ersetzt wird.

So lange, bis die Uhr endlich 00:50 Uhr anzeigt und ich das Zimmer verlassen werde.

Noch fünf Minuten.

Nur noch fünf Minuten.

Ich will nicht lügen. Ich bin aufgeregter, als gut für mich ist. Ich spüre den Herzschlag in meinem Hals, so laut und so dominant, dass ich Angst habe, die anderen durch das laute Pochen zu wecken.

So viele Fragen in meinem Kopf. So viele Fragezeichen, die alle um ein gewaltiges Zentrum kreisen: Was ist, wenn alles schief läuft? Wenn wir erwischt werden?

Das wäre die erste Hinrichtung zweier Soldaten aus den eigenen Reihen. Oder sie machen es ganz schnell. Still und heimlich. Damit keiner etwas davon mitbekommt und deklarieren unser Fehlen als *Betriebsunfall.*

Es darf nichts schief gehen.

Es *wird* nichts schief gehen.

Im Grunde habe ich ein Recht darauf zu erfahren, weshalb Mom gestorben ist.

Meine Augen beißen sich in den digitalen Ziffern der Uhr fest.

Nur noch eine Minute.

Nur noch wenige Sekunden, ehe ich das Bett verlasse und mich auf den Weg zu Kiran mache.

Sekunden vergehen. Werden zu Stunden.

Wäre Kiran nicht ... ich weiß nicht, was ich unternehmen würde. Ob ich überhaupt eine Chance hätte, zu erfahren, was passiert ist.

Vermutlich nicht.

Vermutlich müsste ich mich damit abfinden im Dunklen zu stehen und versuchen, mein falsches Leben weiterzuleben. So, wie es von mir verlangt wird.

Die Uhrzeit schlägt um. 00:50 Uhr.

Einen Moment lang bin ich wie gelähmt. Starre lediglich auf die digitalen Ziffern und traue mich nicht, mich zu bewegen.

Dann geht alles ganz schnell. Ich stehe auf, schleiche ins Bad und putze mir die Zähne. Ziehe mir ein genormtes rotes Shirt und eine schwarze Hose an und öffne die Schleuse so sachte wie nur irgendwie möglich.

Und als sich die Schleuse hinter mir schließt, atme ich auf. Fasse mir an die Brust und fühle nach meinem Herz.

Jede zweite Lampe glüht. Sendet das grelle Licht aus. Ab und an flackert eine Birne und erlischt, taucht den Abschnitt kurzzeitig in Schatten und fängt wieder an zu glühen.

Ich taste mich langsam voran. Schleiche auf leisen Sohlen und schrecke bei jedem Quietschen, Zischen und Knarren zurück. Und dann sehe ich ihn vor der

Schleuse zu Craigs Arbeitszimmer stehen. Trete langsam hervor und bleibe vor ihm stehen.

Ich habe Kiran noch nie ohne Uniform gesehen. Das enge schwarze Shirt spannt sich um seine Arm- und Brustmuskeln. Die weite, graue Hose hingegen steht im perfekten Kontrast zu seinem Oberteil.

Doch egal, wie verschlafen er auch aussehen mag, sein Blick wirkt genauso klar und entschlossen wie bei Tageslicht.

»Hey«, flüstere ich.

»Hey«, begrüßt er mich antwortend.

»Danke nochmal, dass du mir hilfst.«

Er zuckt mit den Schultern und betrachtet die blinkende Box neben der Schleuse mit dem Finger-abdruck-Sensor. »Klar, kein Problem.« – was so viel heißt wie: *Ich riskiere gerne mein Leben für dich und wenn wir erwischt werden ... kein Problem.*

Ich bin ihm so unendlich dankbar. Lächle ein ehr-liches Lächeln und durchforste den Gang hinter ihm mit meinen Augen. Suche ihn nach einer menschli-chen Silhouette ab. Kneife meine Augen zusammen, als ich mir einbilde, dadurch besser sehen zu können.

Er ist leer. Ich bete, dass das so bleiben wird.

Kiran zieht eine merkwürdige Schlüsselkarte aus seiner Hosentasche, die an einer Kette baumelt.

»Was ist das?«, frage ich und ziehe die Augen-brauen zusammen. Lege den Kopf schief.

»Keine Fragen, weißt du noch?«, antwortet er erinnernd, beinahe raunend. Dass er die Lippen für eine Millisekunde spitzt und dabei ein verstohlenes Lächeln aufsetzt, ist mir nicht entgangen.

Ich erwidere nichts. Nicke nur und trete beiseite, als es mir wieder einfällt. Kiran tritt vor den Fingerabdruck-Sensor und drückt die Karte dagegen. Dabei starre ich dem kleinen Schlüssel zu Craigs Büro entgegen und bilde mir ein, das Bild eines Soldaten zu erkennen.

Ich zupfe nervös am Saum meines Shirts herum.

Ein paar Sekunden vergehen, ehe das vertraute Klicken ertönt und sich die Schleuse öffnet.

Ich blicke erst in die sich weitende Öffnung, dann mustere ich Kiran. »Bereit?«, fragt er, als er die Angst bemerkt, die mir offenbar ins Gesicht geschrieben steht.

Ich schlucke. Ignoriere das laute Pochen in meiner Brust, das mir »Nein« entgegenbrüllt.

»Ja«, flüstere ich.

Und dann treten wir ein. Die Dunkelheit verhängt merkwürdige Schatten über die Maschinen. Das einzige Licht geht von einer kleinen, grellen Lampe oberhalb des Schreibtisches aus. Wie ein Lichtkegel, der als Scheinwerfer für den Schreibtisch fungiert.

»Weißt du, wo sich die Todesakten befinden?«, frage ich, bleibe vor Craigs Schreibtisch stehen.

»Die müssten im Archiv gespeichert sein«, antwortet Kiran leise und beugt sich über den Schreibtisch, scheint nach irgendetwas Ausschau zu halten.

Dann greift er nach einem Halsband, das auf dem Tisch liegt, zieht daran und präsentiert eine weitere Karte. Golden glänzend und metallisch verziert.

»Das ist Craigs *KeyCard*.«, erklärt er leise. »Mit der müssten wir in das Archiv gelangen.«

Ich antworte nicht. Sehe dabei zu, wie mich Kiran umrundet und die *KeyCard* auf eine dafür vorgesehene Fläche einer Maschine presst.

Ein Piepen. Ein Surren. Und ein Lichtstrahl schießt empor. Projiziert eine gigantische, dreidimensionale Kugel, die sich um ihre eigene Achse dreht.

Das grelle Licht der Projektion lässt den Raum bläulich schimmernd aufleuchten. Wie eine Spiegelung des Wassers an den Wänden.

Kiran betätigt ein paar Knöpfe, fährt sich durch die Haare und mustert mich letztlich. Deutet auf die Maschine. Das Spiel aus Licht und Schatten hebt seine markanten Gesichtszüge noch deutlicher hervor.

»Du bist dran«, flüstert er.

Ich schlucke. Trete langsam neben ihn und blicke dem Gerät entgegen. Ein blinkender Unterstrich unterhalb der gigantischen Kugel. Darunter ein Tastenfeld mit allen sechsundzwanzig Buchstaben.

Ich kaue auf meiner Unterlippe herum. Mustere Kiran, der mir auffordernd entgegenblickt. Dann gebe ich *Ignis* in das Suchfeld ein.

Eine Liste aller Bürger in New Ainé mit dem Nachnamen Ignis versammelt sich inmitten der Kugel. Neben dem Tastenfeld ragt eine Halbkugel empor, mit der man die Achse der sich drehenden Kugel bestimmen kann.

Ich betätige die Halbkugel und drehe und drehe. Gehe die einzelnen Namen durch. Suche nach Maya.

Ich entdecke Grandma.

Emilian.

Leute, von denen ich noch nie irgendetwas gehört habe. Leute, bei denen ich zweifle, dass sie überhaupt zum Familienstammbaum gehören.

Ich suche weiter. Ignoriere mein rasendes Herz und den schnellen Puls. Schiebe den Gedanken, erwischt zu werden, beiseite.

Ich finde sie nicht.

Ich finde Maya Ignis nicht.

»Das kann nicht sein«, flüstere ich hektisch.

»Was ist denn?«, fragt Kiran, tritt hinter mich und betrachtet über meine Schulter hinweg die Suchergebnisse.

»Ich finde meine Mom nicht«, erkläre ich flüsternd und scrolle währenddessen weiter. Wirke beinahe verzweifelt.

Das kann nicht sein.

Sie *muss* hier sein.

Ich weiß nicht, ob ich erleichtert oder verunsichert sein soll, dass ich sie hier nicht finde.

Ich breche die Suche ab. Gebe *Maya* in die dafür vorgesehene Leiste ein.

Hunderte Akten von Menschen aus New Ainé erleuchten innerhalb der Kugel und warten darauf, angeklickt zu werden.

Maya Ignis.

Wo ist sie?

Das kann nicht sein.

»Ich – ich weiß nicht, wo sie ist«, wispere ich, ignoriere das Zittern in meiner Stimme.

Ein Brummen aus Kirans Mund. Ich höre, wie er sein Gewicht von einem Fuß auf den anderen verlagert.

»Und ... also, du bist dir ganz sicher, dass sie tot ist?«, fragt er zögernd und unsicher.

Kurz denke ich über seine Worte nach. Dann schüttle ich den Kopf. »Cassie, meine beste Freundin, kam extra vorbei und hat mir das Sol-Tablet mit der Nachricht überreicht«, erzähle ich, höre währenddessen nicht auf zu suchen, »Sie *muss* hier sein.«

Stille.

Nur das Piepen, das die Kugel bei jeder weiteren Suche von sich gibt. Das blaue Licht der Projektion brennt bereits in meinen Augen. Ich vergesse zu blinzeln. Suche angestrengt nach ihrem Namen.

Sie muss hier sein.

»Skye, vielleicht –«

»Was geht hier vor sich?«, hallt es beinahe brüllend in meinen Ohren nach.

Ich schrecke hoch, taumle rückwärts.

Craig steht breitbeinig im Eingangsbereich. Die Arme vor seiner Brust verschränkt. Ein dunkler, schwarzer Schatten liegt über seinem Gesicht.

Das war's. Wir sind tot.

Kiran tritt vor mich. Hält mich mit seinem Oberkörper zurück. Als ob er mich verstecken wollen würde.

»Ich kann das einfach nicht glauben. Ich hätte wirklich mehr von euch erwartet, Soldaten!«, ruft Craig. Spuckt jedes seiner Worte wie Gift aus. »Verrat!«, brüllt er. »Verrat an New Ainé. An euren *eigenen* Männern!«

Ich fühle mich so hilflos.

Wir sind tot. Wir sind wortwörtlich tot.

Ich mustere Kiran. Starre seinem Nacken entgegen. Ich weiß nicht, was wir unternehmen sollen.

Angstschweiß sammelt sich auf meinem Rücken. Das Shirt klebt an mir. Mein Atem geht unkontrolliert und hechelnd wie der eines Hundes.

Kirans Blick wandert angespannt durch den Raum. Dann zu Craigs *KeyCard*, die auf dem Schreibtisch liegt.

»Mir bleibt keine andere Wahl«, höre ich Craig sagen. Und schon im nächsten Moment ertönt der Alarm. Laut und inbrünstig.

Das Jaulen durchfährt meinen Körper so glühend heiß wie eine Nadel.

Mein Herz rast.

Ich kann nicht klar denken.

Hitze überflutet mich, befeuert meine Muskeln und schnürt mir den Hals ab.

Der Raum wird in ein rotes Licht getaucht. Blau und Rot vermischen sich.

Dann geht alles ganz schnell.

»Lauf!«, brüllt Kiran über den Lärm der Sirenen hinweg.

Seine Hand sucht nach meiner. Greift zu.

Er presst die *KeyCard* gegen eine der abzweigenden Türen des Büros.

Ich renne und renne und renne. Hand in Hand mit Kiran. Durch unzählige Gänge. Ich versuche das schrille Pfeifen und Jaulen zu ignorieren und mich auf meine Füße zu konzentrieren.

Wenn ich stolpere ...

Und plötzlich stehen wir mitten auf dem Versammlungsplatz. Die kalte Luft strömt in meine Lungen, brennt wie Feuer. Ich kann nicht klar denken. Scheinwerfer erwachen zum Leben. Erleuchten den Platz. Wie in einem Gefängnis. So grell und stechend.

Kiran erstarrt für einen Moment, blickt um sich.

»Los, weiter!«, ruft er. Zieht mich hinter sich her.

Der Alarm dröhnt in meinen Ohren, bereitet mir Gänsehaut. Vermischt sich mit der Angst in meinen Knochen und treibt mich voran.

Ich renne und renne. Blicke nicht zurück. Was ist, wenn sie bereits hinter uns sind?

Die gewaltige Mauer vor uns ragt in die Höhe.

Kirans Kopf schnellt herum, bewegt sich blitzschnell. Dann hält er inne und steuert auf die einzige Fluchtmöglichkeit weit und breit zu.

Er presst die *KeyCard* gegen ein weiteres Tor. Ein Zischen. Ein Ziehen. Die Tore öffnen sich.

Mein Atem stockt.

Pechschwarze Dunkelheit.

Pfeifender Wind rüttelt an meinen Klamotten. Zieht uns beinahe mit sich.

»Los, Skye!«, brüllt er, drückt mit seiner Hand fester zu. »Wir müssen rennen!«

Ich nicke. »Los!«, antworte ich lautstark, um den Wind und das stechende Jaulen der Sirenen zu übertönen.

Dann treten wir durch die Tore und befinden uns plötzlich auf der anderen Seite der Mauer.

TEIL 3

RISING
SPARKS

KAPITEL 29

ICH RENNE KIRAN ohne zu überlegen hinterher. Folge seinem Schatten und versuche, den grellen Lichtkegeln auszuweichen, die die fliegenden Kampfmaschinen auf den Boden werfen.

Ich keuche.

Renne.

Schnappe nach Luft.

Versuche, das Seitenstechen zu ignorieren.

Die pechschwarze Nacht verschlingt sämtliche Farbe. Alles schwarz. Die Lichtkegel weiß.

Ich höre Schüsse durch die Nacht jagen. Nehme die brüllenden Drohungen wahr, die uns hinterher geworfen werden.

»Kiran …«, entfährt es mir atemlos.

»Weiterrennen!«, brüllt er über den Wind hinweg und unterbindet meine keuchenden Worte.

Das trockene Gestrüpp streift an meinen Beinen entlang. So ziehend wie Peitschen. Mein Blick richtet sich abwechselnd in Kirans Richtung und auf den Boden unter meinen Füßen. Ich weiche den Steinen aus, folge Kiran auf Schritt und Tritt.

Ich renne und renne.

Keuche. Und als ich denke, dass ich zusammenbreche, renne ich dennoch weiter.

Nicht nachgeben.

Nicht schwach werden.

Immer weiter und weiter.

Ich weiche den ersten Bäumen aus, dränge mich an ihnen vorbei. Kirans Silhouette verwächst mit den Schatten der Nacht. Ich kneife die Augen zusammen. Versuche, Kirans dunklen Umriss von dem der Bäume zu unterscheiden.

Und plötzlich bleibt er stehen.

Ich bremse ab. Falle beinahe vornüber. Stütze mich an einem Baumstamm ab und lege meinen Kopf in die Armbeuge.

Mein Atem geht schnell und unkontrolliert.

Alles dreht sich.

Mein Herz rast, schlägt so schnell wie noch nie.

Kiran verharrt in seiner Bewegung. Das stoßartige Keuchen aus seinem Mund ist der einzige Grund, weshalb ich weiß, dass er nicht versteinert wurde.

»Sie ziehen ab«, flüstert Kiran atemlos, geht in die Hocke und stützt die Hände auf seinen Knien ab.

Ich schärfe meine Ohren, als sich mein Puls beruhigt und das stetige Pochen in meinem Kopf nachgelassen hat.

Das Flattern der rotierenden Blätter der Flugmaschinen wird immer leiser. Selbst die beißenden Schreie und Rufe der Soldaten verstummen mit der Zeit. Und dann dieser Funke in mir, der aus Aschewolken emporklettert.

Wir haben es geschafft.

Wer weiß, wie viele Meter wir rennend zurückgelegt haben.

Ich atme ein. Beim Ausatmen gleitet mein Rücken den Baumstamm entlang, bis ich den Boden unter mir spüre und die Beine anwinkle.

Ich muss ganz vergessen haben, wie es sich anfühlt, zu sitzen.

Mein Blick wandert zu Kiran. Er wischt den Schweiß auf seiner Stirn mit seinem Arm weg, stemmt die Hände in die Hüften und legt seinen

Kopf in den Nacken. Blickt hinauf in den sternen-
losen Himmel und schließt für einen Moment die
Augen.

Ich nehme Kirans lautstarke Atemzüge wahr, das
hektische Heben und Senken seiner Brust. Sehe die
kleinen Wölkchen aufsteigen, die aus seinem Mund
dringen. Seine zuckenden Finger und der Schweiß-
film auf seiner Stirn, der im Licht der Nacht glänzt.

Doch meine Aufmerksamkeit richtet sich auf das
merkwürdige Kribbeln in meinem Unterarm. Auf
das jähe Ziehen, das wie ein Parasit an meinen Adern
zerrt. Erst denke ich, dass mein Arm eingeschlafen
ist, aber ich kann ihn vollends bewegen, ohne Ein-
schränkungen. Ohne das Gefühl zu haben, durch
Sand hindurch zu greifen.

Ich fahre mit der anderen Hand vorsichtig über die
Injektion, bewege meine Finger. Das Kribbeln wird
stärker, ähnelt einem merkwürdigen Vibrieren unter
der Haut.

Und plötzlich – so schnell es gekommen ist, ist es
wieder weg. Als wäre nie etwas gewesen.

»Ist alles gut bei dir?« Kirans Atmung hat sich ver-
langsamt, seine Stimme wirkt ruhiger.

Ich nicke, schaue auf und blicke ihm entgegen. Er
wirkt müde und ausgelaugt. Am Ende seiner Kräfte.

Und dennoch bemerke ich den besorgten Gesichtsausdruck und die Angst, die ihm auf der Stirn geschrieben steht.

»Ja«, antworte ich vorsichtig. »Alles gut.« Nur, weil wir zusammen hier sind, muss er nicht meine Probleme mit sich herumtragen.

Aber sind wir nicht genau deshalb hier? Wegen mir und meiner *Probleme?*

Und plötzlich dringt ein Lachen aus meinem Mund. So laut, dass mein Hals anfängt zu kratzen. Ich lege meinen Kopf in den Nacken und schließe die Augen.

Ich weiß nicht, weshalb ich lache.

Vielleicht vor völliger Übermüdung, Angst oder gar vor Panik.

Ich fühle mich wie im falschen Körper. Habe rückblickend die letzten Minuten wie in Trance erlebt. War anwesend, aber irgendwie auch nicht.

»Kannst du weitergehen?«, fragt Kiran, kommt ein paar Schritte auf mich zu und stellt sich vor mich. Der Mond wirft einen langen Schatten und verschluckt sämtliche Farbe, die von Kirans Kleidung ausgeht. Wie ein schwarzer Geist.

Ich mustere seine Augen, sein müdes Gesicht. Das Kribbeln in meinem Unterarm kehrt wie eine heiße Nadel unter meiner Haut zurück. Taucht auf und geht wieder unter wie auf hoher See.

Ich balle die linke Hand instinktiv zur Faust. Lege die rechte darüber, um die verkrampfte Faust zu verbergen.

»Ja«, antworte ich, halte einen Moment inne. »Und was ist mit dir?«

Kiran schaut an sich herab, presst seine Lippen aufeinander. »Mir geht es gut. Das … war nur nicht Teil des Plans«, sagt er und verzieht seine Lippen zu einem Lächeln bei den letzten Worten.

Ich erwidere die Geste. Fahre langsam nach oben und stütze mich sicherheitshalber am Baumstamm ab. »Nein, das glaube ich auch nicht.«

Ich weiß nicht, wie spät es ist. Weiß nicht, wie lange wir schon durch das unebene Terrain wandern.

Doch fernab des dichten Waldes kann ich in geraumer Entfernung eine Bergkette ausmachen, die majestätisch in den Himmel ragt. Die Spitzen der Berge umhüllt von dichtem Nebel.

Meine Füße brennen. Mein Kopf fühlt sich so unsagbar leer an. Aber ich unterdrücke das Bedürfnis stehenzubleiben und gehe stattdessen weiter. Treibe meinen Körper voran und zwinge mich, standhaft zu bleiben.

Jedes Mal, wenn ich längere Zeit zu Kiran aufschaue, durchzuckt dieses seltsame Kribbeln meinen

Unterarm. Durchzieht meinen Körper wie eine glühende Nadel. Für einen kurzen Moment. Zwei Sekunden vielleicht. Und dann ist es wieder verschwunden. Als wäre nichts gewesen.

Ich habe Angst.

Rechne damit, dass ich jeden Moment tot umfalle. Ich verweigere meinen Beruf. Mache nicht das, was von mir verlangt wird. Habe mich dem System widersetzt, indem ich vor meiner Arbeit als Soldat geflohen bin.

Bei jedem einzelnen Anzeichen, bei jedem noch so kleinen Kribbeln, gerate ich in Panik. Lasse mir aber nichts anmerken. Konzentriere mich auf den Weg vor mir. Auf Kiran, der die Richtung vorgibt. Auf das, was vor uns liegt.

Als ich Kiran gefragt habe, wohin wir gehen, meinte er, dass wir für eine Weile bei Freunden von ihm untertauchen werden. Dass Kiran Freunde fernab von New Ainé hat und noch dazu Menschen außerhalb der Grenzen leben, ignoriere ich. *»Keine weiteren Fragen«*, hatte er vor weniger als vierundzwanzig Stunden gesagt. Ich frage mich, wie lange ich mich daran noch halten kann.

Zurück können wir ohnehin nicht mehr.

Sie würden uns auf der Stelle töten, noch ehe wir einen Fuß in die Nähe der Mauer gesetzt hätten.

Also laufen wir weiter. Meine Sinne stürzen sich auf jegliche Bewegung der Bäume, der Blätter oder des Windes. Ich rechne jeden Augenblick damit, die rotierenden Blätter der Flugmaschinen erneut schlagen zu hören. Die blaffenden Stimmen der Soldaten zu vernehmen. Oder das Kribbeln in meinem Unterarm zu spüren.

Kiran und ich lassen die letzten Bäume hinter uns, sehen einem gewaltigen Gebirge entgegen, das im Licht der aufgehenden Sonne zu leuchten beginnt wie von Feuer ummantelt.

»Kannst du klettern?«, fragt Kiran, lehnt sich ein Stück weit in meine Richtung und stützt gleichzeitig eine seiner Hände in die Hüfte.

Kann ich klettern? Meine Füße brennen. Ich habe das Bedürfnis, die Schuhe, die an meinen Füßen kleben, im hohen Bogen in die Luft zu schmeißen. Mein Kreislauf versagt mit der Zeit. Wenn ich länger als ein paar Sekunden stehenbleibe, sehe ich Kiran doppelt. Nicht zu vergessen das Knurren meines Magens, der unaufhaltsam Geräusche von sich gibt, die definitiv nicht menschlich klingen.

Also ... kann ich klettern. Vermutlich habe ich keine andere Wahl.

Ich will ehrgeizig wirken, keine Schwäche zeigen und starre Kiran ins Gesicht. Er mustert mich, durchschaut anscheinend die bröckelnde Fassade und lacht. Seine Reaktion auf all meine Gedanken ist schlichtweg ein Lachen.

»War nur ein Witz«, gesteht er, ich atme hörbar auf. Er zeigt auf den Fuß eines Berges. »Da geht's lang. Ein paar Meter oberhalb des Anstiegs befindet sich eine Art Gebirgssee mit einem Wasserfall.«

Wasser – Fall.

Wasser.

Mein Magen überschlägt sich vor Freude.

»Ist gut«, antworte ich und lächle zuversichtlich. Kirans Gesichtszüge werden weich, seine Augen blicken verträumt drein. Seine grünen, leuchtenden Augen. Vielleicht bilde ich es mir lediglich ein, aber ich meine zu wissen, dass sich Kirans Statur mit jedem weiteren Schritt fort von jeglicher Zivilisation lockert. Er wirkt entspannter. Irgendwie friedlicher.

Mich würde es nicht wundern, Kiran in den nächsten Sekunden schlafend auf dem Boden vorzufinden.

»Kann es losgehen?«, fragt er und dreht seinen Kopf in Richtung der Berge.

Ich nicke, folge seinen Schritten.

Und nach ein paar Minuten lassen wir keuchend den steilen Anstieg hinter uns, befinden uns auf flacherem Terrain.

Ich gähne. Weiß, dass ich nicht mehr lange durchhalten werde, wenn ich nicht bald die Augen schließe. Doch ich bin hellwach, als ich plötzlich das dunkelblaue Wasser des Sees vor meinen Füßen bemerke, das im sanften Morgengrauen glitzert.

Das Rauschen des Wasserfalls in meinen Ohren belebt mich. Ich kann förmlich nach der Frische greifen, die den Bergsee umgibt.

Ich falle ohne zu überlegen auf die Knie. Tauche meine Hände in das kalte Wasser und reibe mir über das Gesicht.

Belebend.

Frisch.

Für einen Moment bin ich wie neugeboren.

Ich schließe die Augen. Ein leises Stöhnen entfährt mir.

Dann bemerke ich Kiran neben mir, der seine Hände zu einer Schale formt und Schluck für Schluck das Wasser in seinen Mund aufnimmt.

Ich mache es ihm gleich. Spüre die kühle Flüssigkeit meinen Rachen hinunterfließen.

»Siehst du den Anstieg neben dem Wasserfall?«, fragt Kiran und deutet mit seiner Hand auf die stufenartigen Erhebungen, die sich bis hinter den Wasserfall schlängeln. »Dort müssen wir hin.«

»Hinter den Wasserfall?«, frage ich verwundert und erst jetzt bemerke ich, dass ich das erste Mal in meinem Leben einen echten Wasserfall zu Gesicht bekomme.

Kiran bewegt seinen Kopf auf und ab.

Ich habe es aufgegeben, Fragen zu stellen. Bin viel zu müde und ausgelaugt, um darüber nachzudenken. Kiran wird wissen, was er macht. Ich vertraue ihm. Verdanke ihm mein Leben. Schon zum zweiten Mal.

Wir stehen auf. Ich taumle. Brauche einen Moment, um mich zu fangen und trete Kiran entgegen.

»Kann weitergehen«, gebe ich abgehackt von mir und fahre mit meiner Zunge über die rauen Lippen. Das Haar fällt mir ins Gesicht. Ich streiche es zurück und versuche nicht daran zu denken, wie scheußlich ich aussehen muss. Wie verschwitzt und dreckig ich wirken muss.

Ich mache ein Lächeln auf Kirans vollen Lippen aus. Er schüttelt unmerklich den Kopf. »Gut, dann los«, antwortet er und geht voran.

Mein Atem stockt, als wir hinter den Wasserfall treten. Zwei Schienenstraßen bahnen sich einen Weg durch das Innere des Berges, tauchen in der Dunkelheit ab. Werden verschluckt.

Auf der rechten Seite ragt eine Art Schienenfahrzeug in die Höhe. Stählern und dunkel. Sämtliche Farbe wird von der Höhle verschluckt, hinterlässt die schwarze Statur des Gefährts.

Ich stehe wie angewurzelt da. Zwischen Schienen und einem Fahrzeug. Hinter einem Wasserfall fernab von New Ainé.

Kiran betätigt einen Knopf, die Türen des Schienenfahrzeugs springen auf. Er streckt seine Arme aus, deutet auf den Eingangsbereich und gibt eine einladende Geste von sich.

»Bitte einsteigen, Ms. Ignis«, betont er seine Geste und nickt zuversichtlich in die Richtung des Wagons.

Kurz zögere ich. Doch dann setze ich einen Fuß vor den anderen und trete in das Innere des Fahrzeugs.

Kiran folgt mir. Betätigt einen weiteren Knopf und die Türen schließen sich. Ein Motor ertönt. Die Lichter im Inneren des Wagons erwachen zum Leben. Und plötzlich bewegen wir uns fort. Wie von Geisterhand gesteuert.

»Ich ... ich –«, gebe ich stotternd von mir und vergesse mitten im Satz, was ich eigentlich sagen wollte. Bin überwältigt von allem, was um mich herum geschieht.

Kiran lacht. »Schon gut, wir sind gleich da.«

Wir sind gleich da.

Und erst jetzt, mit jedem weiteren Moment, der vergeht, realisiere ich, dass ich so gut wie frei bin.

Ich muss nicht mehr zurück. Ich muss nicht mehr nach New Ainé. Wir haben es geschafft.

Das Fahrzeug wird nach einiger Zeit merklich langsamer. Die dunklen Wände weichen Lampen, die an den Wänden befestigt worden sind. Das Geröll weicht glänzendem Stahl und Metall.

Es ist wie eine unterirdische *Hoover-Bahn*-Station.

Das Gefährt kommt zum Stehen. Die Türen öffnen sich. Und als ich aussteige, blicke ich in die Gesichter vereinzelter Menschen, die mich mustern wie eine fremde Spezies.

Und dann

Dieser Schmerz.

Dieser kochend heiße Schmerz in meinem Unterarm. Es brennt. Feuer. Es *muss* Feuer sein.

Ein Schrei dringt aus meinem Hals. Vor dem Wagon gehe ich in die Knie. Meine Stirn auf dem kühlen Boden.

Ein weiterer Schrei. Der stechende Schmerz jagt durch meinen Unterarm. Drückt zu. Schreckt zurück. Drückt zu. Immer fester und fester.

Alles verschwimmt vor meinen Augen.

Ich spüre eine Hand auf meinem Rücken.

»Schnell!«, brüllt Kiran. »Wir brauchen einen Arzt!«

Wie Säure.

Säure strömt durch meinen Unterarm. Messer stechen auf mich ein.

Ein seltsamer Laut dringt aus meinem Mund.

Angst. Pure Angst.

Ich wölbe mich. Verkrampfe.

Balle meine Hand zur Faust.

Ich werde sterben.

Ich werde sterben.

Ich werde sterben.

KAPITEL 30

DER NEBEL IST so undurchdringlich wie Treibsand. Weiß und schwer liegt er vor mir. Wie eine Wand bestehend aus Wolken.

Ich schaue an mir herab. Sehe meinen Körper nicht. Ich werfe keinen Schatten. Habe keine Hände, mit denen ich meinen Körper abtasten könnte.

Nichts. Ich *bin* nichts.

Ich drehe mich im Kreis. Der Nebel umschließt mich kreisförmig. Als stünde ich im Auge eines Orkans.

Ab und an lichtet er sich. Gibt ein paar Sonnenstrahlen preis. Sie blenden mich. Ich muss blinzeln.

Das Licht der Sonne ergießt sich strahlenförmig in den Tiefen des Nebels. Wie vereinzelte Strahlen eines Scheinwerfers. Wunderschön und beängstigend zugleich.

Ich mache einen Schritt in Richtung des dichten Nebels. Wate durch Treibsand und bleibe wie angewurzelt stehen. Komme nicht weiter.

Ich stecke fest – inmitten eines Sturms.

Und erst jetzt frage ich mich, wo ich mich überhaupt befinde. Was ich hier mache. Wie ich hierher gekommen bin. Versuche mich daran zu erinnern, was vorher war und was kommen wird.

Aber ich weiß es nicht.

Und dieses Wissen, nichts zu wissen, fühlt sich so befreiend an wie der Wind, der einem an einem Sommerabend durch die Haare fährt.

Luftig. Locker. Leicht.

Weitere Sonnenstrahlen dringen durch das Dickicht des Nebels und benetzen in gelben Nuancen die Nebelschwaden.

Ein Gesicht vor meinem inneren Auge. Blitzartig und schnell. Und plötzlich weiß ich den passenden Namen zum Gesicht.

»Kiran«, flüstere ich. Merke den Sog, der die Worte davonträgt und ihnen beinahe keine Möglichkeit bietet, sich vollends zu entfalten.

Die Sonnenstrahlen erlöschen, verschwinden hinter dem Nebel.

Wie hieß er nochmal?

Ich drehe mich im Kreis. Suche nach der Antwort. Nach seinem Namen. Finde ihn nicht.

Ein Ächzen aus meinem Mund. Davongetragen vom Wind, der den Nebel aufwühlt.

Weitere Sonnenstrahlen. Das durchdringende Licht ist viel intensiver als das der letzten Strahlen.

Und dann dieser Schmerz, der mich überflutet. Über mir zusammenbricht wie ein Kartenhaus. Mein Unterarm. Die Injektion.

Das Licht erlischt. Die Bilder und Erinnerungen ebenfalls.

Meine Gedanken schwimmen in Honig. Treiben umher. Ergeben keinen Sinn. Ich weiß nicht, an was ich gerade eben gedacht habe.

Der Wind wird zunehmend stärker. Schiebt mich voran. Treibt mich umher wie einen Geist.

Dann das gleißende Sonnenlicht, das den Nebel vertreibt. Ihn durchbricht in Form eines großen Rundbogens.

Ich schrecke zurück. Doch der Wind treibt mich voran. Rüttelt an mir. Schubst mich voran.

Blitze durchzucken mein inneres Auge. Jeder einzelne von ihnen bringt ein Bild mit sich. Füllt mich aus. Vertreibt den Honig und den Treibsand.

»Wach auf, Skye« Eine Stimme, so tief und warm. Hallend und vom Nebel verschluckt.

Mom.

Die Flucht.

Kiran.

Mein Unterarm.

Und dann trete ich durch den hell erleuchteten Torbogen, spüre die Wärme des Lichts auf meiner Haut.

Ich laufe weiter und weiter.

Öffne plötzlich meine Augen.

Alles ist verschwommen. Umrisse von Licht und Schatten. Etwas Dunkles beugt sich über mich.

Meine Atmung beschleunigt sich.

»Skye«, höre ich ihn sagen, »Es ist alles gut!« Ich weiß, dass ich die Stimme kenne. Merke, wie mein Körper auf seine Tonart reagiert. »Ich bin bei dir!«

Seine warmen, großen Hände an meinen Schultern.

Der Schleier vor meinen Augen lichtet sich. Hinterlässt die scharfen Konturen und Kanten des Raumes. Und das satte Grün. Das satte, leuchtende Grün seiner Augen.

»Kiran«, gebe ich von mir. Heiser und mit belegter Stimme.

Etwas in seinem Ausdruck verändert sich. Die tiefen Kerben der Besorgnis weichen, lassen strahlende Augen und ein erleichtertes Grinsen zurück.

Er stößt meinen Namen wie ein Gebet aus. Lässt sämtliche Luft aus seinem Körper weichen und seine Schultern sinken. Entspannt sich.

Kiran umschließt meinen Oberkörper mit seinen Armen, zieht mich an sich. Ich spüre sein Kinn auf meiner Schulter ruhen. »Ich dachte, es wäre zu spät gewesen.«

Zu spät gewesen.

Ich spanne unbewusst sämtliche Muskeln in meinem Körper an. Ich habe keine Schmerzen, spüre nichts, was ich nicht spüren sollte.

Ich schiebe Kiran ein Stück weit von mir weg, sodass ich ihm ins Gesicht sehen kann. »Zu spät?«, wiederhole ich fragend. »Warum denn zu spät?«

Kiran fährt zurück, setzt sich auf den Stuhl, der neben meinem Bett steht und rückt näher heran. Die Wände des Raumes sind steril und weiß gehalten. Ab und an eine ausgeschaltete Maschine auf Rädern. Mein Bett strahlt unter der Deckenbeleuchtung in zarten Weiß- und Blautönen.

Kiran blickt zu Boden. Ich betrachte seinen angespannten Kiefer und die Muskeln, die sich an den Konturen seiner markanten Züge abzeichnen.

»Skye«, fängt er an. Mir ist das Zögern in seiner Stimme nicht entgangen. »Die Ärzte haben die Injektion, die Peilsender und die Mikrochips der Injektion aus deinem Unterarm entfernt«

Sein Blick sucht den meinen, ehe er den Mund erneut öffnet. »Du bist frei.« Seine Worte wirken laut und greifbar. Gleichzeitig in weiter Ferne und schallend. Vibrierend wie Schallwellen eines Instruments.

Ich hole tief Luft. Eine Mischung aus Erleichterung, Furcht und gleichermaßen Glück durchströmt meinen Körper. Ich kann nicht glauben, was er gerade gesagt hat.

Du. Bist. Frei.

»Aber ... warum?«, stottere ich aufgeregt und setze mich auf. »Wie, und –«

»Du bist aus der Bahn ausgestiegen und sofort zusammengebrochen.«, fällt er mir ins Wort und schließt seine Augen. Als würde er das Erlebte noch einmal Revue passieren lassen. »Die Injektion hätte dich getötet, hätten wir sie nicht entfernt.«

Als Kiran die Augen öffnet, wirken sie noch satter und grüner als ohnehin schon.

»Aber, wie kann das sein?«, flüstere ich fassungslos und hebe meinen linken Arm instinktiv an. Betrachte ihn von allen Seiten. Höre mein Herz schlagen, als ich die dunkelrote Linie entdecke, die sich entlang meines Unterarms schlängelt. Eine Narbe. Vorhin noch eine klaffende Wunde, aus der die Machenschaften des Systems entfernt worden sind. Ich weiß nicht, was ich sagen soll. Weiß nicht, was ich denken soll. Bin ratlos. Bilder meines siebzehnten Geburtstags flammen vor meinem inneren Auge auf. Die Spritze. Das grüne Gemisch. Der Einstich. Ich dachte, ich wäre für immer gefangen. Gefangen in den Klauen des Systems. Wie kann das sein? Das System hat keine Lücken. Ist unumgänglich. Wie sterben.

»Skye«, beginnt er, rückt noch näher heran und greift nach meiner Hand. Die Wärme seines Körpers trifft auf die Eiseskälte meines Handrückens. Wie Feuer auf Eis. »Ich möchte, dass du mir ganz genau zuhörst.«

Ein kurzes Zögern. Dann nicke ich.

»Du bist hier in Sicherheit, das verspreche ich dir«, sagt er, zieht seine Augenbrauen nach oben, sodass auf seiner Stirn kleine, kaum erkennbare Falten und Einkerbungen entstehen.

Und plötzlich verstummt er. Gibt einen Laut von sich, als würde er fortfahren wollen und verstummt im nächsten Augenblick. Ich sehe seinen Adamsapfel zucken, ehe er aufschaut und mir in die Augen sieht.

»Ich bin kein Soldat – war ich nie.«

Ein seltsamer Stich in meinem Herzen. Nicht, dass ich traurig wäre. Lediglich überrascht. Insgeheim wusste ich es. Kiran hätte niemals einer von ihnen sein können. War die ganze Zeit über nett zu mir gewesen, aufrichtig. Nicht verschlossen und monoton wie die anderen.

»Was bist du dann?«, wispere ich aufgeregt.

Er räuspert sich. Schließt und öffnet die Augen. Umschließt meine Hand fester. »Wir ... wir nennen uns die *Sparks*.«

Stille. Ich presse meine Lippen aufeinander, bevor ich reagiere. Dann öffne ich meinen Mund einen Spalt weit. »Und weiter?«

Sein Körper wirkt unruhig. Als würde etwas anderes von ihm Besitz ergreifen wollen und er müsste dagegen ankämpfen. Seine Augen wirken traurig und gleichermaßen ehrlich, als er die meinen sucht.

»Von den Einwohnern von New Ainé, vom System, werden wir ...« Er holt zaghaft Luft, stottert. »werden wir Outlaws genannt.«

Der Schuss in meinen Ohren. Emilian, blutend und tot. Der Outlaw an der Mauer. So hilflos, menschlich.

Ein seltsamer Cocktail aus gemischten Gefühlen brandet in mir auf. Meine Augen flattern. Seine Worte dringen in meinen Kopf. Lassen eine Seifenblase platzen, die mich bisher schützend umgeben hat.

»Du ... du bist ein Outlaw?«, höre ich mich sagen. Spüre die Kälte, die durch meinen Körper jagt. Gefolgt von mollig warmem Feuer.

Ich sehe ihn nicken. Den Blick auf den Boden gerichtet. »Ja«, sagt er so leise, dass ich mich anstrengen muss, ihm zuzuhören. »Einer der *Sparks*.«

Und plötzlich sehe ich Kiran, den ich erschießen muss. Nicht den unbekannten Outlaw. Der leidende Ausdruck. Das blutverschmierte Gesicht. Es hätte er sein können. Kein Fremder.

Mein Unterbewusstsein sagt mir, dass ich Angst haben sollte. Respekt. Furcht. All das fühlen sollte. Aber ich kann nicht. Ehrlich gesagt, fühle ich gar nichts. Lausche seinen Worten und versuche zu verstehen, was soeben passiert.

»Dann«, fange ich an und muss husten. »Dann bin ich zusammengebrochen, weil −«

»Weil du inmitten der Feinde des Systems gestanden bist, ja.«

Ich wäre gestorben, wäre Kiran nicht gewesen. Die Feinde des Systems. Kiran ist ein Feind des Systems.

»Ich, ich weiß nicht ... ich –«

»Ich weiß, das ist gerade alles ein bisschen viel«, fällt er mir ins Wort und rückt so nah an das Bett heran, dass seine Knie das blanke Metall der Umrandung berühren. Eine Strähne fällt ihm ins Gesicht. Er streicht sie nicht zurück. »Und ich will auch nicht allzu viel vorwegnehmen. Aber bitte Skye, du musst mir vertrauen!«, fährt er fort, gibt die tiefen Kerben auf seiner Stirn erneut preis. Nickt, als ob er dadurch seinen Worten mehr Ausdruck verleihen würde. »Wir sind keine schlechten Menschen.«

Das Bild des Outlaws formiert sich vor meinen Augen. An der Mauer. Auf dem Großen Platz. So viele Schüsse sind gefallen. So viel Blut wurde vergossen. Ich hätte ihn töten müssen, wäre Kiran nicht gewesen. Wäre gestorben, hätte ich es nicht getan.

Und jetzt bin ich hier. Verdanke Kiran, dass ich noch lebe. Schon wieder.

Du musst mir vertrauen!

Mein Kopf fühlt sich so unsagbar leer an. Da ist nur dieses Gefühl von Erleichterung, das mich im nächsten Moment durchströmt. Dieses Gefühl, frei zu sein. Nicht mehr zurück zu müssen.

Ich lebe noch. Wegen Kiran. Zum zweiten Mal.

Dann nicke ich. »Ich vertraue dir.«

Kirans Miene hellt sich auf. Seine Augen strahlen. Er steht auf. Schiebt den Stuhl beiseite und setzt sich auf die Kante des Bettes, sodass er mir auf gleicher Höhe begegnet. »Gut«, antwortet er und lächelt dankbar. Irgendwie erleichtert. »Sehr gut.«

Ich erwidere sein Lächeln. Fühle mich seltsam geborgen, wobei ich so weit von meinem ehemaligen Zuhause entfernt bin. Weiter, als ich es jemals war. Ich weiß nicht einmal mehr, ob ich das Haus, in dem ich damals wohnte, noch als Zuhause bezeichnen sollte. Dad. Dad ist immer noch da drin.

»Kiran«, fange ich an, stütze mich mit den Händen ab und setze mich vollends auf. »Warum hast du den Outl ... auf einen Verbündeten geschossen, als du auf der Mauer standst und mich gerettet hast?«

Er verlagert sein Körpergewicht. Richtet seinen Blick für einen Augenblick auf die Bettdecke, die auf mir liegt und kehrt in sich. Dann öffnet und schließt sich sein Mund wie der eines Fisches.

»Ich weiß es ehrlich gesagt nicht«, gesteht er und mustert mich. So eindringlich wie ein Laserstrahl. »Ich ... ich habe dich da unten gesehen. So hilflos – und ich wusste, wenn ich dir nicht helfe, wirst du sterben. Zumal er nicht gestorben ist. Das war lediglich ein Betäubungsschuss.«

Ich schlucke. Kiran zuckt mit den Schultern. »Und er wusste, was für ein Risiko er eingehen würde, wenn er als Ablenkung fungiert.«

Ich kann nicht glauben, was er soeben gesagt hat. Etwas in meinem Herzen öffnet sich. Ganz langsam und bedacht. Er ist nicht tot. Er lebt.

»Du hast das Leben eines Verbündeten für mich riskiert?«, erwidere ich fassungslos, gleichermaßen dankbar. Hätte er sich anders entschieden ...

Alle Aufmerksamkeit, die ich aufbringen kann, richtet sich auf Kirans Nicken. »Es war Bauchgefühl, Schicksal, Karma.« Er gibt seine Zähne preis. Lächelt. »Nenne es wie du willst.«

Ich kann nichts gegen die Röte unternehmen, die unwiderruflich in meinen Wangen pulsiert. So rot wie zwei reife Äpfel.

Und dann bemerke ich die aufgleitende Türe, durch die eine Frau in Weiß tritt. Die schwarzen Haare und der braune Teint stehen im totalen Kontrast.

»O, du bist wach, sehr gut!«, höre ich sie sagen, als sich ihre Mundwinkel anheben und sie an mein Bett tritt.

Ich schaue verwirrt zwischen Kiran und der Frau hin und her.

»Ich will auch gar nicht lange stören«, gesteht sie, als sie meinem verwirrten Gesichtsausdruck begegnet.

»Das macht nichts«, erwidert Kiran und antwortet gleichermaßen für mich.

Die Frau tritt näher und deutet auf meinen linken Arm, mustert ihn eindringlich. »Darf ich?«, fragt sie mich anschließend.

Kurze zögere ich. Spüre das Stechen in meiner Brust. Die Angst. Doch dann erinnere ich mich daran, dass es vorbei ist. Dass ich keine Angst mehr vor den Schmerzen haben muss.

Ich nicke.

Sie kommt näher, berührt den Unterarm mit Daumen und Zeigefinger und hebt ihn leicht an. Ich schaue ihr auf die Finger, kann mich nicht davon losreißen. Dann zieht sie aus ihrer Jackentasche ein kleines Fläschchen. Nicht größer als ein Daumen lang ist.

Sie träufelt ein paar Tropfen auf die dunkelrote Naht und tritt zurück.

Es brennt. Es ist aushaltbar, aber es brennt. Strahlt bis unter die Haut.

»Na bitte, das war's schon«, sagt sie und nickt im Abgang. »Ich gehe dann mal wieder.«, ergänzt sie und winkt zum Abschied, ehe sie hinter der Tür verschwindet.

Ich versuche das Brennen zu ignorieren. So gut es geht. Dann suche ich nach Kirans Blick.

»Warum –«

»Skye, bevor wir weiterreden«, fällt er mir ins Wort und tastet nach meiner Hand. Und als seine

Handfläche meinen Handrücken umhüllt, erstarre ich. Höre mein Herz schlagen. »Mailia will dich unbedingt kennenlernen.«

Ich überlege angestrengt. Durchforste meine Gedanken nach ihrem Namen. Mailia. Noch nie gehört.

»Wer ist Mailia?«, frage ich.

Seine Mundwinkel erheben sich voller Stolz.

»Die Anführerin der *Sparks*.«

KAPITEL 31

SIE IST VERSCHWUNDEN. Ich betrachte meinen linken Arm von allen Seiten. Öffne und schließe mehrmals die Augen, weil ich es einfach nicht fassen kann.

Das Brennen hat nachgelassen. Das stechende Ziehen, nachdem die seltsame Flüssigkeit auf die Narbe geträufelt wurde. Die Narbe. Einfach verschwunden. Als hätte sie niemals existiert. Binnen Minuten oder gar Sekunden.

»Kommst du?«, höre ich Kiran sagen, als er mich aus meinen Gedanken reißt.

Ich schaue auf. Stehe inmitten des Ganges und betrachte wie eine Verrückte meinen Arm.

Kiran befindet sich ein paar Schritte vor mir. Dreht sich zu mir herum und mustert mich mit zusammengezogenen Augenbrauen und einem Lächeln auf den Lippen.

Ich antworte nicht. Lasse meinen Arm sinken und folge ihm.

An den Wänden sind große Fenster eingelassen, die die Sicht auf die Außenwelt preisgeben. Zumindest auf das, was hinter den Fenstern liegt. Steinige und unebene Wände einer unterirdischen Basis inmitten einer gewaltigen Gebirgskette.

Ich zupfe am Saum meines Shirts herum, um mich zu vergewissern, dass es noch da ist. Die Kleidung, die sie mir gegeben haben, liegt so leicht auf meinen Schultern, dass ich manchmal denke, überhaupt nichts anzuhaben.

Kiran betätigt am Ende des Ganges einen Knopf neben einer Doppeltür, bestehen aus einer Art Stein, die ich noch nie zuvor gesehen habe.

Die Türen öffnen sich.

Ich folge Kiran über den Absatz hinweg und stehe inmitten eines großen, eingerichteten Raumes, der von steinernen Säulen gestützt wird. Am Ende des Raumes zweigen zwei Türen ab, hinter denen ein großer Balkon liegt.

»Hallo«, sagt sie.

Mailias braunes Haar fällt wellenartig über ihre Schultern und ist von vereinzelten, grauen Strähnchen gezeichnet. Ihr Gesicht hingegen wirkt verhältnismäßig jung. Eine Robe in Erdfarben umhüllt ihren Körper.

Sie erhebt sich von einem Stuhl hinter ihrem Schreibtisch und macht ein paar Schritte in unsere Richtung. Ihr Blick ist eindringlich und musternd. Fast schon stechend.

»Du musst Skye sein!«, fährt sie fort und reicht mir ihre Hand. Ich erwidere die Geste und bin über ihren festen Händedruck überrascht.

»Ja«, antworte ich und entziehe mich ihrer Hand. »Das bin ich.«

Ihr Blick wandert meinen Körper entlang. Dann stemmt sie die Hände in ihre Hüften und schaut mir in die Augen. »Freut mich, dich wohlauf zu sehen.« Ihre weißen Zähne treten hervor. »Das war ganz schön knapp. Hätten wir ein paar Sekunden später mit der Operation begonnen ...«

Sie verstummt, schüttelt den Kopf. Als ob sie gar nicht erst darüber nachdenken wollen würde.

»Woher wusstet ihr, was ihr machen müsst?«, frage ich neugierig. Das System ist äußerst diskret, was deren Machenschaften betrifft. Ich glaube nicht, dass es eine Anleitung gibt, in der genauestens beschrieben wird, was zu tun ist, um die Injektion, die dein Leben bestimmt, zu entfernen.

Ihr Blick schnellt hinüber zu Kiran, findet sich dann in meinem Gesicht wieder. »Du bist nicht die erste, die aus dem System geflohen ist«, erklärt sie – beinahe stolz. »Die Injektion besteht größtenteils aus kleinen Mikrochips und einem Peilsender, den wir mit allem anderen entfernt haben.« Ihre Stimme ist so angenehm warm, dass das stetige Zittern in meinem Körper verstummt. »Hätten wir länger gewartet, hätten die Mikrochips Stoffe freigesetzt, die dein Blut verklumpen. Das ist der Grund, weshalb Menschen in New Ainé sterben, wenn sie ihre Aufgaben nicht ausführen.«

Ich weiß nicht, was ich sagen soll. Denke über das, was sie gesagt hat, nach. Ihre Stimme durchfährt meine Gedanken. Ist wie das aufleuchtende Licht in der Dunkelheit des Systems. Der Funke in mir.

»Vielen Dank!«, sage ich. »Wirklich!«

Ein Strahlen auf ihrem Gesicht. Ihre Hand wandert meiner Schulter entgegen. »Ich bin froh, dass es dir wieder gut geht.«

Ich blicke zu Boden. Denke an die Flucht. Was alles hätte schief gehen können. Und dennoch bin ich hier. Wohlauf und frei.

Ich nicke. Dann schaue ich auf. Durchleuchte den Ausdruck auf ihrem Gesicht. »Kann ich dich etwas fragen, Mailia?«, frage ich zögerlich und unsicher. Etwas in mir flüstert in mein Ohr, dass ich keine Angst haben muss. Dass alles gut werden wird. Dass ich in Sicherheit bin.

Mailia nickt auffordernd und gleichermaßen freundlich.

Ich ziehe scharf Luft ein, als die Bilder des Angriffs auf der Mauer vor meinem inneren Auge wie Kanonenschüsse aufleuchten. »Kiran meinte, dass die Outl … Sparks an den Mauern lediglich als Ablenkung gedient hätten.« Noch bevor ich weiterrede, warte ich auf Mailias bestätigendes Nicken. »Was war der eigentliche Plan?«

Ein Schmunzeln auf ihrem Gesicht. Als hätte sie die Frage bereits erwartet.

Sie deutet auf die Stühle hinter sich, die im gleichen Abstand vor ihrem Schreibtisch positioniert sind.

»Setzt euch«, fordert sie uns auf, kehrt uns den Rücken und nimmt auf ihrem Stuhl Platz.

Wir folgen ihr, setzen uns.

»Das System hat mit der Injektion bestimmt, dass alle Bürger im Alter von 75 Jahren sterben, um neuen Platz zu schaffen«, erklärt sie sachlich mit einem Hauch von Wut und Frustration in ihrer Stimme und verschränkt ihre Hände auf dem Schreibtisch.

Mein Atem stockt.

Grandma.

Sie starb mit 75 Jahren.

»Damit die alten Menschen New Ainé nicht zur Last fallen«, fügt sie hinzu und lässt ihren Kopf hängen, als würde sie trauern. »Unsere Leute befördern Medikamente und von uns hergestellte Injektionen nach New Ainé, um den Tod hinauszuzögern und um den alten Menschen ein schönes Leben zu ermöglichen. In manchen Fällen transportieren wir sie sogar zu uns.«

Mein Herz macht einen Satz.

Eine seltsame Mischung aus Wut und Respekt und Anerkennung durchwühlt meinen Körper.

Ich bin so unsagbar wütend auf das System. Fasse es nicht, wie ich siebzehn Jahre lang auch nur atmen konnte. Gleichermaßen bin ich überwältigt, von dem, was Mailia gesagt hat. Dass die Sparks den alten Menschen helfen wollen, ein normales Leben zu führen.

»Ich ... hatte ja keine Ahnung«, gestehe ich fassungslos und stotternd.

»Mein Neffe hat an der Grenze ganze Arbeit geleistet«, fügt sie hinzu und nickt in Kirans Richtung. Ich folge ihrem Blick, verweile auf seinem Gesichtsausdruck. Schlucke.

Kiran ist ihr Neffe.

Kiran ist der Neffe der Anführerin der Sparks.

Ein warmes Lachen dringt aus Mailias Mund. Gleichzeitig zieht sie an einer der Schlaufen der Schleife unterhalb ihres Halses, um die Robe zu lösen.

Etwas Glänzendes an ihrem Hals lenkt meine Aufmerksamkeit auf sich, als die Robe lockerer ihren Körper umschmeichelt und alles, bis auf ihre Gliedmaßen, preisgibt. Eine Kette. Ein glänzender, silberner Blütenkopf. Darin eine weinrote Mitte.

Grandma.

Der Schuss.

Emilian.

Das ist Grandmas Halskette.

Ich muss schlucken. Meine Haut kribbelt. Ich weiß nicht, ob ich sie darauf ansprechen soll.

Ich dachte, sie wäre verloren gegangen. Unter Schutt und Asche beim Angriff auf unsere damalige Wohnsiedlung.

»Jetzt bist du hier«, fährt Mailia unbeirrt fort. »Du musst nie wieder zurück.«

Ich antworte nicht. Presse meine Unterlippen zusammen und starre der Kette wie gebannt entgegen. Als hätte sie einen magischen Einfluss auf mich. Beinahe psychotisch.

Und dann schaue ich auf. Kann nicht anders.

»Darf ich noch etwas fragen?«, fange ich an und unterdrücke den hektischen Unterton.

Mailia nickt, als ihre Mundwinkel nach oben schnellen. »Natürlich.«

»Diese Kette«, sage ich und deute zitternd auf ihren Hals, »gehörte meiner Grandma. Wir haben sie verloren, als ... bei einem Angriff.«

Mailia greift nach der Kette, umschlingt und betrachtet sie.

»Sie hat letztlich meinem Bruder gehört und bedeutet mir sehr viel«, fahre ich fort und spüre die aufwallende Hitze in meinem Körper.

Diese Kette ist das Letzte, was mir von meiner Familie geblieben ist.

Mailia nimmt die Kette zwischen Daumen und Zeigefinger und schaut mir gleichzeitig ins Gesicht. »Die?«, fragt sie, greift hinter ihren Hals und löst den Verschluss.

Die Kette. Sie taumelt über dem Schreibtisch wie ein Pendel, als Mailia samt Kette ihren Arm ausstreckt.

Zum Greifen nahe.

»Du darfst sie haben«, höre ich sie sagen. »Sie gehört dir. Sie wurde mir damals überreicht, als einer unserer Männer die Kette unter einem Haufen Trümmern gefunden hat. Sie bedeutet dir sicherlich mehr als mir.«

Erleichterung durchströmt meinen Körper. Ich atme leise auf. Greife mit zittrigen Fingern nach der Kette. Berühre das blanke Silber und fühle mich automatisch stärker. Sie liegt schwer in meiner Hand. Das Silber glänzt im Licht der Deckenbeleuchtung.

Ich stecke sie in meine Hosentasche, nicht dass ich sie verliere.

»Vielen, vielen Dank, Mailia«, sage ich, beinahe wimmernd vor Freude. »Wirklich!«

Mailia lehnt sich zurück. Gibt eine abwinkende Geste von sich und zwinkert mir zu. »Kein Problem. Das Wichtigste ist, dass du wohlauf bist.«

Die Türen öffnen sich. Ich schaue über meine Schulter hinweg und sehe mehreren Männern dabei zu, wie sie den Raum betreten. Sie warten in einigen Metern Entfernung. Allesamt in Erdtönen gekleidet.

»Wenn du nichts dagegen hättest, wir müssten weiterarbeiten«, dringt es aus Mailias Mund, während sie sich erhebt. »Das System schläft nie. Kiran wird dir unsere Basis und dein Schlafzimmer zeigen, wenn du magst.«

Kiran und ich stehen gleichzeitig auf. Wie zwei Magnete, die aneinanderkleben.

»Natürlich nicht, dankeschön«, antworte ich. »Für alles.«

Mailia streckt mir die Hand entgegen. Ich greife zu und schüttle sie. »Bis dann, Skye«, fügt sie hinzu, bevor sie sich den Männern hinter uns widmet und wir den Raum verlassen.

Ich taste nach der Halskette in meiner Hosentasche. Fühle nach dem zackigen Silber der Blätter.

Ich habe sie.

Ich habe Grandmas Halskette wieder.

KAPITEL 32

KIRAN UND ICH essen etwas in einer Art Speisesaal, nachdem wir Mailias Büro verlassen haben.

Das Esszimmer ist im Endeffekt genauso aufgebaut wie das des Militärs. Eine Essenstheke, viele Tische und Stühle.

Er erklärt mir, dass die Basis der Sparks fünf Stockwerke samt Plantagen umfasse. Und dass alles im Inneren einer Gebirgskette. Jeden Morgen würden neue Pläne strukturiert, um das Leben der Menschen in New Ainé erträglicher zu machen.

Und als ich ihn frage, wie er es geschafft habe, so lange unentdeckt dem Militär zu dienen, meinte er, dass New Ainé um jeden Soldaten froh sei. Dass jeder Soldat an der Grenze willkommen sei, um die Outlaws zu vertreiben und zu töten.

Nach dem Essen führt er mich herum. Zeigt mir die Maschinen samt holografischer Einrichtungen, die ich bereits von der Militärbasis des Systems kenne. Er zeigt mir die Plantagen für Weizen, Getreide und Obst. Stellt mir die *Mirror Sun* vor, die es den Sparks ermöglicht, selbst unter der Erde Lebensmittel anzubauen.

Eine komplizierte Vorrichtung, bestehend aus Tausenden von Spiegeln, klettert an den Höhlenwänden der Plantagen entlang und mündet in einem Loch, das das Licht der Sonne einfängt. Die Spiegel leiten das Sonnenlicht weiter und reflektieren es auf dem Grund der Höhle, um dort Lebensmittel wachsen zu lassen.

Es dauert den ganzen Tag, bis er mich einmal komplett herumgeführt und mir alles gezeigt hat.

Wir betreten den Aufzug. Kiran betätigt die Knöpfe und die Türen schließen sich. Ich weiß nicht weshalb, aber Kiran erscheint mir immer und immer vertrauter. Ich würde buchstäblich mein Leben in seine Hände legen. Und das, nachdem wir uns gerade einmal einen Monat kennen.

Er ist für mich zu meinem ganz persönlichen Fels in der Brandung geworden. Zu jenem, zu dem ich gehen kann, wenn es mir schlecht geht. Der mir hilft, wenn ich Probleme habe.

Kiran ist immer für mich da.

Vielleicht bin ich aber auch nur ein naives kleines Kind, das zu viel vom Leben erwartet. Aber wenn es sich so anfühlt wie in diesem Augenblick, naiv und erwartungsvoll zu sein, möchte ich niemals erwachsen werden.

Wir verlassen den Aufzug. Kiran geht voran und führt mich durch einen der unzähligen Gänge. Allesamt aus warmen Steinen und Säulen gebaut. Beinahe ein Kunstwerk.

Vor einer der Türen bleibt er stehen, deutet darauf. »Das ist dein Zimmer«, raunt er. Seine Augen wirken milchig und müde. Genau wie seine Stimme. »Du bist sicherlich müde«, fügt er hinzu. Seine Stimme schnellt am Ende des Satzes in die Höhe.

Ich nicke. Das bin ich tatsächlich.

Ich fühle mich ausgelaugt und bin ehrlich gesagt total erledigt vom vielen Laufen.

Ein Lächeln auf meinen Lippen. »Danke. Und wo ist dein Zimmer?«

Kiran deutet mit dem Daumen über seine Schulter hinweg auf das gegenüberliegende Zimmer. »Ich bin gleich nebenan, falls du irgendetwas brauchst.«

»Ist gut«, antworte ich, halte ein Gähnen zurück.

»Gute Nacht, Skye«, flüstert er und dreht sich um, greift nach der Türklinke und öffnet die Türe einen Spalt weit.

Ich will ebenfalls »Gute Nacht« sagen. Aber da ist diese eine Frage. Diese eine Frage, die schon den ganzen Tag lang meine Gedanken durchschneidet und sich in den Vordergrund drängt.

»Kiran?«, frage ich leise.

»Mhh?«, gibt er von sich und dreht sich um. Kommt mir ungewohnt nahe.

»Warum hast du mir geholfen?«, dringt es aus meinem Mund. Sein Blick ist so durchbohrend und intensiv, dass ich überall hinsehe, nur nicht in sein Gesicht. Letztlich richte ich meine Augen dem Boden entgegen.

»Was meinst du?«, fragt er.

»Als ich dich gefragt habe, ob du mir hilfst, die Todesakte meiner Mom zu finden, hast du zugestimmt«, erkläre ich leise. Spüre das Kratzen in meinem Hals, als meine Stimme mehr und mehr versagt. »Du hättest dabei sterben können.«

Kiran verstummt für einen Augenblick. Sein Gesicht wirkt steinhart und undurchdringlich. Abwesend. Wie in einer anderen Welt. Dann tritt er von einem Fuß auf den anderen und kratzt sich am Kinn.

»Ich habe meine Eltern ebenfalls durch das System verloren und bin zu den Sparks geflohen«, gesteht er, wird immer leiser und leiser. »Mit siebzehn Jahren bin ich zurückgekommen und hab mich unentdeckt dem Militär angeschlossen. Und dann kamst du.«

Ich schlucke. Hänge wie gebannt an seinen Lippen und versuche, den Kloß aus meinem Hals zu verdrängen.

Kiran hat seine Eltern verloren.

Ich habe wenigstens noch Dad.

Vermutlich lebt er deshalb bei seiner Tante.

»Ich weiß wie es ist, jemanden zu verlieren, den man mehr liebt als alles andere auf der Welt. Ich wollte wenigstens dafür sorgen, dass du weißt, weshalb es ... so gekommen ist.«

Ich brauche einen Moment. Denke über seine Worte nach. Reihe sie in meinem Kopf aneinander, sodass sie Sinn ergeben.

Mein Herz macht einen Satz. Verströmt Wärme, die pulsierend meinen gesamten Körper einnimmt.

»Danke«, hauche ich. »Vielen Dank, Kiran.«

Seine Mundwinkel schnellen Müde nach oben. »Schon okay, Skye«, erwidert er und schließt seine Augen für ein oder zwei Sekunden.

»Nein«, entgegne ich und schüttle den Kopf. Trete einen Schritt näher an ihn heran und spüre plötzlich dieses Kribbeln. Diese Elektrizität, die zwischen unseren Körpern fließt. Wie Strom. Eine unüberwindbare Barriere.

Ich ignoriere die Hitze, die in meinem Gesicht aufsteigt. Meine roten Wangen. Mein rotes Gesicht.

»Du hast so viel für mich geopfert. Hast mich vor dem Tod gerettet. Zwei Mal. Du hast dein Leben für mich riskiert. Für ein Mädchen, das du nicht einmal kennst.«

Kiran zieht seine Augenbrauen verwundert zusammen, schmunzelt. »Ich kenne dich nicht?«

Ich gehe nicht auf seine Frage ein. Befeuchte meine Lippen und fahre fort. »Ich habe mich nie wirklich bei dir bedankt, Kiran.«

Er macht einen kleinen Schritt in meine Richtung. Unsere Nasenspitzen berühren sich beinahe. Mein Blick wandert abwechselnd und blitzschnell zwischen seinem Mund und seinen Augen hin und her. Hin und her.

Wir sind wie zwei Magnete.

Abstoßend und anziehend zugleich.

Ich höre mein Herz schlagen. Höre das Blut in meinen Ohren rauschen.

»Dann tu es doch«, dringt aus seinem Mund. So leise, dass ich zwei Mal darüber nachdenken muss, was er gesagt hat und mich vergewissern muss, dass ich das Richtige verstanden habe.

Und dann überspringt er die Barriere. Begibt sich in das elektrisierende Feuer und legt seine Hände auf meinen Hüften ab.

Unsere Lippen berühren sich. Zärtlich und sachte. Etwas in meiner Brust explodiert. Ich kann nicht atmen. Kann nicht denken. Inhaliere unbewusst und bewusst zugleich seinen Geruch.

Alles in meinem Kopf schreit nach ihm.

Alles in mir.

Alles –

Wir lösen uns voneinander. Ich hätte nicht gedacht, dass ich mich auf einmal so leer fühlen würde. Als würde ein Teil meines Körpers fehlen. Die Konstante, die mein Leben im Gleichgewicht hält.

Ich mustere sein Gesicht. Seine Augen. Entdecke dieses Leuchten in ihnen. Dieses Funkeln.

Plötzlich bin ich hellwach.

»Gute Nacht, Skye«, höre ich ihn sagen. Noch immer in Trance.

Ein Lächeln auf meinem Gesicht. Ich greife nach der Türklinke hinter meinem Rücken. Drücke sie nach unten und öffne meine Türe.

»Gute Nacht, Kiran«, antworte ich, ehe er müde schmunzelnd hinter der Türe seines Zimmers verschwindet und ich die meine ins Schloss fallen lasse.

KAPITEL 33

BEREITS SEIT DREI Wochen lebe ich in der Basis
der Sparks. Lebe mein Leben. Versuche die Zeit im
System hinter mir zu lassen und mich auf das zu konzentrieren, was vor mir liegt. Meine Zukunft.

Kiran ist Soldat der Sparks. Wir essen in der Früh
zusammen. Dann geht er seine Wege. Unterwirft
sich dem Training und der Ausbildung. Ich hingegen helfe auf der Krankenstation. Assistiere den
Krankenschwestern und Ärzten. Versuche mich dort

einzubringen, wo man mich braucht und helfe denjenigen, die verwundet aus dem Krieg gegen das System heimkehren.

Jeden Abend klopft es an meiner Tür. Kiran setzt sich auf mein Bett und wir reden. Reden und reden.

Über uns. Über das Leben bei den Sparks. Über unsere Vergangenheit. Über meinen Dad. Wie sehr ich ihn gerne bei mir hätte.

Und lernen uns besser kennen.

Heute ist der zweite Tag der vierten Woche. Ich wache im Bett meines Zimmers meines neuen Zuhauses auf. Beim Frühstück erzählt mir Kiran, dass heute ein Außeneinsatz ansteht, um die Grenzen abzulaufen und das Versteck der Basis auf ihre Sicherheit zu überprüfen.

Nach dem Frühstück begleite ich ihn auf dem Weg zur Bahnstation, von wo man ihn bis hin zum Wasserfall befördern wird.

Die Soldaten steigen in die Bahn. Kiran dreht sich noch ein letztes Mal um, mustert mich. Streift mit seinen rauen Fingern über meine Wange und hebt mein Gesicht unter dem Kinn an.

Seine Augen leuchten grün. Scheinen selbst in schwärzester Dunkelheit zu strahlen.

»Bis heute Abend«, höre ich ihn sagen. Es klingt mehr wie eine Frage als eine Aussage.

Vermutlich ist es beides.

Ich nicke. Kann nichts gegen das aufkeimende Grinsen und die Röte auf meinen Wangen unternehmen. »Bis heute Abend.«

Er setzt einen Fuß vor den anderen, kehrt mir den Rücken.

Nur noch ein paar Schritte, dann werden sich die Türen schließen.

Doch dann dieser ohrenbetäubende Knall.

Dieser Druck. Bringt mich zum Fallen. Katapultiert mich durch die Luft.

Etwas Hartes fängt meinen Körper auf.

Ein Schrei aus meinem Mund.

Trümmer auf dem Boden. Ein Loch in der Wand des Berges.

»Kiran!«, brülle ich, huste den Staub aus meinen Lungen.

Mein Herz schlägt schneller.

Das Loch in der Wand.

»Kiran!«, brülle ich erneut. Immer und immer wieder.

Blicke um mich wie ein wildgewordenes Tier. Höre mein Herz rasen. Spüre meinen Körper vibrieren.

Der Alarm ertönt. Schrillend und laut.

»Kiran!«

Er erhebt sich aus den Staubwolken des Waggons. Hustet. Krümmt sich.

Ich renne zu ihm. Laufe und laufe. In die entgegengesetzte Richtung des Menschenstroms.

Panik.

»Kiran!«, brülle ich, greife nach ihm.

Doch plötzlich fällt ein Schuss. Und noch einer.
Und noch einer.

Ich fahre herum. Blicke dem Loch entgegen.
Schwarze Schatten erheben sich. Gewehre. Soldaten.

Das System.

Mein Blick zu Kiran. Er wirkt verzweifelt. Verunsichert. Spiegelt meine Gefühle wider.

Dann sieht er mich an.

Ich strecke meine Hand nach ihm aus. Zwischen
all den Schüssen. All den Trümmern. Und renne
ihm entgegen.

Dann der Schuss.

Ich schaue weg. Kann nichts machen.

Sehe Kirans ausdrucksloser Miene entgegen.

Ein Riss. Tief in meinem Herzen.

Der Riss wird größer und größer.

Kirans Körper kippt. Kommt auf einem Stein auf.

Ich öffne meinen Mund. Ersticke an den Schreien
aus meinem Hals.

Falle auf die Knie.

Schreie.

Brülle.

Wimmere.

Sie kommen immer näher.

Ein Blick in deren Richtung.

In die Richtung des Feindes.

Und dann der Schuss.

Dunkelheit empfängt mich, noch ehe ich den Boden berühre.

EPILOG

CASSIE

SIE HABEN MIR das Ticket in den Mid-Sektor bereits gestern geschickt. Als ich krank vor Sorge zuhause allein auf dem Sofa saß und auf den *Holo-Call* wartete.

Mom befindet sich bereits seit einem Monat in ihrem Gewahrsam. Eingesperrt und von der Außenwelt abgeschottet. Und das nur, weil sie über einen Verräter des Systems ein zu mildes Urteil gesprochen hat.

Das System hätte von Mom ein Todesurteil erwartet. Stattdessen wurde ihm nur das Recht entzogen, an den Wochenenden nach Hause zurückzukehren.

Und zusätzlich wurden ihm die Essensrationen innerhalb seines Berufs gekürzt.

Die *Hoover-Bahn* gleitet sanft über die Straßen hinweg. Nur noch wenige Einheiten, bis die Bahn inmitten des Mid-Sektors Halt macht und ich aussteigen muss.

Die Türen öffnen sich und ich trete ins Freie. Vor mir eine Straße, deren Seiten von Hochhäusern umgeben sind. Der Unterschied von Sektor Three zum Mid Sektor: Der Mid Sektor ist höher, besser, schneller.

Am Ende der Straße ragt ein dreiteiliges Gebäude in den Himmel, das alle restlichen Hochhäuser in den Schatten stellt.

Ich gehe Schritt für Schritt, bis ich die Stufen nach oben nehme und am Eingang der Zentrale überprüft werde. Sie befördern mich durch einige Scanner und Kontrollsysteme, ehe ich den Eingang passieren kann und sich die ovalen, stählernen Türen öffnen.

Jeder Schritt wird von den Wänden zurückgeworfen. Die Halle wirkt langgezogen und unendlich hoch. Einzelne Lampen hängen von der Decke herab. Hinzu kommen die großen, teilweise deckenhohen Fenster ohne Rahmen, die offenbar bis hin ins Unendliche reichen.

»Ihr wolltet mich sprechen?«, höre ich mich sagen, als ich vor einem der Fenster Halt mache und Präsidenten Sage entgegentrete, der mit dem Rücken mir zugewandt aus dem Fenster starrt und seinen Blick über die Hochhäuser New Ainés gleiten lässt. Er fährt herum. Mustert mich und setzt ein willkürliches Lächeln auf. Ein Lächeln für sämtliche Veranstaltungen. Ein Lächeln, so undurchdringlich und aufgesetzt wie nur irgendwie möglich. »Ms. Novalee – es freut mich, dass Sie es sich einrichten konnten.« Seine Stimme durchdringt die Barriere zwischen ihm und mir. Durchsiebt sie mit seinen raunenden und ätzenden Klängen. Moms Gesicht vor meinem inneren Auge. Ihr Anblick in einer dieser Zellen.

Mom. »Weshalb bin ich hier?«, frage ich. Gebe mir nicht die allergrößte Mühe, freundlich zu bleiben.

Als seine Männer mir vor vier Wochen einen Besuch abstatteten und Mom mitnahmen. Das Versprechen, das ich damals gab. Die Bedingung, die ich einging …

»Es freut Sie sicherlich zu hören, dass unser Plan erfolgreich aufgegangen ist, Ms. Novalee.«

Ich werde hellhörig. Spitze meine Ohren und spüre mein Herz schneller schlagen. Ich tauche unter in eine Welt aus Schwarz und Weiß. So Schwarz wie die Tiefen eines schwarzen Lochs und so weiß wie strahlende Wolken. In eine Welt aus Vorher und Nachher.

»Das heißt …«

Präsident Sage macht einen Schritt auf mich zu. Ich kann seinen Gesichtsausdruck nicht deuten.

»Die Outlaws wurden dank ihrer Hilfe erfolgreich ausfindig gemacht.«

Seine Worte hallen in meinen Ohren nach. Machen mich zu dem, was ich bin. Zu einem Verräter.

An jenem Tag. Das Sol-Tablet in Skyes Händen. Der bearbeitete Bericht vom scheinbaren Tod ihrer Mom.

»Es freut mich, dass Sie sich an ihren Teil der Abmachung gehalten haben«, fährt er entzückt fort, wartet erst gar nicht auf eine Antwort ab.

Meine Lippen beben. Ich weiß, dass Skye unter ihnen war. Ich weiß es einfach.

»Und was ist mit ihrem Teil der Abmachung?«, frage ich, versuche das Zittern in meiner Stimme zu verbergen und verschränke meine Hände hinter dem Rücken.

Im selben Moment ertönt dasselbe Geräusch, mit dem sich die Türen vorhin geöffnet haben.

Ich fahre herum.

Eine kleine, weibliche Statur inmitten der großen Türen. Wankend und dann stehen bleibend.

»Mom«, rufe ich und lasse Sage hinter mir.

Ich renne ihr mit ausgestreckten Armen entgegen. Falle ihr um den Hals und vergrabe mein Gesicht in ihren Haaren.

»Mom«, raune ich diesmal.

»Cassie«, höre ich sie sagen, »was hast du getan?«

Ich atme ein und aus. Spüre die Tränen meine Wangen entlanggleiten. Jede einzelne von ihnen brennt wie Feuer auf meiner Haut. Auf der Haut eines Verräters.

»Ich habe dich gerettet, Mom.«

Ich spüre ihre Hände auf meinem Rücken. Sie drücken fester zu und ziehen mich mehr und mehr in eine Umarmung.

»Oh, Cassie.«

Dann schaue ich auf. Blicke in ein abgemagertes Gesicht und in die blauen Augen meiner Mom. Ich will lachen. Will mich darüber freuen, mit meiner Mom zusammen nach Hause zu gehen. Aber die Gänsehaut auf meinen Unterarmen und das lautstarke Pochen meines Herzens hindern mich daran.

»Es wird alles gut werden, Mom«, sage ich, nicke.

Dann lasse ich mich erneut in ihre Arme sinken und verweile mit ihr inmitten der großen Hallen des Systems.

Ich bin ein Verräter.

Ich habe meine beste Freundin verraten.

Aber Blut ist nun mal dicker als Wasser.

ANHANG

DANKSAGUNG

ES GIBT SO viele Menschen, bei denen ich mich für diese tolle Reise bedanken muss. So viele, dass die wenigen, verbleibenden Seiten gar nicht ausreichen würden, um das auszudrücken, was ich denke. Allen voran *David Mirkovic*, der von Anfang an an mich geglaubt hat und teilweise mehr Hoffnung in das Buch investiert hat als ich. Danke für alles.

Antonia Kullmann. Ich weiß, du magst es nicht, zeilen-lange Texte über dich zu lesen. Deshalb: Muchos gracias!

Kay Wolfinger und Martin Ingenfeld. Ich kann gar nicht sagen, wie dankbar ich euch beiden bin. Ihr habt die Geschichte in die Richtung gelenkt, in die sie heute ihren Weg einschlägt. Ohne euch wären Skye und Kiran um Längen nicht so weit gekommen. Danke, dass ihr meinem Bild den passenden Rahmen geschenkt habt!

Alice Sodeur. So viele Stunden, die du mir und meinen Ideen zuhören musstest und noch mehr Stunden, in denen ich dir mein Manuskript aufgedrückt habe. Vielen lieben Dank und ganz liebe Grüße an meine allerliebste Lieblingsbuchhandlung.

Sara Bow und *Jessy (Melody of Books).* Ihr glaubt gar nicht, wie dankbar ich euch beiden bin, dass ihr von Anfang an an mich geglaubt habt und für alles offen ward, was ich euch als Vorschlag in den Weg geworfen habe. Danke für die Mühe und die unglaublich tolle Zusammenarbeit mit euch.

Außerdem möchte ich mich bei meinen noch nicht erwähnten Testlesern *Florian Lässer* und *Alicia Zett* bedanken. Vielen Dank für eure Hilfe!

Und ganz besonders danke ich all den Lesern da draußen, die »Rising Sparks« zu dem gemacht haben, was es heute ist. Ohne euch wären all diese Seiten nutzlos und würden nicht gelesen werden. Danke für eure Zeit und Geduld. Hoffentlich sehen wir uns im zweiten Buch wieder!

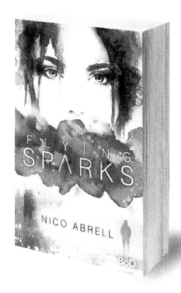

Band 2
FLYING SPARKS

Erscheint im Sommer
2018

Des Weiteren erscheint Herbst 2018 die Short-Story
»Falling Sparks«.
Genauere Informationen sind im zweiten Band enthalten!